CHRIS BARNARD

MOER-
LAND

TAFELBERG

Deur dieselfde skrywer:

DRAMA
Iemand om voor nag te sê
'n Man met vakansie
Op die pad na Acapulco
Pa maak vir my 'n vlieër Pa
Piet-my-vrou en Nagspel
Die rebellie van Lafras Verwey
Taraboemdery

JEUGVERHAAL
Danda
Danda op Oudeur
Voetpad na Vergelegen

KORTPROSA
Duiwel-in-die-bos
Dwaal
Klopdisselboom:
die beste uit Chriskras
So onder deur die maan (Chriskras 3)

ROMAN
Mahala

Tafelberg-Uitgewers Beperk,
Waalstraat 28, Kaapstad, 8001
© 1992 C. J. Barnard
Voorbladskildery: *Sun and moon* deur Maud Sumner
Die Pretoriase Kunsmuseum
Kopiereg © Maud Sumner Art Trust
Afgedruk met die toestemming van die trustees
Kaart deur Abdul Amien
Geset in 10,5 op 13 pt Monotype Plantin
Gedruk en gebind deur
Nasionale Boekdrukkery, Goodwood
Eerste uitgawe 1992

ISBN 0 624 03177 2

VIR KATINKA

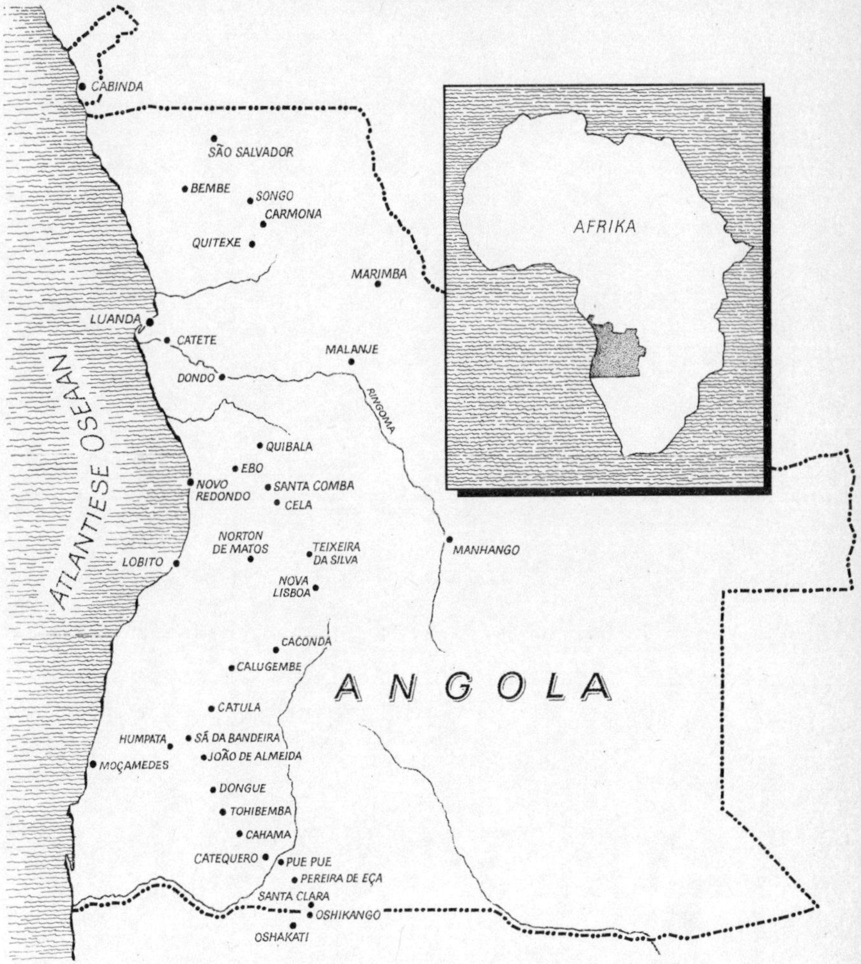
CABINDA
SÃO SALVADOR
BEMBE
SONGO
CARMONA
QUITEXE
MARIMBA
LUANDA
CATETE
MALANJE
DONDO
RINGOMA
ATLANTIESE OSEAAN
QUIBALA
EBO
NOVO
REDONDO
SANTA COMBA
CELA
NORTON
DE MATOS
TEIXEIRA
DA SILVA
MANHANGO
LOBITO
NOVA
LISBOA
CACONDA
CALUGEMBE
ANGOLA
CATULA
HUMPATA
SÁ DA BANDEIRA
JOÃO DE ALMEIDA
MOÇAMEDES
DONGUE
TOHIBEMBA
CAHAMA
CATEQUERO
PUE PUE
PEREIRA DE EÇA
SANTA CLARA
OSHIKANGO
OSHAKATI
AFRIKA

I

Sesuur die oggend toe hy deur Bembe ry, het alles op die oog af rustig gelyk. Dit was koud, dit het nog steeds fyn gereën en daar was niemand op straat nie. Hy het deurgery sonder om stil te hou. Eers toe hy bo in die berge was, het hy afgetrek om te kyk of die vrag nog reg is. Die lug was swaar en donker en hy moes raai hoe hoog die son sit. Hy het die olie gemeet, water ingegooi, die bande bekyk en gery. Teen sewe-uur het dit weer kwaai begin reën. Sy ore was al moeg vir die wip-wap van die ruitveërs. Hy was byna uit die berge uit. Die pad het nog vir oulaas tussen die klofies van die laaste voetheuwels deur geslinger en hy het tweede toe oorgesit en die Henschel laat brul en spoed opgetel. Toe skielik sien hy die konka teen die skuinste afgebokspring kom, reguit pad toe, reg voor hom in. En toe is daar 'n tweede konka. En 'n derde een. Daar was nie tyd om te rem nie. Die vierde een het oor die kap van die lorrie gespring en die vyfde een het die linkervenster met 'n donderende slag getref. Hy het aan die verkeerde kant van die pad tot stilstand gekom. Nog voor hy kon uitklim, het daar 'n man op die voetbord regs van hom gestaan – hy kon net sy bors sien, van sy lyfband se gespe af op tot by sy kuiltjie, en die man se arm, en die kolf van 'n M30.

Hy wou links uit, maar die deur was gebuig. Daar was nog drie mans voor in die pad en hy het nóg een teen die skuinste sien afklouter waar die konkas vandaan gekom het. Almal het gewere by hulle gehad. Die Henschel het gevrek.

"Wat de hel is dit dié?" vra hy toe die man met die M30 sy deur oopmaak.

"Klim uit."

"Is dit julle wat die donnerse dromme in die pad in rol?"

"Wat is jou naam?"

"Van Niekerk."

Daar was nou 'n stuk of tien mans om die lorrie. Hulle was in burgerdrag. Een het iets soos 'n dun boomwortel staan en kou en kort-kort sy spierwit tande gewys wanneer hy nog 'n reep vesel aftrek. Almal was gewapen.

"Wat gaan aan?"

Niemand het geantwoord nie. Hulle het die vrag ondersoek.

"Vir wie werk jy?" Dit was die man met die wit tande.

"Vir myself."

"Sê weer jou naam?"

Hy was al gewoond daaraan – veral in die noorde het niemand ooit sy naam gesnap nie.

"Van Niekerk. Lukas van Niekerk."

"Waar kom jy vandaan?"

"Luvo. Ek ry hout af Luanda toe."

"Nee, oorspronklik. Waar kry jy so 'n naam?"

"Dis 'n goeie naam in die suide."

Die een wat die wortel kou, het in die kajuit geklim, alles deurgekyk en weer uitgeklim. "Jy kan maar ry." Iets aan sy uitspraak het hom soos 'n Bakongo laat klink.

"En wat van my deur?"

"Wat van jou deur?"

"Julle't die ding opgefoeter. Kyk hoe lyk hy!"

Almal het skielik hulle koppe gedraai. Bo uit die kloof uit het die geluid gekom van nog 'n naderende voertuig. Nie een van hulle het besonder geïnteresseerd gelyk nie.

"Ek wil weet wie julle is," het Lukas gesê. "Julle gaan my lorrie laat regmaak."

Die voertuig het skielik om die draai verskyn. Dit was 'n afgeleefde blou bakkie. Hy was haastig. Driekwart om die draai het sy gatkant half padgegee oor die los gruis, maar die bestuurder het vetgegee en beheer herwin en teen 'n goeie veertig myl 'n uur oor die slegte pad aangekom. Toe skielik is almal behalwe Lukas in die middel van die pad. Hulle het beduie die man moet stilhou, maar toe dit lyk asof hy tussen hulle wil deur, het een skielik sy masjiengeweer gelig en 'n swerm koeëls in die bakkie ingespoeg. Die voorruit het ontplof. Toe krink die bakkie links en klouter 'n ent teen die grondwal op en kom met 'n slag en 'n gespuit van stoom en water tot stilstand.

Agter die stuur was 'n bejaarde man. Sy hare was blinkgrys en tussen die bloed deur kon 'n mens die plooie op sy gesig sien. Hy het hulle 'n oomblik verbaas sit en aankyk en toe die deur oopgemaak. Die bakkie het half skuins gehang en toe hy wou uitklim, moes hy keer om nie uit te val nie. Eers toe die masjiengeweer 'n tweede keer begin knetter en hy uitval en pad toe rol, het die jong vrou langs hom begin gil. Lukas het doodstil bly staan. Hy het staan en kyk hoe die man se blou broek en sy wit hemp rooi word. Daar was 'n kind by die vrou, 'n knaap van omtrent ses. Die kind het die ratstok gelos waaraan hy vasgehou het en agter die ou man aan geval, en die masjiengeweer se derde sarsie het hom in sy val gekeer. Die vrou het nog steeds gegil. Sy het by haar venster uitgeklim en tussen die grondwal en die bakkie ingeval. Twee, drie van die mans wou bo-om die bakkie, maar die man met die masjiengeweer het hulle met een lettergreep in hulle spore laat vassteek. Hulle het staan en wag. Die vrou het hande-viervoet agter die bakkie te voorskyn gekom en gestruikel en orent gekom en gehardloop. Die vierde sarsie het haar bene onder haar uitgeruk. 'n Oomblik het dit gelyk of sy dit regkry om op haar knieë verder te hardloop; toe spat haar groot bolla oop en sy val vooroor sonder om met haar hande te keer.

Dit was doodstil. 'n Paar tellings lank. Die kind het vir hulle lê en kyk. Dit was al wat 'n mens van sy kop kon uitmaak: die twee oop oë wat uit die modder uit staar.

Die man met die masjiengeweer het tot by die ou man geloop en hom met sy voet omgerol, en toe die kind. Toe eers het Lukas die koolkoppe en ryp tamaties en bossies blaarslaai en rape gesien wat oor die bakkie se dak en teen die wal en in die plasse water uitgesaai lê.

"Hoekom ry jy nie?" het die man met die masjiengeweer gevra. Lukas het gekyk en gesien dis met hom dat daar gepraat word.

"Hy wil weet van sy deur."

"Wil jy nog weet van jou deur?"

Hy kon later nie onthou hoe hy in die lorrie gekom het nie. Of dit hom lank gevat het of nie heeltemal so lank nie. Die Henschel wou nie dadelik vat nie. Hy het ontdek dis nog in rat. Hy kon nie die ding uit rat kry nie. Hy het die koppelaar ingetrap en gevoel hy beweeg en gewag tot hy op spoed was en die koppelaar gelos, maar die Henschel wou nie vat nie. Hy het die sleutel gedraai en die koppelaar ingeskop en gelos, en gehoor die enjin vat.

En eers onder in die vlakte, die pad 'n nat en reguit tonnel deur die bos en die lorrie 'n moeisame, vibrerende koeël in die reën – toe eers het Lukas gehuil.

3

Carmona was nog 'n drie uur se ry en daar was geen verkeer nie. Hy het gery sonder om te dink. Die lug was swaar bewolk en hoe nader hy aan Carmona gekom het, hoe digter het die mis geword. Maar hy wou nie stadiger ry nie. Hy wóú die Henschel moor. Dit was al manier om sy kop weg te kry van die vrou wat vyf, ses, sewe tree op haar knieë hardloop asof sy nog voete het.

Die Grande Hotel do Uige in Carmona was 'n gewilde plek smiddae oor die etensuur. Hy het altyd daar stilgehou vir 'n glasie *aguardente* of, as dit etenstyd was, Pinto se rissiepasteie. Die groot veranda met die rietplafon was altyd vol stemme en die geklink van skottelgoed. Buite op die sypaadjies sou Land Rovers en bakkies uit die distrik onder die flambojante geparkeer staan. Die lug sou soet ruik van basiel.

Hoe laat sou hy in Carmona kon wees? Eenuur se stryk. Met dié pas dalk vroeër, as die Henschel hou. Hy wou Carmona agter die rug kry en sy vrag in Luanda loop aflaai en sy geld vat en by Moeka uitkom.

Met die M30's oral om hom, 'n uur tevore, en die reuk van warm olie in sy neus, was sy die enigste ander mens aan wie hy 'n oomblik lank gedink het. Hy het haar sagte vel onthou, en die melkreuk van haar asem, en geweet hy moet na haar toe.

En telkens daardie middag, met die Henschel se gedreun as enigste geselskap en die *cassimbo* as enigste uitsig, het hy oor en oor by haar aangekom, en oor en oor was dit dieselfde aankoms: Moeka op die agterwerf onder die moerbeiboom met die groenteskottel op haar skoot, besig om ertappels te skil; Moeka wat nie opstaan nie want dis te moeilik om haar lyf orent te kry – net die mes in die skottel laat val en haar arms oopmaak, haar swaar en erbarmende arms, en lag en vir hom wag; Moeka wat nie vra waar hy al die maande was nie, wat nie sê sy is bly oor hom nie, want sy weet sonder om te vra en hy weet sonder om te hoor.

Hy sou voor een in Songo gewees het as dit nie vir die oponthoud was nie.

Die man het in die pad gestaan en beduie hy moet stilhou. Eers wou hy hom ignoreer. Hy was bang dis 'n lokval. Hy het die swart gewaad as 'n priester s'n herken en daar was 'n hopeloosheid in die man se gesig wat hom vyftig tree verder laat rem trap het. Toe hy in die vibrerende kantspieël kyk, was die priester weg – maar 'n oomblik later het hy uit die lang gras verskyn en aangehardloop gekom. Hy had 'n lantern en 'n koffertjie en 'n rol komberse by hom.

"Kan ek help?" vra Lukas toe die man by hom tot stilstand kom.

"Jy moet omdraai. Dis vrot hier van die Bakongo's. Hulle sleep bome in die pad in en hulle het almal *catanas*!"

"Hoe ver hiervandaan?"

"'n Myl of so."

Die Henschel het gekook en hy het geweet die petrol raak min.

"Ek kan nie met dié ding hiér draai nie."

"Hier is draaiplek net hier voor."

"Watter kant toe gaan jy?"

"Enige kant toe. Solank ek net kan saamry."

Altwee moes hard praat, want die geklop van die enjin en die sissende stoom en die geratel van die bakwerk was 'n helse lawaai.

"Jy's seker ons sal nie deurkom nie?"

"Dis net sulke bome," beduie die priester. "Vyf, ses van hulle. En hulle sleep nog in."

"Klim!"

Sy naam was Bernardo Bravo, 'n lang, skraal man van om en by vyftig met krulhare wat tot in sy nek hang. Sy rok en bagasie was gehawend en die eerste waarvoor hy gevra het, was 'n sigaret.

"Wat dink jy is aan die gang, *padre*?"

"Jy moet Songo sien. Die plek lyk soos 'n slaghuis! Dis *catanas* en gewere net waar jy kyk." Hy het sy sigaret bewend sit en rook. "Ry. Ek sal wys waar jy moet draai."

"Waarnatoe is jy op pad?"

"São Salvador toe. Maar ek weet nie meer nie. En jy?"

"Luanda."

"Ek dink ek gaan saam. As jy nie omgee nie. Ek het geld. Ek sal betaal."

"Hoe kan ons, as ons moet omdraai?"

"Ek ken 'n ompad. Maar dis 'n slegte pad."

"As dit 'n pad is, sal ek hom ry."

"Nou ry dan!"

Maar Lukas was onseker. "Ek het agtertoe ook van hulle gekry. Lyk my dis 'n georganiseerde ding hierdie."

"Vir seker is dit. Dis nie speletjies nie!"

"Dis dalk landwyd."

"Sommer so skielik? Een Woensdagmôre? Ons sou tog iets agtergekom het."

Lukas was nie so seker hy moet omdraai nie. "Dalk laat hulle my verbykom."

"Man, daar staan 'n tou karre weerskante! Hulle weier om die bome weg te vat!" Daar was skielik 'n histeriese noot in die *padre* se stem. "Ek het met my eie oë vyf getel wat langs één lorrie dood lê. Hulle skiét net!"

"Almal wittes?"

"Dié wat geskiet is? Almal wittes."

"Dan sal hulle mos niks aan my doen nie."

"Miskien. Maar hoe kry jy jou lorrie verby?"

Hulle moes weer berg op om by die ompad te kom. Bernardo Bravo het nie gepraat nie, net stip voor hom sit en kyk met sy hande in sy skoot inmekaargestrengel. Die Henschel het weer gekook en by die afdraai moes hulle stilhou. Dit was naby etenstyd, maar Lukas was nie honger nie.

"Jy dalk iets eet, *padre*?"

"Ek sal kots as ek kos sien."

"Was dit erg in Songo?"

Bernardo Bravo het opgekyk. "Ek het vanmôre 'n ding gesien." Hy't gesluk en omgedraai en tot in die lang gras langs die pad geloop en weer teruggekom. "'n Meisiekind. Ek dink sy was omtrent vier. Ek het gesien hoe hulle 'n stok agter in haar opdruk en haar soos 'n fakkel ronddra. Sy was nie dood nie."

Lukas het in die pad gespoeg en die kap oopgemaak en 'n lap gaan haal om die verkoelerkop oop te skroef. Hy was nie lus vir verder luister nie. Hy wou op die pad kom.

"Hoe lank gaan ons hier staan?" wou Bernardo Bravo weet.

"Tot die lorrie nie meer kook nie."

"Kan ons nie net eers 'n entjie wegkom nie? Net af van die grootpad af."

"Wil jy hê ek moet my blok kraak?"

"As hulle ons hier kry . . ."

"Dan kry hulle ons. Ek en hierdie lorrie kom 'n ver pad."

Bernardo Bravo het op 'n veilige afstand tussen die bome gaan sit. Ver genoeg om 'n voorsprong te hê as iemand aankom. Lukas self was haastiger as wat hy wou toegee, maar hy't vir homself gesê dis oor Luanda nog ver is. Nog 'n dag se ry, en dis al amper twee-uur, en hy weet nie hoe lyk die ompad nie. Hy't die verkoelerkop losgekry en die enjin laat luier en nuwe water bygegooi, bietjie vir bietjie, tot die hittemeter weer normaal was.

Met die geluier van die enjin kon hy niks hoor nie, maar toe hy die kap toemaak, sien hy Bravo 'n ent verder af in die lang gras vooroor staan en stuiptrek asof hy probeer opgooi en niks meer het wat wil uit nie.

Die pad was beter as wat hy verwag het. Die eerste ent altans. 'n Bietjie modderig plek-plek, en hier en daar verspoel, maar heeltemal begaanbaar. As Lukas gedink het hy sou geselskap hê, het hy hom misgis, want sy passasier was binne 'n paar minute vas aan die slaap, die vragmotor se lawaai en geskud ten spyt. 'n Keer of wat het hy wakker geskrik en vervaard orent gesit, dan besef waar hy is en verleë geglimlag en weer ingedut.

Die lug was drukkend en swaar van reën en dit het niks goeds voorspel nie. Daar was weerlig agter die horison en in die suidweste het los buie soos gordyne teen die lug gehang.

Miskien was dit die onweer wat die rook so goed gekamoefleer het, want hy het dit eers gesien toe die paar los geboutjies om 'n draai kom en voor die Henschel se neus inskuif. Dit was net 'n paar huise en 'n winkel en 'n vulstasie en 'n klompie verskrikte hoenders. 'n Uitgebrande motor het dwars in die pad gelê en die winkel en vulstasie het dakloos staan en smeul.

"In godsnaam, moenie stilhou nie!" sê Bravo toe Lukas begin rem. "Ry! Asseblief, ry!"

"Ek dag jy slaap!"

Hy wou die lorrie tussen die motor en die linkerkantse huis deurstuur, maar die heining was in die pad. Hulle het die voorhekkie geskep en die heining saamgevat én 'n ry dahlias en teen 'n duiwehok tot stilstand gekom.

Bravo het sy hande weerskante van sy gesig vasgedruk. "God verhoor ons gebede . . ."

In die hoek van die duiwehok, op 'n sinkplatform, het 'n swartgeskroeide posduif blinderig en dronk in die kop sy balans probeer herwin.

Lukas het uitgeklim. Die pad was besaai met stukkende dakteëls en tussen die motorwrak en die vulstasie was 'n diep gat in die grond geruk waar die opgaartenk ontplof het.

Dit het weer fyn begin reën.

"Kom," sê Lukas toe dit lyk of Bravo bly sit. "Ons moet hierdie kar uit die pad uit kry."

Die kar het op sy sy gelê. Dit was 'n Chev Fleetline en hy was so swaar soos lood. Hulle kon hom nie roer nie. Die grond was glad en hulle voete heeltyd aan die gly, en boonop was Bravo se soetane knaend onder sy voete in.

"Kan ons nie die ding met die lorrie wegstoot nie?"

Toe is daar 'n geluid iewers: iets soos 'n emmer wat omgestamp word. Hulle het vir mekaar gekyk en die priester het die kruis geslaan.

"Hulle is dalk nog hier . . ."

Lukas het sy kop geskud. "Dis seker maar 'n hond of iets." Maar hy was self nie so seker nie.

Bravo het sy rok tussen sy skraal vingers vasgegryp. "As hulle my in hierdie klere moet sien . . ."

"Help my liewer, man!"

Maar daar was weer 'n geluid, agter hulle dié keer, en baie naby: 'n raam wat opgeskuif word. Die skemer was vinnig aan die toesak. Die posduif in die verbrande hok het begin fladder en teen die draad beland en grond toe geval. Dit het harder gereën. En dié vier dinge – die raam, die inkomende donkerte, die duif en die reën – het hulle in die lorrie laat klim asof dit lankal so afgespreek was. Die Henschel het oomblikliks gevat. Met die lorrie in eerste rat het die huis se stoep maklik meegegee; die heining het onder die kap ingefrommel en die duiwehok was nie 'n probleem nie.

Hulle het die eerste myl of wat in die donker gery voor Lukas die ligte aangesit het. Die linkerkoplamp was dood.

"Hulle was daar. Ek sweer hulle was nog daar." Bravo het sy rol komberse op sy skoot getel en 'n halfbotteltjie jenewer uit die voue uitgevroetel. "'n Slukkie, *amigo?*"

Lukas het sy kop geskud. Hy was skielik omgekrap oor hy sy lorrie so moes verniel en hy wou graag voel dis oor die priester so bang was. Hy't vir homself 'n sigaret opgesteek sonder om Bravo een aan te bied.

"As jy so bang is jy kom iets oor, hoekom trek jy nie daardie rok uit nie?"

Bravo het sy mond afgevee en die bottel toegeskroef. "God is al raadop met my. Ek kan nie dít ook nog doen nie."

"Wat help 'n dooie priester?"

"Dalk help dit, 'n mens weet nie. Lewend was ek nooit vir Hom veel werd nie."

Dit was nou donker in die kajuit. Die vaal middag vol reën het gekrimp tot die druppels voor die enkele flou koplamp. Diep agter in die wolke het die weerlig aanhoudend geroer.

"Wat het hulle teen die kerk?" vra Lukas ná 'n ruk, net om 'n soort gesprek aan die gang te kry. "Die kerk het hulle niks gedoen nie."

"Die kerk is gesag, vriend. Dis maar net 'n ander vorm van imperialisme. Katolieke imperialisme."

"Wat het dan geword van die koninkryk van die hemele?"

"Jy vra vir my! Slawe stel nie belang in die ewige lewe nie. Wat het die kerk die afgelope vierhonderd jaar gedoen om die onreg teen jou mense stop te sit? Niks. Hulle het wywater gesprinkel en met gebedekrale gespeel. Ek skaam my daarvoor."

"Maar jy wil nie jou rok uittrek nie?"

Die priester het lank die donker in sit en kyk; toe sy botteltjie oopgeskroef en 'n sluk gevat en die bottel weer toegeskroef voor hy gereed was om te antwoord. "Vir 'n man met 'n naam soos myne is ek 'n swak soldaat. Hoe kan 'n kerk iets bereik met swakkelinge soos ek?"

"Jy antwoord nie my vraag nie, *padre*."

"God vergewe 'n mens makliker as wat die kerk jou vergewe. Ek dra die rok vir God."

"Die rok sal niemand se siel red nie, sal dit? Jy was te bang om uit te klim netnou by daardie plek. Wie sê daar het nie iemand lê en doodgaan nie? Jy kon vir oulaas vir hom gebid het."

Padre Bravo het weer nie dadelik geantwoord nie. Hy het só lank stilgebly dat Lukas begin dink het hy gaan glad nie reageer nie. Maar toe hy praat, uiteindelik, was dit met 'n lag in sy stem wat Lukas nie verwag het nie. "Ek hét gebid, *amigo*, die goeie God weet ek het gebid!"

Dit het geleidelik weer al hoe harder begin reën. Lukas was bekommerd oor die vrag. Selfs op 'n goeie pad was dit sy manier om elke twee uur of wat stil te hou en die toue na te gaan. Die Henschel se ligte was nooit danig goed nie, en met die reën en die een lig dood, kon hy later kwalik sien waar hy ry. Hy het plek gesoek om af te trek, maar die olifantsgras het weerskante tot teen die pad gegroei en daar was skaars genoeg plek vir twee voertuie om langs mekaar verby te kom.

"Kan jy nog sien?" wou die priester heeltyd weet.

"Nie te goed nie."

"Ek sien niks. Moet jy nie maar aftrek nie?"

"Ek kan nie sommerso in die veld in nie. Netnou val ons vas. Het jy nie 'n sakdoek of iets nie? Ons wasem toe."

Ten spyte van die reën was die lorrie weer besig om te oorverhit, waarskynlik omdat hulle so stadig moes ry.

Hulle het nog 'n halfuur aangesukkel. Die kajuit was te donker om die tyd te lees, maar dit moet omtrent nege-uur gewees het toe Lukas die afdraai sien, skaars meer as 'n tweespoor met gekalkte klippe aan weerskante gepak. Hy is by die pad in, om stilhouplek te kry. Maar toe hy tot stilstand kom, sien hy die pers bos bougainvilleas en die laning frangipani's en iets soos vensterruite wat blink. Hy het die Henschel weer in rat gesit en vorentoe gery en skielik was die huis voor hulle met 'n werf vol afgewaaide blare en 'n motor wat op blokke staan.

Die huis se voordeur was oop.

Lukas het die enjin afgeskakel, maar nie die koplig nie.

Dit was skielik doodstil behalwe die gesis van stoom uit die verkoeler en die pik van reëndruppels op die lorrie se dak.

"Dink jy hier is mense?" vra Bravo.

"Lyk nie so nie."

Daar was nie gordyne voor die vensters nie, maar 'n stoel het die voordeur oopgehou.

"Ek gaan kyk."

"Versigtig, *amigo*. Sit eers die ligte af."

"Dan sien ek niks."

Ten spyte van die aanhoudende reën was die nag bedompig en sonder wind.

Die voorkamer was geplunder. Meubels was omgestamp en die gordyne het op die vloer gelê. Lukas het van kamer tot kamer geloop en vuurhoutjies getrek. Dit was oral dieselfde. Omgekeerde kaste, stukkende porselein, klere op die vloer. In die slaapkamer was 'n afbeelding van die Heilige Maagd in mosaïek in die muur ingelê. Oor haar lyf en oor die lam wat sy in haar arms vashou, was die woorde *Mata! UPA!* in groot houtskoolletters gekrap.

Toe praat die priester agter hom. "Hulle was hier ook."

"Ja."

Die huis was bedompig en alles het na suur rooi wyn geruik.

"Hier's nie dooies nie?"

"Nee, *padre*."

"God sy dank."

"Ek gaan gou die ligte afsit."

"Gaan ons hier bly?"

"Ons sal maar moet."

Lukas het die lorrie nog 'n paar tree vorentoe getrek tot die neus teenaan die stoep was, en die kap oopgemaak. Hy't sy kostrommel en die priester se rol komberse gevat en dit op die stoep gaan neersit.

In sy kosblik was daar 'n bietjie rys, drie gekookte ertappels en rissiebredie. Hy het die kosblik in die draadmandjie op die enjinblok gaan sit sodat dit kan warm word. Hy moes te veel kere in sy lewe koue padkos eet. Die mandjie was van bloudraad, net groot genoeg dat sy kosblik styf daarin pas, en stewig aan die enjinblok vas. Bedags teen twaalfuur se kant sou hy stilhou en die kosblik in die mandjie sit, en ná nog 'n halfuur se ry was dit warm genoeg om te eet.

Die priester het heeltyd 'n bietjie verlore op die stoep bly staan. "Jy gaan seker in die lorrie slaap?"

"Nee, *padre*. Sommer hier op die stoep. Ek sal vir ons matrasse uitsleep."

Bravo het in sy komberse begin vroetel en sy botteltjie oopgeskroef. Lukas het twee stoele stoep toe gebring en vir hulle elkeen 'n sigaret opgesteek.

"'n Slukkie jenewer? Dit maak die bloed warm."

Lukas het 'n groot sluk gevat. Die bottel was byna leeg.

"Kry maar nog, *amigo*. Ek het 'n vol bottel in my tas."

"Ná ete, miskien. Ek het kos op die stoof."

'n Oomblik lank was Bravo se baard en die punt van sy neus en sy vingers sigbaar in die gloeiende kooltjie van sy sigaret. "Gee jy om as ek in die lorrie slaap?"

"Jy sal moet sit en slaap."

"Dis hoe ek altyd slaap."

Die reën het eenstryk deur geval, 'n druisende muur water sonder wind of weerlig. Maar dit was nog steeds warm. Lukas moes kort-kort die sweet uit sy nek vee.

Daar was 'n vreemde teenwoordigheid op die stoep van daardie huis dié nag: asof wie ook al daar gewoon het nog steeds daar was, opgelos in die donker maar deel van die gesprek. Die priester moet dit ook aangevoel het, want hy het meer as een keer opgehou praat en sy kop gedraai en geluister. En Lukas het homself betrap, 'n keer of wat, dat hy vir die oop voordeur kyk asof hy verwag iemand gaan uitgestap kom en by hulle kom sit. Ná 'n ruk het Lukas die kos gaan haal. Dit was louerig. Bravo wou nog steeds nie eet nie. Hy het sy lantern en nog jenewer gaan haal en hulle het die lantern opgesteek en teleurgesteld sit en kyk hoe min verskil dit maak.

"In watter gemeente is jy, *padre*?"

"Luanda."

"Maar jy was op pad São toe."

"Ek het grootgeword in São."

"Jy't nog mense daar?"

"Nie eintlik nie. Nie familie nie. Ek wou sommer maar gaan soek na . . ." Hy het na die donker sit en kyk. "Ek wou terug soontoe om 'n illusie te gaan verbreek."

Padre Bravo het skynbaar geweet waar hy sy pouses moet plaas.

"Hoekom doen 'n mens so iets?"

"Jy doen dit wanneer die illusie te moeilik word om mee saam te leef. Jy doen dit wanneer jy 'n verspeelde verlede as verskoning begin gebruik vir al jou mislukkings."

"Hoe dan?"

Hy het die nuwe bottel jenewer oopgeskroef en so onopvallend moontlik so 'n groot sluk moontlik gevat. En nie geantwoord nie.

Die reën was aan die bedaar en 'n koel luggie het uit die ooste begin stoot. Miskien was dit die kameraderie wat die nag altyd met hom saambring, of miskien was dit die jenewer, maar daar was iets broederliks in sy stemtoon toe hy weer praat. "Ek is bly ek het iemand om mee te gesels vannag. Dis nie 'n nag vir alleen wees nie." Iets op die werf het geruik soos mangoblomme. Of was dit nie mango nie? Muskus. 'n Wilde reuk. En iewers het 'n deur – 'n hekkie, iéts – baie liggies, net effentjies, amper onhoorbaar op sy skarnier geswaai.

Hulle het tot diep in die nag in gepraat. Hulle was vreemdelinge vir mekaar, maar die dag se gebeure, die donker, die jenewer miskien, het hulle 'n wyle daarvan laat vergeet.

Lukas het in 'n stadium op die vloer gaan sit met sy rug teen die muur. Hy moet aan die slaap geraak het, want toe hy wakker word, lê die priester op die rand van die stoep op sy rug. "Slaap jy, *padre*?"

"Nee. Ek praat dan nog heeltyd."

"Ekskuus. Ek het seker ingedut."

"Ook maar goed. Ek was besig om te bely."

"Oor wat?"

"Oor die feit dat ek nie 'n priester se agterent is nie. Hoekom die goeie Here my so geduldig verdra, weet net Hy alleen. Miskien sou dit met my beter gegaan het as my vader die priester geword het – nie ek nie." Hy het opgestaan, tot op die verste punt van die stoep geloop en weer teruggekom.

"Jou vader moes eintlik die priester geword het?"

"Hulle sê my hy kon skaars praat toe *ora pro nobis* hy al tydig en ontydig. Dis seker maar 'n lieg, as jy my vra, maar my grootjie het my eenkeer vertel sy het met haar eie oë gesien hoe hy die kruis slaan toe hulle sy naelstring knip.

"Maar selfs 'n gebore priester hou nie altyd rekening met die versoekinge van die vlees nie. Hy is toe 'n snuiter van sewentien en hier is hierdie orige meisiekindjie. En Ma wás 'n mooi mens; dit moet ek toegee. Toe is sy passasie al bespreek Lissabon toe, want in daardie tyd moes jy sulke gewigtige reëlings 'n jaar voor die tyd al tref. En of hy nou net onhandig was en of dit sy manier was om tot ander mense deur te dring, dit weet ek nie, maar hy het die perke van die selibaat oorskry. Toe is dit tot daarnatoe. Hulle moes toe maar die passasie kanselleer en my vader word 'n winkelier. Dis hoe ék toe in die prentjie kom. En toe hulle die dag my naelstring knip, toe staan my vader by en hy sê: dié kind gee my 'n tweede kans; hy sal my naam dra en hy sal regmaak wat ek verbrou het."

Lukas se kosblik het nog langs sy stoel gestaan en die priester het vooroor gebuk en dit opgetel. Daar was nog net 'n ertappel en 'n bietjie rys oor. "Ek voel my dieet begin my vang."

"Asseblief, *padre*, eet."

In ruil vir die ertappel het hy Lukas die jenewerbottel aangebied.

"Toe word jy maar priester?"

Die reën het nou heeltemal bedaar. Net onder die bome en om die dakrand het dit nog gedrup.

"Die geskiedenis het 'n manier om homself te herhaal, my vriend." Hy was besig om die ertappel met sy vingers te probeer afskil. "En ek dink ek het nogal taamlik daarop staatgemaak. Ek het dit bely en ek glo ek is vergewe, maar ek het my bes probeer om winkelier te word. Nie dat dit altyd maklik was nie, want my vader was 'n streng man en hy't nie die roede gespaar nie. Ek het elke kamervenster in die dorp geken en ek het geweet watter vir my oopstaan. Die enigste moeilikheid was: my vader had 'n sesde sintuig. Hy kon in die donker sien. En meer as een keer het hy my daar loop uithaal en my dik gelooi nog voor ek kon kans maak om my broek aan te kry. Maar toe ek sestien is toe leer ek 'n jong weduwee op die dorp ken en toe gaan dit beter – ek skat die duisternis wat haar omhul het, was selfs vir my vader se oë te veel."

Padre Bravo het sy ertappel halfpad geëet en die res as 'n soort lepel gebruik om die rys mee te eet.

"Nou is dit eienaardig, *amigo*, hoe dié dinge werk. Want my vader was net een keer ontrou aan sy roeping, en dit was genoeg om hom sy skip te laat verpas. Maar met my was dit anders. Ek het drie jaar lank elke verbyvarende skip getorpedeer – maar, helaas, nie een wou sink nie."

Padre Bravo het 'n ruk stilgebly. En oplaas opgestaan en 'n paar tree op die werf uitgestap en hom tussen die malvas gaan verlig. Met die terugkom kon Lukas sien hy is nie meer baie vas op sy voete nie. Hy het kom sit en 'n sigaret gevra. Daar was nog net twee in die pakkie oor.

"Toe gaan jy maar Lissabon toe?" sê Lukas uiteindelik toe dit lyk of hy nie verder gaan vertel nie.

"Nog nie. Daar was nog eers Rosinha. Dis eintlik van Rosinha wat ek jou wou vertel. Rosinha de Silveira. 'n Lieflike kind, my broer. 'n Wonderlike meisiekind. Ek het altyd vir myself gesê die Heilige Maagd moet seker soos sy gelyk het. Haar vader was van Fatima, wat waarskynlik my bygeloof oor haar versterk het. Ek dink sy wás vir my heilig. Rosinha de Silveira. Hulle het op ons dorp ingetrek en haar vader het 'n bakkery begin. Haar ma was 'n halfbloed. Ek was agtien en toegegooi onder Latyn en kerkgeskiedenis en smiddae moes ek in die winkel tussen die meelsakke sit en leer, want my passasie was al bespreek. Toe stuur my vader my die middag so teen skemertyd na die nuwe intrekkers toe met 'n mandjie kos en 'n bietjie wyn. En hier staan die kind toe langs die huis en frangipani's pluk, sommerso, doodeenvoudig, asof dit 'n alledaagse ding is vir 'n hemelse wese soos sy om in São Salvador se skemerte te kom blomme pluk.

"Nou ja, wat maak 'n knaap van agtien in sulke omstandighede? Hy raak verlief. Hy gooi sy baadjie voor haar voete wanneer sy oor die straat loop. Hy begin sy sondes bely.

"My vader het gekeer. Hy't gesien wat kom. Hy't begin profeteer oor hoe daardie skip die tweede keer in agtien jaar vir Bernardo Bravo wegry.

"Maar dis 'n eienaardige ding, jy weet. Hoe dinge partykeer werk. Ek verstaan dit nou nog nie. Maar ek kon nie aan Rosinha raak nie. Ek wóú, ja. Ek het haar begeer soos ek nog nooit weer iets begeer het nie. Ek wou haar vir myself hê. Maar selfs net om haar hand te soen, was in my gemoed al 'n soort inbreuk op haar waardigheid."

"Was sy op jou ook verlief?"

"*Droga*! Dis die ding. Ek wéét nie!"

"Jy weet nie?"

"Ek weet nie. Destyds was ek seker sy is nié. Ek was seker sy verduur my maar net. Sy is onaantasbaar. 'n Wese soos sy raak nie verlief nie. Sy hou gemeenskap met die engele. Maar die dag toe ek ry – want toe haal ek daardie skip, vriend, net om wég te kom – die dag toe ek die bus haal op São Salvador, toe hardloop sy agter ons aan. Die hele dorp was vol boerbokke die middag, die bus moes aankruie tussen die troppe deur, dit was lamtyd – toe hardloop sy heelpad agter die bus aan en sy waai vir my. Meer as 'n myl, seker, want ver uit die dorp uit het ons nog elke paar honderd tree 'n trop bokke gekry, en sy hou aan waai.

"Ek is daar weg met 'n koffertjie klere en my paar boeke en honderd en twaalf eskudo's, en 'n prentjie van die maagd Rosinha wat agter my aanhardloop om tot siens te waai. En met daardie prentjie leef ek nog altyd saam."

Lukas het ongemaklik gelag. "Jy's sentimenteel, *padre*."

"Hoekom? Omdat ek eenkeer verlief was?"

"Jy't haar nie weer gesien nie?"

"Nee. Ek was nog nooit weer in São nie. My vader en moeder is albei dood voor ek kon teruggaan."

"Jy't nie eers vir haar geskryf nie?"

"Baie. Maar ek glo nie sy't ooit die briewe gekry nie. Ná 'n jaar of wat het haar vader eenkeer teruggeskryf en gesê dis miskien tyd dat ek meer aandag gee aan my eie saligheid."

"En jy was op pad soontoe vandag. São Salvador toe."

Die priester het na die Henschel se kant toe gewys, wat met sy oop kap en sy een stukkende oog vir hulle staan en kyk. "Toe dié walvis my insluk, ja. Terug Nineve toe, Bernardo Bravo! God is nog nie klaar met jou nie."

"Sy's dalk nie meer dieselfde nie."

"Ek weet! Dis wat ek wou loop sien. 'n Vloekende veertigjarige vrou, miskien, met groot heupe en hangtiete en veertien kinders."

Die priester het sukkelend orent gekom, aan die stoeppilaar vasgehou en die donkerte bespied. "Ek moet loop slaap." Hy het teen die stoeptrappie probeer afklim en dit onverwags moeilik gevind, toe stadig teen die pilaar afgesak en gaan sit. "Ek was bang, heeltyd, ek kom daar aan, ná al die jare, en hulle sê nee, hier was nooit 'n bakker in São Salvador nie, hier was nooit De Silveiras nie, *padre* Bravo, hier was nooit in die geskiedenis van hierdie dorp 'n meisiekind met die naam Rosinha nie."

Hy het agteroor gesak en op die vloer gaan lê.

Lukas het vir hom 'n matras gaan haal, maar hy kon hom nie wakker kry nie.

Die nag was heeltemal sonder geluid. Nêrens 'n hond wat blaf nie; nie 'n padda of 'n kriek nie. En laag in die weste, net bokant die berge, het 'n flentertjie maanlig agter die wolke uitgekom en weer weggeraak.

Lukas se lyf was taai van die sweet en hy was moeg, maar hy was seker hy gaan nie geslaap kry nie. Hy het heeltyd konkas voor hom in die pad sien inrol en 'n kind in die modderwater sien lê en 'n vrou wat sonder bene hardloop. Hy het aan alles gedink wat die dag opgelewer het en hy wou nie daaraan dink nie. Hy wou in Luanda wees, nie op hierdie godverlate, geplunderde huis se stoep nie.

Hy moet geslaap het, later, want toe hy wakker word, was dit al effens lig in die ooste.

Die priester was nie daar nie.

Hy het die vrag gaan inspekteer en die seil van die petrolkonka afgehaal en die Henschel se tenk volgemaak. Hy het die twee waterkanne gevat en om die huis geloop op soek na 'n kraan of iets toe hy die gekreun hoor. Die priester het by die hoek van die huis op sy hurke gesit met kwyl wat uit sy baard loop. Voor hom op die grond het 'n bietjie braaksel gelê: stukkies halfverteerde ertappel en ryskorrels.

"Is dit nog altyd sulke tyd, *padre*?"

Die priester het met 'n ongeduldige gebaar 'n koers in gewys. Daar was 'n afdak agter die huis. Aan die balke het drie mense gehang, al drie sonder klere. 'n Swanger vrou van omtrent dertig en twee halfbloed kinders van so drie of vier jaar oud. Daar was geen bloed aan hulle nie behalwe 'n klein bietjie wat teen die vrou so bobeen afgeloop het. Hulle was nie baie lank dood nie.

Die pad Luanda toe was sonder voorval.

Teen elfuur se kant het Lukas die priester by sy *apartamento* naby die hawe afgelaai en toe sy vrag gaan besorg. Eenuur was hy in sy kamer.

'n Uur later het die milisie hom in hegtenis geneem.

2

Agterna beskou was daardie jaar nie net vir Lukas van Niekerk 'n buitengewone een nie. Dit was vir my ook 'n jaar van heelwat hoogte- en laagtepunte. Dit was die jaar van Deon se geboorte. Agt maande later, in dieselfde week dat Lukas in Luanda in hegtenis geneem is, het Dina my die eerste keer verlaat. Dit was die jaar waarin my eerste roman verskyn het en deur die loop van daardie lang winter die een vernietigende resensie ná die ander gekry het. Dit was die jaar waarin ek uit my pos as verslaggewer bedank en begin vryskut het. En as sy dan onthou móét word – dit was Riana se jaar.

'n Bewoë tyd vir ons; maar óm ons was dit rustig. Niks het ons toe voorberei op wat moes kom nie. Vir die meeste mense was Sharpeville reeds min of meer vergete. Die land was vreedsaam en vooruitstrewend met John Vorster aan bewind en *détente* op almal se lippe. Met die uitsondering van 'n niksbeduidende klein groepie "verloopte" Afrikaners wat na links en na regs afgewyk het, was die volk eendragtig en kragdadig aan 't vooruitbeur. Apartheid of plurale ontwikkeling of hoe dit in daardie stadium ook al genoem is, was onaantasbaar. Daar was 'n vaste geloof by die meeste Afrikaners dat Suid-Afrika, anders as die res van Afrika, besig was om die probleem van veelrassigheid op 'n sinvolle en vreedsame wyse op te los.

Miskien was dit een van die redes hoekom my roman met soveel venyn afgeskiet is. Dit was moedswillig – dit gee ek toe; dit was bedoel om te krenk en aanstoot te gee. Miskien wás dit 'n bietjie te demonstratief. Maar ek kon net nie glo dis so vrot soos wat almal dit wou uitmaak nie. Dis te laat, nou, heeltemal te laat – maar vandag weet ek daardie eerste literêre poging van my was, politiek gesproke, weinig meer as 'n keffer se dapper geblaf vir die maan.

Dis ironies. Want so baie wat daarná met my en Dina gebeur het, kan op 'n manier teruggevoer word tot daardie boek.

Dina was nooit danig beïndruk met my skrywery nie. Sy het baie gelees, maar nooit fiksie nie. Die nagtelike geratel van my ou Underwood het sy aanvanklik met dieselfde geamuseerde geduld verduur waarmee sy met al my vorige giere saamgeleef het. My droom om te gaan boer, my modelvliegtuigies, daardie katastrofale ses maande waarin ek op die aandelebeurs wou ryk word, my bevlieging 'n paar jaar tevore om alles te los en in die regte te gaan studeer. Dit sou oorwaai, het sy geglo; soos al die ander nukke sou dit oorwaai.

Sy het die boek eers ná sy verskyning gelees. En 'n week lank nie met my gepraat nie. Deon was drie maande oud en ek het haar bui afgeskryf as postnatale depressie.

Ek kon nie dieselfde van my redakteur sê nie. Hy het my begin ignoreer. 'n Paar weke later was daar 'n berig in die oggendkoerant dat die Publikasieraad klagtes oor my boek ontvang het. My koerant se naam is ongevraag en herhaaldelik by die berig ingesleep. "Jou literêre kaperjolle is jou eie saak," was Schoeman se eerste woorde die oggend toe hy die koerant op my tikmasjien neergooi, "maar as hoofredakteur van hierdie koerant moet ek jou waarsku." Hy het alles altyd "as hoofredakteur van hierdie koerant" gesê. "As jou boek verbied word, sal ons jou uit die nuuskantoor moet wegvat. Dit wil sê as die direksie nie jou bedanking eis nie."

Ek het nie vir die Publikasieraad of die direksie gewag nie en dadelik bedank. Met drome in my oë. Want die swak resensies ten spyt en danksy die gerugte oor 'n moontlike verbod is die eerste oplaag binne ses weke uitverkoop.

Teleurstelling nommer een was Dina. Sy was naels en tande. "En wie dink jy gaan vir ons sorg?"

"Ek, natuurlik."

"Hoe nogal? Met jou simpel boekie?"

"Daar kom 'n groot herdruk, Dina. En ek gaan nog een skryf. Nog baie. En ek gaan vryskut."

"En ek gaan huis toe."

Haar ma se beknopte woonstelletjie in Sunnyside was skaars 'n plek om heen te vlug. Ek het geweet solank sy soontoe padgee, beteken dit sy is van plan om weer terug te kom. Tog dink ek die mislukking van ons huwelik is lank voor ons mekaar leer ken het in daardie woonstel bepaal.

Sy was dertien toe haar pa selfmoord gepleeg het. En sy dood het haar hele wêreld verander. Hy het haar dertien jaar lank alles gegee wat sy wou hê en toe druk hy 'n rewolwer in sy mond. Almal het gedink hy is 'n welvarende prokureur, 'n toegewyde gesinsman en 'n liefdevolle vader – maar iewers moet daar 'n skroef los gewees het, want niemand kon of wou vir haar verduidelik hoekom sy boedel bankrot verklaar is nie. Wie die man ook al was wat later 'n lewe met haar sou deel, sou moes saamleef met wat haar pa verbrou het. Ek het dit eers ná Deon se geboorte regtig besef. Dina het nie kans gesien om ooit weer onverhoeds betrap te word nie: sy wou wéét wat môre gaan gebeur.

Daardie onstuimige jaar het nie juis gehelp nie.

Ek het gesukkel om iets verkoop te kry. Veral ná die verbod op die boek is my tydskrifartikels die een ná die ander afgekeur. As ek reg onthou, was my totale inkomste vir die eerste drie maande as vryskut iets soos sewehonderd rand.

Dit was Riana wat tot my redding gekom het. Sy was artikelredakteur by 'n vrouetydskrif, 'n paar jaar ouer as ek, nogal mooi om na te kyk, en geskei. Sy het alles gekoop wat ek na haar toe aangedra het en dit onder 'n skuilnaam gepubliseer. Horoskope, skinderstories uit Hollywood, boereresepte, raad vir tieners – geskryf deur Sonja de Waal en Lucia Minnaar en Helène Joubert en diesulkes. Ons het 'n paar keer saam gaan eet – om my eerste tjek te vier, om voorleggings te bespreek, om projekte te beplan. Later sommer net vir die gesels.

Ek het dit nooit teenoor enigiemand erken nie, maar daar wás 'n stadium waarin ek nie meer presies geweet het wat daar tussen my en Riana aan die gang is nie. 'n Intieme verhouding was dit nog lank nie, maar dit was ook nie meer 'n blote sakeverhouding of selfs 'n vriendskap nie.

Die gerug wat kort voor lank by Dina uitgekom het, moet meer sensasioneel gewees het as die feite. My verduidelikings en verontskuldigings het nie gehelp nie – vir haar het dit bloot bevestig wat sy sedert haar pa se dood vermoed het: alle mans is bedrieërs.

Stonkie, soos hy aanvanklik deur sy vriende genoem is, het in 1976 midde-in die Soweto-onluste in Johannesburg aangekom nadat hy 'n tyd lank in Komatipoort as verwer, haarkapper en doeanetolk sy brood verdien het. Hy het 'n paar maande lank 'n Joodse dame in Morningside se tuin versorg, toe plek gekry in 'n hostel in Alexandra en met los werkies aan die gang probeer bly. Hy het sy doopnaam in Komatipoort gelos. Daar was net nie plek in dié land vir 'n kaffer met so 'n aanstellerige naam nie.

Hy moes baie dinge leer daardie tyd. Hy het meer as een keer vir homself gesê dis soos om in die land Kanaän aan te kom en uit te vind die heuning is bitter en die melk is rens. Hy kon nie gewoond raak aan Johannesburg nie. Hy kon nie gewoond raak aan die feit dat hy, ten spyte van alles wat hy sy lewe lank geglo het, hier net so ontuis soos in Angola was nie. In Luanda kon niemand sy naam onthou nie; hier wou niemand hom sy naam gun nie.

Hy het in 1978 met Sambo Ndungwane kennis gemaak en dit het gehelp, want Sambo is in Balfour se wêreld deur 'n kinderlose blanke egpaar hans grootgemaak en Sambo was byna net so Afrikaans soos hy. Net baie meer verbitterd. Sambo was die eienaar van 'n vloot taxi's en Stonkie het vir hom begin ry. Of probéér ry, want hy het die Witwatersrand glad nie geken nie en het van die heel eerste dag af so hopeloos verdwaal dat Sambo ná 'n week moes ingryp. Hy het sy taxi by hom weggevat en hom aangestel as vlootwerktuigkundige. Dit het ook gehelp.

Die vier of vyf jaar waarin Stonkie – of Sipho Mbokani, soos sy vervalste dompas later aangedui het – die tyd waarin hy sy voete in Alexandra probeer vind het, was die tyd waarin die eenheid in Afrikanergeledere vir die soveelste keer weer krake begin toon het. Wat niemand toe vermoed het nie, was dat die breekspul wat sou volg uiteindelik die gesig van die land sou verander. Dit was dieselfde tyd waarin ek en Dina die tweede keer, maar asof dit die heel eerste keer was, probeer het om iets van ons huwelik te maak.

Ten spyte van alles wat daarna gebeur het – al die afknouery en dwarstrekkery en die uiteindelike bitterheid – sal ek altyd respek hê vir die manier waarop sy probeer het.

Sy het my aanvanklik baie goed laat verstaan sy kom maar net terug ter wille van Deon. Hy het 'n pa nodig en omdat hý nie kan kies nie, moet ek probeer voorgee dat ek dié soort rol kan speel. En ás ek van plan is om weer met ander vroumense te lol, óf dalk besluit om selfmoord te pleeg, moet ek haar asseblief voor die tyd waarsku.

Maar dit het geleidelik begin beter gaan. En miskien het Deon meer daarmee te doen gehad as wat ons aanvanklik besef het. Hy was van die begin af 'n opvallend weerlose soort kind, met sy maer bene en sy dun nekkie en sy groot oë wat met die geringste aanleiding skielik vol trane kon skiet. Tóé al kon hy nie huil soos ander kinders huil nie. Selfs al het hy hom uit 'n boom uit te pletter geval, sou hy trane in sy oë hê en sy onderlip sou bewe, maar daar sou nie 'n geluid uit sy mond kom nie. Ek en Dina het baie gou geleer ons moet ons argumente bêre vir laat in die nag wanneer hy al slaap – en selfs dán sou hy skielik uit die niet verskyn en met sy groot, verskrikte oë en sy bewende mond vir ons staan en kyk asof hy iets probeer besweer.

Ek het dikwels agterna gedink: hy was toe al geteister deur daardie vrees wat soos 'n draad deur sy kort lewe sou loop – 'n vrees om afstand te doen van 'n vertroude wêreld.

Dina het haar mettertyd aangepas by die onsekerheid van my vryskutbestaan. En nie net omdat dit geleidelik finansieel al hoe beter begin gaan het nie. Daar was steeds maer tye waarin ons die rieme maar dun moes sny. Sy het my selfs aangemoedig om weer 'n roman te probeer skryf, solank dit in hemelsnaam net nie 'n politieke roman is nie. Ek het probeer, maar ek kon nie. My selfvertroue was daarmee heen. Ek het drie jaar lank dieselfde storie oor en oor geskryf en dit nie een keer klaargemaak nie. Toe ek uiteindelik, in die jaar waarin Deon skool toe is, 'n nuwe storie aanpak en dit binne ses maande klaar skryf – weer eens ten koste van die brood in die huis, maar dié keer met Dina se geduldige ondersteuning – het die een uitgewer ná die ander dit sonder omhaal van woorde afgekeur.

Waarmee is ek nou eintlik besig? Om myself vir die soveelste keer te probeer vertel hoe dit gebeur het? Hóékom dit gebeur het?

Weet twee mense ooit regtig ná 'n egskeiding hoekom dit nie uitgewerk het nie? Almal is altyd gereed om redes te verskaf, maar dis selde dat albei partye dieselfde redes aanvoer. Selfs al is dit iets so dramaties en identifiseerbaars soos 'n derde party wat die breukspul aanbring, is dít nie noodwendig die eintlike oorsaak nie. Dis dalk 'n gevolg. Egskeidings word byna sonder uitsondering veroorsaak deur gevolge.

Dis nie nou die tyd en die plek om daaroor te tob nie.

Dit was Tim Creswell wat my gehelp het om regtig die townships te leer ken. Ek was besig met 'n artikel oor die plek van Standaardafrikaans in die postapartheid-era en hy het my gaan voorstel aan 'n paar swart huisgesinne in plekke soos Meadowlands en Jabulani en Diepkloof en Alexandra wat Afrikaans as huistaal gebruik.

As iets my geloof in myself aan die tand kom voel het, was dit daardie eerste paar besoeke. As joernalis was ek dikwels tevore in Soweto, en meermale juis in tye van geweld, maar Creswell het my in die hostelle in gevat, die sjebeens gaan wys, die bendehole en bordele en plakkerskrotte, want dit was daar waar hy dag vir dag sy opheffingswerk moes doen. As ek vroeër al begin vermoed het my armsalige romannetjie van sewentien jaar tevore was die pretensieuse geslobber van 'n lekeprediker, dan het veral Alexandra my finaal daarvan oortuig. Ek het jare lank gedink ek weet iets van daardie ellende – soos die kraai vlieg tien kilometer van my woonstel in Ferndale – van hostelle sonder riolering, van middernagtelike klopjagte, van kinderprostitusie, van lyke op straat, van ondervoeding en haat en roofbendes en sinlose geweld, van die werkloosheid en dakloosheid en uitsigloosheid van mense 'n hanetree anderkant die hoë wit mure van Kew, Bramley, Sandown, Illovo.

Van almal wat ek gedurende daardie paar maande in Alexandra leer ken het, was hy die terughoudendste. Hy het die minste gepraat. Sy woede was weggesteek. Of miskien wou hy doelbewus nie aandag trek nie. Ek het hom toe nog net as Luke geken en gewonder oor sy afkoms. Miskien 'n Natalse Zoeloe met Indiërbloed.

Sy Hiace met die *I love Alex* op die buffer was gehawend, maar sy huis was een van die bestes in die straat. Dit was ten minste nie van sink nie. En die tuin het opgeval: asters en pronkertjies en rankrose.

Sy taal was die ander ding. Dit was foutlose Afrikaans sonder enige aksent. Af en toe was daar iets in sy uitspraak wat byna Bolands genoem kon word.

Ek het dit daardie eerste oggend al vir hom gesê. "Jy praat goed Afrikaans."

"Ek praat dit nie meer so baie nie."

"Op die plaas geleer?"

"Op snaakse plekke." Hy het 'n stoel uitgetrek en gewys ek moet sit.

Dit was moeilik om sy ouderdom te skat. Iewers rondom sestig, miskien. Kort en sterk gebou en amper heeltemal kaalkop. Maar die hare wat bokant sy ore en in sy nek oorgebly het, was lank en pikswart en soos klapperhaar gekoek. Maleierbloed?

Die vorige aand het Tim Creswell gewaarsku. "He's a strange

fellow. Sometimes I have the feeling he doesn't like me." Miskien dié dat hy ons die oggend net aan mekaar voorgestel en toe padgegee het. Ek kon dadelik, toe ons sit, die byna tasbare stilte tussen ons aanvoel. Dit was asof hy hom agter swye verskans.

"Ek het eintlik net kom kennis maak," sê ek. "Ons kan miskien later gesels as dit nie nou geleë is nie."

"Waaroor wil jy gesels?"

Aan iemand anders sou ek maklik kon verduidelik. Maar in dié stilte in moes ek my woorde versigtig kies.

"Oor die toekoms." Omdat ek skielik glad nie geweet het wat om te sê nie, wou ek dit eers maar so vaag moontlik hou.

Hy het 'n ruk net na my sit en kyk, en toe gevra: "Wie se toekoms, meneer?"

"Ons almal s'n. Die land s'n."

"Is jy van die goewerment?"

Ek het my kop geskud.

"Is jy van Creswell se mense?"

"Nee."

"Ek hou nie van Creswell nie."

"Hy doen goeie werk hier."

Hy het weggekyk en weer na my gekyk. "Ek hou nie van die liberals se gatkruipery nie."

"Jy verkies die goewerment?" Ek het sý woord gebruik.

Daar was ineens, verrassend, 'n sweempie van 'n glimlag in sy oë toe hy vra: "Is dit al wat ek kan kies?"

"Seker nie."

"As dít die keuse was, dan was dit verby met ons almal." Hy het sy bene gekruis en ek het skielik gemerk hoe krom hulle is.

"Verstaan ek reg?" Ek was al weer op soek na die regte woorde. "Die enigste sinvolle gesprek oor die toekoms van die land is tussen swart en swart?"

"Dis in elk geval al praat waarvoor ek nog lus is. Ek is moeg gesuig aan Afrika se wit tet."

In daardie stadium het ek nog nie begin om ons gesprekke ná die tyd op te som nie, en ek onthou net stukke daarvan. Maar ek weet ek het gesê ek sou nogtans graag wou hoor hoe dié soort gesprekke verloop – dié tussen swart en swart. En hy wou weet hoekom.

"Want dis my land ook."

"Ek weet hoe jy voel." Hy had 'n massiewe kop, heeltemal te groot vir sy kort en effens geboë rug. Hy het sy kop geknik. "Ek weet hoe jy voel." En niks verder gesê nie.

"'n Mens kan die twee goed seker nie skei nie, maar as ek praat van die toekoms, dan bedoel ek nie net die toekoms van mense of groepe nie – ek bedoel ook die toekoms van die tale wat ons praat. Die toekoms van Afrikaans, byvoorbeeld. Ek het die afgelope tyd agtergekom hoeveel mense in Alexandra praat Afrikaans met mekaar."

"Nie die ou soort Afrikaans nie. Straatafrikaans."

"Dis nog altyd Afrikaans."

Ek het later besef daardie eerste oggend se gesprek was nie so onvrugbaar as wat ek toe gedink het nie. Eers ná die vierde of vyfde besoek kon ek die eerste een na waarde skat. Want daar was party dae dat hy glad nie wou praat nie. Hy het met 'n ja hier en 'n nee daar volstaan.

Dit was sy blomtuin, glo ek, wat die deurbraak gebring het.

Ek het hom die middag in sy voortuintjie gekry, besig om pronkertjies op te bind.

"Die goed," sê hy, "laat dink my aan my ouma."

"Vir jou ook?"

"Het joune pronkertjies geplant?"

"Selfs in die ouetehuis, toe sy skaars meer kon sien, het sy 'n hoekie voor haar venster gekry om pronkertjies te plant."

Hy het met sy kop beduie ek moet saamkom, en ons is agter om die huis. Die jaart agter was klein. Daar was 'n kar op blokke en 'n bedding kropslaai en, teen die agtermuur van die huis, 'n ry pronkertjies op riete, so hoog soos die dak. "Het jy al sulkes gesien?" En hy wink my nader. "Kom ruik." Hy was self aan die ruik. "As ek dié goed ruik, is ek weer só." En hy wys 'n halwe meter van die grond af.

Ek het geruik. En met die ruik die oop venster gesien. En tussen die gordyne deur, in die skemer vertrek, die stoel sien staan. 'n Ou Kaapse tolletjiestoel. 'n Stinkhoutstoel met geelhouttolletjies en 'n trapsport wat so dun afgeslyt was dat ek dit nie sou waag om my voete daarop te sit nie.

En op daardie oomblik, met die geur van die pronkertjies om my en die stoel voor my in die dowwe lig, het dié man – hierdie Luke – van my besit geneem.

Ek het geweet hy is nie presies wat hy voorgee om te wees nie. Sy Afrikaans moes my al gewaarsku het, sy broeiende stilte, sy oë. Die man se hele houding en voorkoms moes my al gesê het ek sien nie wat ek dink ek sien nie.

Van toe af wou ek in daardie kamer in. Maar ek het geweet ek sou nie sommerso kon in nie. Sy stugheid en sy stilte was nie verniet nie. Sy swye was nie net 'n muur om homself nie, dit was 'n bolwerk om daardie donker vertrek.

Dit was nie met voorbedagte rade dat ek Deon die volgende keer saamgevat het nie. Dit was die nood van die oomblik. En sedertdien het ek al dikwels gewonder: nood of noodlot? Ek hét waarskynlik verwag Luke sou nie daar wees nie.

Aan die begin het ek elke keer 'n afspraak gemaak voor ek na hom toe gaan, maar moes nogtans twee uit elke drie keer voor dooimansdeur omdraai. En dit was nou eenmaal net nie sy manier om agterna verskoning te vra of sy afwesigheid te verduidelik nie. Vir hom was 'n afspraak hoogstens om kennis te neem van jou voorneme, dit was geen onderneming van sy kant nie.

Ek sou die naweek alleen wees en ons afspraak was vir die Saterdagoggend. Die Vrydagaand bel Dina en vra of ek Deon vir die naweek kan neem. Dit was heeltemal 'n ongewone ding vir haar om te doen, want normaalweg het sy hom eerder van my probeer weghou. Ons was al agt jaar geskei, maar sy het steeds op elke moontlike en onmoontlike manier probeer om my daarvoor te straf. En gewoonlik was Deon die manier. Naweke was dit tennislesse en skaak en kerkuitstappies, en vakansies is hy met kamptogte en hengelekspedisies en judokursusse omgerokkel om by haar te bly.

Hoewel 'n ander naweek my beter sou pas – ek was soos gewoonlik weer laat met 'n artikel en ek móés vir Luke sien – het ek dadelik ingestem. Veral ook omdat ek en Deon die vorige keer op kwade voet uitmekaar is. Hy het op 'n aand ná die een of ander struweling met sy ma te voet by my aangekom met die nuus dat hy by my kom intrek.

"Weet jou ma daarvan?"

"Wat my betref, kan sy soek tot sy blou is."

"Jy kan dit nie doen nie, Deon."

"Ek dag Pa sê as mens ouer as sestien is, kan jy self besluit of jy by jou pa of jou ma wil bly."

"Natuurlik. Solank sy daarvan weet."

"Ek wil hê sy moet 'n slag skrik. Sy maak of ek 'n kind is."

"Nou wys haar jy's groot en bel haar."

"Dan kom haal sy my."

Ek moes meer begrip gehad het vir die kind se probleem, maar in plaas daarvan het ek toegelaat dat die gesprek in 'n stryery ontaard. Toe ek hom uiteindelik in die motor laai en terugneem na sy ma toe, teen sy sin, was dit om hom 'n les te leer. Maar hy het die les anders verstaan as wat ek dit bedoel het.

"Pa is seker reg," het hy bot gesê toe hy uit die motor klim. "'n Mens loop nie van een boelie weg na 'n ander een toe nie."

Nie een van ons het ooit weer na die voorval verwys nie. Ás ons maar het. Want daardie noodlottige dag, baie later, toe ek hom tussen die nabome uitdra, was dit die een herinnering wat ek nie uit my kop kon kry nie.

Maar terug by daardie naweek. Deon kom toe.

"Ek moet iemand in Alexandra gaan opsoek," sê ek die Saterdagoggend, "maar ek twyfel of hy daar gaan wees. Kom jy saam?"

"In Alexandra? Is dit nie gevaarlik nie?"

"Ek gaan baiekeer soontoe."

"Om wat te maak?" Hy was dadelik agterdogtig.

'n Vryskutjoernalis het nooit juis vrye tyd om van te praat nie, maar in die vrye tyd wat ek gehad het, het ek Tim Creswell probeer help met 'n geletterdheidsprogram wat hy in Alexandra aan die gang gehad het. Ek het dit aan Deon verduidelik.

"So, hierdie man help julle daarmee?"

"Nee. Ek wil hê hy moet my met iets anders help."

"Wat?" Klaar weer op sy hoede.

"Ek is besig met 'n artikel oor township-Afrikaans."

Hy het niks gesê nie, maar heelpad na die swart woonbuurt kon ek sy versweë verset aanvoel.

Hy was sewentien en aan die begin van sy onseker jare. Omdat sy ma meer as haar kant gebring het om hom van my te probeer vervreem, het ek en hy gewoonlik gesprekke vermy oor sake waaroor ons nie saamstem nie. En politiek was so 'n saak.

Ná ons egskeiding het Dina nie net teen mý gereageer nie, maar ook teen alles wat ek verteenwoordig het. Sy het 'n nuwe vriendekring opgebou. Almal goeie mense – almal opvallend eensgesinde, voorbeeldige, behoudende mense; kerkraad- en skoolkomiteemense; voorstedelike Afrikaners wat oor en weer kuier en vleisbraai hou en basaars reël en aan die Suidkus vakansie hou en met dieselfde besorgdheid en afkeur oor inflasie praat as oor swart onrus.

Ek weet Deon het met sommige van Dina se vriende verregse volksaamtrekke bygewoon en hy was 'n voorprater vir 'n blanke Afrikanervolkstaat.

"Pa glo tog nie regtig daar gaan vir ons plek wees in die land as die swartes eendag oorneem nie," het hy op 'n keer gesê. "Ook nie vir Afrikaans nie."

"Dink jy daar sal plek wees vir 'n wit volkstaat?"

"Maar dis waarvoor ons moet baklei, Pa. Dis óf dit óf niks. Of wil Pa hê ons moet driehonderd en veertig jaar se gesukkel in hierdie land net so weggooi, al ons harde werk, als wat ons opgebou het, ons identiteit, ons taal, alles!" Hy was heftig. "Dink Pa regtig ons het zilch waarop ons kan aanspraak maak?"

"Dit hang af waarop ons wíl aanspraak maak. Sekerlik nie op bevoorregting nie."

"Pa antwoord my nie, Pa. Dis ons Afrikaners wat hierdie land makgemaak en ingebreek het. Nou moet ons alles net so . . ."

"En die Engelse, en die Jode, en die Portugese en Grieke en Duitsers en Hollanders en . . ."

"Ja, goed. Hulle ook. Maar hulle het almal plekke om na toe terug te gaan. Almal behalwe ons. As ons nie 'n stukkie van die land vir onsself kan kry nie, Pa . . . Ons is drie miljoen. Wat gaan van ons word tussen dertig miljoen swart mense onder 'n Marxistiese bewind?"

"'n Groot deel van ons probleem is ons eie skuld. Ons wil hê 'n ding wat ons hoeveel honderd jaar lank befoeter het, moet skielik oornag vanself regkom sonder enige opoffering of prysgawe van ons kant."

Hy was skielik geïrriteerd. "Pa, ek is sewentien. Ek is gebore toe hét ons al vir Verwoerd gehad, ons het al vir Sharpeville gehad. Ek is nie daarvoor verantwoordelik nie. En ek vra niks meer as wat enige sewentienjarige outjie in enige ander land as vanselfsprekend beskou nie. Ek wil my eie land hê en my eie taal praat en deur my eie mense regeer word."

Halfpad Alexandra toe daardie oggend het ek geweet ek het

Deon vir die res van die naweek verloor. Nie oor iets wat ek gesê het nie – bloot omdat hy my van gevaarlike politieke sentimente verdink het en my besoek aan 'n vriend in die townships sy argwaan versterk het.

'n Paar strate van Luke se plek af het 'n klompie swart kinders jillend om 'n hoek gekom agter 'n bokspringende buiteband aan. "Koes," sê Deon toe ek rem, "hier kom 'n necklace!" Die buiteband het die motor teen die voorste modderskerm getref en van rigting verander en teen die afdraande koers gekies in die rigting waarheen ons op pad was.

Ons en die buiteband en die sewe stuks kinders, almal Deon se ouderdom of 'n raps jonger, het gelyk by Luke se huis aangekom. Sy gehawende, vaalgebleikte Hiace was wonder bo wonder voor die deur.

Deon het uitgeklim en na die skade aan die modderskerm gaan kyk.

"Geduik?" wou ek weet.

"Wie dink hulle gaan hiervoor betaal?"

Ek het omgestap en gaan kyk. Daar was 'n duik naby die voorlig. Die kinders was besig om hulle buiteband uit die heining oorkant die straat te haal en twee of drie het na ons staan en kyk, half ongeërg en half geamuseerd.

Deon wou nie saam met my ingaan nie. Hy het verkies om in die motor te wag.

"Jy gaan uitbak hier," sê ek. "Jy't nie eers 'n boek om te lees nie."

"Hoe lank gaan Pa weg wees?"

"'n Uur of twee. Kom maak ten minste net kennis."

"Ek sal radio luister."

By Luke in die huis kon ek net die motor se dak sien van waar ek sit. Die hittegolwe het op die swart emalje gedans. Ek kon nie die radio hoor nie, hoewel Deon altyd geneig was om dit te hard te laat speel. Ek kon net die swart kinders se stemme buite in die straat hoor – 'n gelag en 'n geskree soos kinders maar klink wanneer hulle speel.

"Tim Creswell sê vir my jy is 'n skrywer," was Luke besig om te sê. "Is dit hoekom jy deesdae in die townships kuier?"

"Nie oor ek 'n storie dáároor wil skryf nie."

"Ek sien dis deesdae mode onder skrywers om heeltyd oor die kaffers te wil aangaan."

Dit was Luke se manier om so te praat – 'n moedswilligheid. Jy moes lank torring om hom oor die politiek aan die praat te kry, maar in meer terloopse gesprekke sou hy telkens na die Engelse verwys as die liberals, die Afrikaners as Boerebase en na swart mense as kaffers of houtkoppe.

"Skrywers het maar die manier," sê ek, "om te wil baklei vir die underdog."

"Om wie te troos?"

"Om dinge uit te wys. Om gewetens aan te spreek. Om misstande aan die kaak te stel."

"Stront. Drink jy bier?"

Hy was al op pad kombuis toe en hy het aangehou praat. "Wys my een van hulle wat in 'n gat soos myne bly. Hulle eet kreef en drink whisky en gesels met uitgewersagente oorsee en skryf briewe vir die *Times* en gaan kongresse toe en bly in Sandton en Constantia. Ek sien mos in die koerante. Hulle maak al die regte geraas en ek sweer die meeste van hulle se buitelandse royalties gaan Switserland toe."

"Jy veralgemeen nou."

"Wys vir my 'n uitsondering. Wys my 'n wit skrywer wat vir menseregte baklei en wat nie gewine en gedine word nie. Hulle huil heen en weer bank toe, hulle kry pryse, hulle bly in duur hotelle in Stockholm. Dan kies ek wragtig liewer 'n fitter en turner wat sê fok die kaffers maar ek gaan fight vir my semi in Bez Valley. Daardie ou weet amper net soveel van armoede af soos ek. Vra vir Tim Creswell se mense, man, of vir die Black Sash of vir enigiemand of hulle al ooit 'n sent by 'n skrywer gekry het vir die kinders wat in die townships honger ly."

"Ek is seker baie het al gegee. Ek het al."

"Wonderlik. Op watter high falutin sundowner-partytjie het hulle jou omgepraat?"

Ek kon hom nie antwoord nie. Want toe hoor ons die glas breek buite. Ons was albei gelyk by 'n venster en betyds om te sien hoe Deon buk en 'n klip optel. Drie, vier koppe het agter 'n heining in gekoes toe hy gooi. Die volgende oomblik het 'n klip hom teen die rug getref. Ek het Luke 'n naam hoor skree en agter hom aangestorm straat toe. Die motor se agterruit was stukkend en ek kon hoor hoe nog 'n klip die bak tref. Deon was nou in die middel van die straat, besig om klippe op te tel wat om hom val en hulle vloekend terug te slinger. Ek het nie geweet die kind beskik oor so 'n kragtige woordeskat nie. Die voorlaaste klip waarvan ek kan onthou, het nog 'n ruit gebreek. Die laaste een het my teen die kop getref.

Daarna was daar 'n lang ruk net die kaal gloeilamp wat in my oë skyn. Ek kon die lig nie kleinkry nie. Ek het geweet daar word iets van my verwag, maar ek kon nie onthou wat nie. Ek het vermoed dit hou verband met die lig. Wat hy gesê het, weet ek nie, maar toe ek Luke se stem herken, het ek besef hy praat al lankal. Hy het my allerlei vrae gevra, maar ek kon my nie so ver kry om te luister nie. Want uit die verblindende wit lig uit, baie geleidelik, asof dit 'n leeftyd duur om te gebeur, het 'n vrou sigbaar geword – 'n bejaarde, bruingebrande, ontsaglike vrou met 'n klein bollatjie bo-op die kop en onwrikbare swart oë en 'n driedubbele ken en 'n ovaal borsspeld. Haar arms was oor haar massiewe bors gevou. Sy het in 'n ovaal raam gesit wat 'n presiese herhaling was van haar borsspeld.

"Wie is sy?" Ek was nie seker of ek die vraag dink en of ek dit vra nie.

Toe antwoord Luke soos 'n mens name by die doopvont lees: "Jacoba Fransiena van Niekerk."

Ek het Deon sien sit. Dit het gelyk of hy sy kop onder 'n kraan gehad het. Daar was bloed op sy hemp. En links van hom was Luke. Agterstevoor op sy tolletjiestoel.

Eers toe ek probeer orent kom, het ek die pyn gevoel – 'n witwarm vuur diep in my kop. My kussing was klewerig en ek het Dettol geruik en probeer keer, want ek het gevoel ek val, maar ek kon skielik nie sien nie; daar was miljoene bont spikkels voor my oë.

Ek kon Deon en Luke hoor praat, en Deon was omgekrap. "Hulle kon al hier gewees het."

Luke was rustiger. "Ek sê vir jou 'n wit dokter kom nie sommer uit hiernatoe nie."

"Ek praat van die polisie."

"Dan's dit net meer moeilikheid."

"Wie het die moeilikheid begin? Nie ek nie. Jy't self gesien hoe lyk my pa se kar."

"Ek sal vir die skade betaal."

Die klip het my net bokant die regteroor getref en die plek het baie gebloei. Hulle het sommer my hemp gevat en dit in repe geskeur vir verbande. Die bloed op Deon se hemp was gelukkig myne en het aan hom afgesmeer toe hulle my die huis ingedra het.

Luke het vir ons kos gebring, maar Deon wou nie eet nie. Ek was self nie honger nie, maar het 'n sny brood en 'n stukkie kaas geëet. Dit was 'n fout, want ná 'n rukkie moes ek buitentoe om daarvan ontslae te raak.

"Ek dink nie jy sal kan bestuur nie," sê Luke toe hy die koffie inbring. Terwyl hy in die kombuis besig was, het Deon by die venster staan en uitkyk sonder om 'n woord met my te praat, en hy wou ook nie die koffie hê wat Luke hom aangebied het nie. "Wat ons doen, ek vat julle met jou kar tot by jou plek. Dan vat ek die bus terug."

Ons was weer in die voorkamer. Ek wou terug in daardie kamer in. Ek wou gaan kyk na die groot vrou in die ovaal raam. Maar my kop wou bars en ek het geweet ek moet by die huis kom.

Ons het skaars gepraat op pad huis toe. Ek was te bewerig om vir geselskap te sorg en tussen Deon en Luke was daar 'n gespanne stilte.

By die woonstel aangekom, wou Luke nie inkom nie. Hy was haastig terug huis toe. Hy wou ook nie die hemp terug hê wat ek by hom geleen het nie. "Hou dit. Jy kan dit anderdag vir my gee. En laat weet maar wat is die skade aan jou kar – ek sal betaal."

"Hoekom? Dis nie jou skuld nie."

Deon is met die hysbak op sonder om hom te groet.

"Vat hier," sê ek. "Vir jou busgeld."

Maar hy wou ook nie busgeld hê nie.

"Die kwessie van die polisie," sê hy toe ons al gegroet het. "Ek was bang om hulle te laat kom. Dit sou net weer 'n stink afgee."

"Natuurlik."

Ek wou by die huis kom. Ek wou lê. Ek was duiselig en my kop was nog steeds 'n bal vuur.

Deon het voor die televisie gesit en gemaak of hy my nie sien nie. Ek het vir my 'n dop skoon brandewyn ingegooi en kamer toe gegaan. Hy was de hel in vir my. Ek kon maar net hoop die ding kom nie by Dina uit nie. Dit was onwaarskynlik; die kind het 'n manier gehad om sy pa en ma teen mekaar te beskerm.

Toe ek ná sewe die aand wakker word, was hy nog steeds voor die televisie. Die groot pypasbak op die koffietafel het vol lemoen- en piesangskille gelê. In die gangspieël het ek vir die eerste keer gesien hoe bruin en gekoek die verbande om my kop is. My oë was halfpad toegeswel.

Ek het by hom gaan sit en gewag dat hy moet begin verwyt. Maar hy was voorlopig nog nie lus om met my te praat nie. Of so het ek gedink. Want ná 'n paar minute het hy, asof hy nog heeltyd aan die gesels was, skielik gesê: "Nogal 'n snaakse ou daardie." Ek dag eers hy bedoel die man op die televisieskerm.

"Hoekom?"

"Ek weet nie. Hy's net . . . snaaks. Hy't 'n Afrikaanse Bybel."

"Wie?"

"Daardie swart ou. En daardie kiekie van die vet tannie by sy bed. En al die boeke."

"Wat se boeke?"

"Het Pa nie gesien nie? Totius se goed en Leipoldt en Van Wyk Louw en Langenhoven en almal."

"Ek het nie gesien nie."

"Ek dink hy's bang vir die polisie, dis hoekom hy hulle nie wou laat kom nie."

"Jy weet wat gebeur met dié mense as hulle met die polisie saamwerk, nè?"

Hy het gesnork en stilgebly.

"Wat ek en jy nodig het, is 'n naweek op Melkbos," sê ek uiteindelik, net om die gesprek van Lukas af weg te kry.

Melkbos. Die laaste oorgeblewe honderd hektaar van die oorspronklike familieplaas, vyftig kilometer noord van Middelburg in die Hoëveld. In Dina se tyd het ek die ou opstal laat regmaak, 'n dam onderkant die fontein laat stoot en Jantjie Tiwa aangestel om die plek vir my op te pas. Ons het die meeste van ons vakansies daar deurgebring en by Jantjie geleer om patryse in wippe te vang en wortels te grawe en rietbokspore en duikerkuttels uit te ken.

Melkbos was die een plek, in die jare daarna, waarmee ek Deon kon omkoop. Ons het baie van sy kuiernaweke en 'n paar vakansies daar deurgebring: soggens vroeg in die veld gaan stap, smiddae op die agterwerf se kweek krieket gespeel en kaal in die dam geswem tot ons lywe glad en onherkenbaar groen was van slik en glibberige slierte paddaslyk. Saans, met die laaste hadidas op pad rivier toe, kon ons op die voorstoep na die uile sit en luister en ons harte uitpraat.

"Wat sê jy van Melkbos?"

"Ons sal maar sien."

'n Paar aande later was ek weer by Luke met die verskoning dat ek sy hemp vir hom terugbring.

"Ek sien jy lyk beter," sê hy toe ons in die voorkamer se lig inbeweeg. Die verbande was van my kop af en daar was net 'n pleister bokant my oor. "Het jy darem jou seun weer aan die praat gekry?"

"Hy was maar die hele naweek stuurs."

"Stuurs." Hy het geglimlag. "Dis 'n woord wat ek lank laas gehoor het."

Dit was vir my af en toe asof hy 'n deur na 'n baie spesifieke gesprek wil ontsluit sonder om die deur oop te maak. Daar was iets wat hy gesê wou kry, vir iemand, ek het toe nog nie geweet vir wie nie, maar wat hy nie gesê kon kry nie. As ék die deur oopstoot, het ek gedink, sal hy óf begin praat, dankbaar en verlig soos iemand wat oplaas 'n sonde bely, óf iets sal vir oulaas soos 'n grendel tussen ons toeval.

Ek het vantevore al besluit ek sou nie eerste aan daardie deur raak nie. Maar toe hy van stuurs praat, van die woord, soos van 'n vergete herinnering wat ineens weer opduik, het ek in die donker in 'n vraag gevra. "Jy het Afrikaans grootgeword?"

"Afrikaans?"

Hy het by die venster gaan staan en oor sy skouer kon ek Alexandra se rook en kerslig sien. "Ek het dit saam met my eerste melk ingekry."

"Ek dag so."

"Om die waarheid te sê, die eerste vyf en veertig jaar van my lewe was ek nie net Afrikaans nie. Ek was 'n Afrikaner."

Nóú, dag ek toe hy stilbly, moet ek vra. Of nooit vra nie.

Maar ek kon nie gevra kry nie.

"Jy hoor nie wat ek sê nie?"

"Jy was 'n Afrikaner?"

"Die eerste vyf en veertig jaar. Toe was ek 'n paar jaar was ek niks. Toe word ek 'n kaffer."

Ek het net hulpeloos sit en glimlag.

"'n Bier vir jou?"

Die oomblik was besig om verby te gaan. Die verlossende oomblik. My stuurs kind het dit aangebring. En dit was besig om weg te glip, net so skielik as wat dit gekom het.

"Die portret in jou kamer," sê ek, "die vrou met die borsspeld."

Hy het in die kombuis weggeraak en ek kon hom by die yskas hoor. Hy het met twee blikkies bier teruggekom en die een in my hand kom stop. Dit was nat en yskoud.

"Wat van haar?"

Ons het oomblikke lank na mekaar staan en kyk. Sy oë was donker en troebel, én trots.

"Ek het gewonder oor haar."

Hy het skielik weggedraai en die slaapkamer se lig gaan aanskakel en ingestap. En gewys ek moet kom toe hy sien ek huiwer.

Die stoel was daar. En die portret. En langs die portret 'n gehawende botterspaan aan 'n spyker in die muur. Hy het iets uit 'n laaikas gehaal en dit na my toe uitgehou. Dit was die ovaal borsspeld.

"Was dit hare?"

"Moeka s'n. My ma se ma."

Dit was romerig wit en van ivoor en met die kop van Christus daarop onder sy kroon van dorings.

"Sy het my laat doop, toe was ek drie. Want ons moes wag vir die eerwaarde van die Nederduitse Kerk. Toe sê sy ek moet haar pa se naam kry. November 1933 toe doop die eerwaarde my op 'n skotskar in die gramadoelas langs die Kunene, doop hy my Lukas Christoffel van Niekerk."

3

Hy was al gewoond daaraan dat mense nie sy naam kan spel of uitspreek nie. Sy voornaam was nog gangbaar, maar Van Niekerk was 'n vreemde kombinasie van konsonante. Niemand kon dit onder die knie kry nie. En op 'n manier het die gedagte hom nogal aangestaan. Dit het iets bevestig wat hy ook in ander opsigte aangevoel het: dat hy 'n uitsondering is. Hoewel hy later vlotter was in Portugees as Afrikaans, was Afrikaans nog altyd vir hom sy moedertaal, die taal waarin hy gedroom het. En omdat dit 'n taal was wat niemand anders geken het nie, het hy homself afgesonder gevoel. Angola was sy geboorteland, sy vaderland – maar hy het sy vader nooit geken nie; sy vader was 'n naam sonder 'n gesig. Roberto Ribas. Die naam van 'n onbekende eiland in 'n afgeleë see. Omdat sy ma hom nie wou hê nie, was Moeka sy enigste voorsaat, en Moeka was van 'n ander wêreld. Daarom was hy ontuis, altyd. Sy hele bestaan was 'n misverstand wat êrens, eendag, raak gesien en reggestel sou word.

Die eerste uur was hy alleen in 'n sel. Die man wat kort ná drie kom oopsluit het, was sonder uniform en geset en matig aangeklam. Hy had 'n vel papier en 'n potlood by hom en sy regterhand se middelvinger was by die eerste lit af. Hy het sy sigaret tussen sy duim en wysvinger vasgehou. Iemand het die deur agter hom gesluit.

"Jou naam."

"Lukas van Niekerk."

"Hoe spel mens dit?"

Lukas het gespel.

"Nasionaliteit?"

"Angolees."

"Met so 'n naam?" Altyd dieselfde vraag.

"Ek het my naam gekry by die vrou wat my grootgemaak het. Sy was 'n *sul-africana*."

"'n Wit rassis."

"Nee."

"Jy's 'n *mulato*?"

"Ja."
"En 'n Katoliek."
"Nee."
"Maar jy ry vir hulle vensters en deure en dakpanne en stene aan om kerke mee te bou."
"Ek is 'n karweier. Ek ry als aan waarvoor ek betaal word."
Die man het nog 'n vel papier uit sy hempsak gehaal en dit oopgevou. "En dié mense?" Hy het die vel papier voor Lukas se gesig gehou. "Ken jy hulle?"
Jan Dekker.
Peet van Vollenhoven.
Dirk Labuschagne.
"Ek ken hulle, ja."
Daar was 'n kokkerot teen die muur. Baie ver iewers was die geluid van stemme. Maar dit was baie ver.
"Wie is hulle?"
"Mense wat my taal praat."
"Die taal van die Boere-rassiste."
Die kokkerot het tot stilstand gekom elke keer dat iemand iets sê. Dit was asof hy wou hoor waaroor hulle praat. Lukas het niks gesê nie.
"Jou vriende is Katolieke en agente van *Africa do Sul*."
"Is dit hoekom ek hier sit?"
"Jy het vir hulle gewerk, het jy nie?"
"Nee."
Jan Dekker was vroeër verbonde aan die Suid-Afrikaanse konsulaat in Luanda. Hy het die vorige jaar uit die diplomatieke diens bedank en 'n uitvoeronderneming begin. Maar daar was mense wat geglo het hy is nog steeds in diens van die Suid-Afrikaanse regering. Peet van Vollenhoven en Dirk Labuschagne was by 'n Suid-Afrikaanse reisagentskap en albei was hoogs gefrustreerd met Portugal se geduld teenoor die MPLA en sy bondgenote. Die onrus in die land was sleg vir toerisme.
"Jy't vir hulle gespioeneer. Jy't vir hulle inligting uit die noorde uit aangedra. Jy het vir hulle die name gegee van mense wat stakings reël op die *fazendas* in Carmona."
"Dekker voer koffie uit, *senhor*. Daardie stakings was besig om sy kwota te ruïneer."

Die man het 'n oomblik na Lukas staan en kyk, op die grond gespoeg en teen die deur gestamp. Die deur het onmiddellik oopgegaan en 'n bejaarde man sonder tande het met 'n stapel boeke ingekom en dit op die tafeltjie in die hoek neergesit. Lukas het dadelik die rugkante herken: dit was boeke uit die rakkie langs sy bed.

"Wat se boeke is dit die? En oppas nou wat jy sê – ek het die titels laat vertaal."

"Dis storieboeke. En party is gedigte en opstelle en sulke goed."
Lojale verset.

"Jy lieg vir my."
'n *Profeet in die Boland. Ons wag op die kaptein.*

"*Senhor* . . ."
Uit oerwoud en vlakte. Trekkerswee. Die bevryding. Oorlogsdagboek van 'n Transvaalse burger te velde.

"Ons het Dekker ook ingebring. Ons het briewe in sy *apartamento* gekry wat jy geskryf het. Dit gaan nie meer help om te lieg nie. Vat weg die boeke."

Die tandelose man het die stapel boeke gevat en uitgegaan. "Jy't gedink jou geheime taaltjie is veilig, nè? Ons hét vertalers. Dié boeke is al genoeg om jou die res van jou lewe toe te sluit. Ons sal sien wat sê die briewe. En wat die briewe nié sê nie, sal Lucia Moreira weldra vir ons vertel."

Die man het uitgegaan en die deur agter hom gesluit en 'n stilte in die sel agtergelaat waarvan Lukas nie voorheen bewus was nie.

Die stemme buite onder die bome was weg. Die kokkerot was weg. Selfs die bietjie wind in die platane waarvan hy vroeër die middag bewus was, was skielik nie meer daar nie. Hy het op die bankie in die hoek gaan sit en vir die eerste keer in 'n lang tyd weer die tolletjiestoel onthou. Maar hy wou nie daaraan dink nie. Hy wou nie aan Moeka dink nie.

Lucia Moreira.

Hy wou veral van Lucia vergeet.

Was daar 'n verband tussen Lucia en Moeka? Hoekom het hy hulle 'n oomblik lank as een en dieselfde mens gesien? Hulle was immers wêrelde van mekaar verwyder.

Die bankie het onder hom gekraak soos Moeka se tolletjiestoel. Dit was al wat sy oorgehou het as bewys van haar afgeleë, suidelike herkoms. Net die Kaapse stoel van stinkhout met die deurgetrapte voetsport en die bokvelmat en die tolletjies in die rugleuning. Grootvader Van Niekerk het tydens die tog Humpata toe sy paar stukkies huisraad in Moçamedes vir agt trekosse verruil. Maar die stoel was een van die paar goed wat hy uitgehou het omdat dit sy moeder s'n was. En Moeka het die stoel by hom geërf.

Vandat sy hom begin leer het tot hy sestien was, moes hy elke dag op daardie stoel sit met Moeka oorkant die kombuistafel, terwyl sy hom leer lees en skryf, terwyl sy hom leer van die volksplanting en die eerste Britse besetting en die grensoorloë en die eerste trek tot in Transvaal en die tweede trek deur die woesteny tot in Humpata.

Sy het hom geleer van somme en twakblare vir bloeding en warm katderm vir inflammasie en van Engeland en Australië en van koning Dawid en van Daniël in die leeukuil. Maar die tolletjiestoel was nie net sy leerstoel nie, dit was ook sy strafstoel smiddae wanneer Moeka hom swetend en beneuk die kombuis insleep oor dié of daardie sonde. "Sit daar, swernoot; ek sal vir jou leer!" Vir kleiner misdrywe 'n halfuur, gesig in die hoek, arms gevou, die stoel protesterend onder sy ongeduldige boude. "Jy moet jou ma se streke op my probeer uithaal!" Vir ernstiger onenigheid 'n hele middag met die bruin muur voor hom waarvan die marilla afdop, en die geitjies en die kakkerlakke en die vuil vlieë, en Mocka se treurige gesange oor die groenteskottel voor die agterdeur. "Jy dink bietjie, Lukas, oor jou wederstrewigheid!" Sy rugwerwels het elke tolletjie in daardie stoel geken, sy voetsole elke kwas in die trapsport, sy vingers elke los tap, elke omgeklinkte spyker in die haarlose bokvelmat.

Miskien was dit Moeka se skuld dat hy nooit kon regkom by Lucia Moreira nie. Die wêreld was 'n sondige plek en straf was die enigste weg tot verlossing. Steel en vuil naels was sonde en luiheid was die duiwel se oorkussing; skinder en slegpraat en vloek was sonde en 'n leuenagtige tong was die sielevyand se swaard. Maar van alle sondes was die begeerte van die vlees die ergste – kyk waar het dit sy ma en koning Dawid gebring. Om toe te gee aan die luste van die lyf is blote voorspel tot die pyn van boetedoening. Miskien het hy Lucia te veel begeer, of miskien het hy haar om die verkeerde redes begeer, maar elke keer dat sy hom in haar bed toegelaat het, was die oomblik skielik vir hom te groot; elke keer moes hy laatnag vernederd en ontredderd teen die brandtrap af, tussen flappende

39

klam wasgoed af straat toe, die soel en onvriendelike nag vol blaffende honde in na sy enkelkamer toe. Sy kon hom dit nie vergewe nie. As daar iemand was wat hom sou wou skade berokken, dan sou dit Lucia Moreira wees.

Het sy dalk iets te doen gehad met die man in die vaal Fiat? Sesuur was daar stemme in die gang, eers skaars hoorbaar, maar geleidelik al hoe nader aan sy sel. Hy kon deure hoor oop- en toegaan; later kon hy blikborde hoor en die gepiep van 'n trollie of kruiwa wat van deur tot deur gestoot word. Dit was 'n jong man van skaars twintig wat die deur oopgemaak het, 'n *mulato* met 'n litteken onder die linkeroog. Lukas kon die sop ruik nog voor die deur heeltemal oop was. Dit het geruik soos vars perdemis. "Is jy die lorriedrywer?" vra die man toe hy vir hom sy bord aangee.

"Ja."

"Wat vanmiddag ingekom het?"

"Ja."

"My naam is Galvão." Hy het oor sy skouer gekyk deur toe. "Is daar iemand wat ek kan laat weet jy's hier?"

"Wat sal dit help?"

"Praat gou, *senhor*. My tyd is min."

Nie Peet of Dirk nie, dalk word hulle ook betrek. Isobel? Maar wat sal sy kan doen?

"Ons werk aan 'n plan. Maar ons kan niks belowe nie."

Vader Bravo is 'n Katoliek.

"Sê gou. *Anda depressa*! Hy kan vir jou kos bring, dan smokkel ek dit vir jou in. Niemand kan bly lewe van hierdie perdepis nie."

"Bernardo Bravo in die Pensão de Tartaruga, Avenida Capitão Pereira."

"Ek ken die plek. Jy moet bid dat hulle jou nie vannag kom haal nie. As jy tot môrenag bly leef, kan ons 'n plan maak."

Hulle hét hom kom haal, skaars 'n uur later. Maar nie om geskiet te word nie. Die man met die af vinger het hom kom haal en met die gang af geneem, 'n deur oopgesluit en hom beveel om in te gaan. Die vertrek was donker en bedompig en het gestink van uitskot en urine.

"*Agua*," sê 'n bejaarde stem êrens in die donker. "*Agua, por favor!*"

"Ek sal bring," sê die sipier. "Jy suip ook verdomp net heeldag water!"

Toe rammel die deur terug in sy staalkosyn in en Lukas voel die mislikheid in hom opstoot en iemand hoes en iemand regs van hom fluister iets en onder in die stad, baie ver van die donkerte af, begin 'n klok lui.

"Wie is die nuwe een wat gekom het?" Dit was weer die ou man se stem.

Lukas wou nie antwoord nie. Sy naam was immers vir niemand van belang nie. Hy het nie daar gehoort nie. Dit was 'n misverstand. Hulle sou hulle fout ontdek en hom vrylaat. Galvão sou 'n plan maak.

"Ek vra. Die nuwe een wat gekom het . . ."

"Dalk kan hy nie praat nie," sê 'n skor stem regs van Lukas. "Hulle het dalk sy tong uitgesny."

Sy oë was besig om aan die donker gewoond te raak. Die een met die skor stem was regs van hom met sy rug teen die muur. Die ou man was skuins agter hom naby die deur. Daar was drie of vier links op die vloer en reg voor hom in die hoek kon hy twee uitmaak wat vir mekaar sit en fluister.

Die klok het nog steeds gelui.

"*Senhor*, praat jy Portugees?" wou die ou man weet. Lukas het in die middel van die vloer gaan sit.

"Ja, ek praat Portugees."

"Is die son al onder?"

"Ek weet nie. Ek dink so."

Die twee in die hoek het hulle nie aan die res gesteur nie. Hulle was nog steeds aan 't fluister en aan 't vroetel. Daar was duidelik meningsverskil tussen hulle.

"Lisboa," sug iemand aan die linkerkant, "dalk skyn die son nog in Lisboa . . ."

"Haar son sal nooit weer oor ons skyn nie."

Isobel. Hy moes liewer háár naam vir Galvão gegee het. Sy was nooit bang nie. Die *padre* met sy verdomde beskilferde swart rok sou nie naby die tronk kom nie. Hy sou bang wees dis 'n lokval. En dalk wás dit 'n lokvàl.

Die gevroetel in die hoek het skielik in 'n stoeiery ontaard. "Los my!" het die een gesmeek. En toe, hardop: "In die naam van Maria, los my úit!" Dit was 'n kind. Aan sy stem geoordeel 'n seun van twaalf of dertien.

"Los tog, Pirez, daar is 'n tyd en 'n plek."

"Het niemand vir my 'n stompie nie?" Dit was weer die ou man.

"Net een trekkie. *Amigo*, jy't nie dalk iets saamgebring nie?"

Die kind het aangehou protesteer, al hoe hoorbaarder.

"*Calar a boca*! Hulle gaan jou hoor."

"Maar hy hou aan neuk." Die kind was naby trane. "Hoekom keer julle hom nie!"

"Dit kom van dapperheid."

Toe stamp iets teen die muur, en die volgende oomblik steier iemand half bo-oor Lukas se knieë en begin snik, baie saggies. Dit was die kind. Lukas het sy bene stadig weggetrek. Hy wou uit hulle pad probeer kom. Hy was per abuis hier; hy wou nie betrokke raak nie. Maar die kind was in dieselfde koers op pad as hy. Die kind het agter sy rug probeer inkom en albei het omgeval. Toe weet Lukas skielik dis nie 'n seun nie. Sy hand het probeer keer toe hulle val en hy kon die sagte heup van 'n vrou om sy kneukels voel induik.

"*Socorro, por favor*! Niemand wil my help nie."

"Is hier dan vroumense ook?" Hy kon skaars sy eie stem herken.

"Hier is vroumense, ja." Dit was die ou man. "Maar hulle is in aparte selle."

"En hierdie ene dan?"

"Sy is . . ."

Maar hy kon nie verder nie. Iemand het hom gestamp dat hy omkantel en verskrik aan die hoes gaan. Hy het weer met 'n gepiep en 'n gesteun regop gekom. "Goed," sê hy aamborstig. "Goed, ja. Ek het vergeet."

"Jy moet ophou vergeet, oue. Jy soek om seer te kry."

"Maar wie sê hy sal praat?"

"Wie sê hy sal nie? Ken jy hom?"

"Is jy vir ons of teen ons, *amigo*?" vra die ou man.

"Wat maak dit saak wat hy sê? Hy's dalk 'n spioen."

"Wat soek hy dan in die tronk?"

"Jy's onnosel, man. Hier word baie geheime uitgelap. En hulle weet dit. Hulle plant spioene hier."

Die vrou het intussen van Lukas af weggeskuif. Sy was nog naby hom, skuins agter hom. Hy kon haar af en toe hoor snak na asem. Maar saggies.

"Jy wil haar beskerm teen spioene," sê die ou man, "maar jy

steur jou nie aan die spul hier se vuil kloue nie. Hoekom keer jy nie vir Pirez nie?"

"Oor hy 'n papbroek is," sê die vrou. "As húlle ophou, sal jý begin. Toe stry, Vicente. Jy is net soos hulle." Lukas kon hoor hoe haar asem weer effens ruk. Sy het haar vuiste tot teen haar voorkop gelig en hulle weer laat sak.

Die stank was skielik weer erger. Lukas het onthou dat hy 'n rukkie tevore iets metaals hoor klink het, iets wat dalk die gespe van 'n lyfband kon wees. Iewers het water geloop.

Die klok het nie meer gelui nie.

"Ag, God, as hulle net vir my iets kan bring om te drink."

Lukas het die vorige aand laas geëet. Die ertappels en rys wat hy met die *padre* gedeel het. Maar hy was nie honger nie. Net die gedagte aan kos het die mislikheid in sy ingewande laat opstoot. Die middag toe hulle afskeid neem, was hulle nog steeds nie in 'n bui vir kos nie. Die Henschel se kajuit het suur geruik, want die priester het daardie oggend elke keer vinniger gekots as wat Lukas kon stilhou.

"Ek sal 'n draai kom maak," het hy gesê. "Al is dit net om jou lorrie te was."

"Vergeet die lorrie. Ek het Spaanse port. Maar doen dit voor Maandag. Ek moet weer noorde toe."

"Daardie woesteny in? Jy gaan nie 'n tweede keer lewend deurkom nie, *irmão*."

"Wat kan ek doen? Ek het nog drie vragte om af te bring."

"Ek kan maar net vir jou bid."

Die strate was vol mense met *catanas* bewapen en hier en daar klein groepies met *canhangulos*. Die stad was klam en bedompig en die sypaadjies rooi van blommende flambojante. Hy het onder die bome agter sy woonstelblok geparkeer en kamer toe gegaan. Daar was soos gewoonlik nie pos vir hom nie, en sy sigarette was klaar. Hy het sy logboek ingevul en Bravo se telefoonnommer en adres sommer op die buiteblad geskryf. As hy dit maar liewer nie gedoen het nie.

Dit was kwart voor een.

Hy is sommer te voet af na De Souza toe om sigarette en kruideniersgoed te kry. Toe hy terugkom, het sy kamer se deur oopgestaan. Daar het drie mans op sy bed vir hom sit en wag.

"Ek hoop nie hulle kom weer vannag nie."

"Hulle sal nie kom nie. Hulle het laas nag gekom. Hulle kom nooit twee nagte agter mekaar nie."

"Laat hulle kom en klaarkry. Wat help dit om hier te sit?"

Lukas het opgekyk. Sy oë was nou gewoond aan die donker. Hy kon al figure voor hom uitmaak. "Van wie praat julle?"

"Die vreemdeling het sy tong teruggekry."

"Hulle kom haal elke nag 'n paar." Dit was weer die ou man. "Ons weet nie hoeveel op 'n slag nie."

"Nie elke nag nie."

"Elke nag, José. Julle slaap. Ek hoor die skote."

"Dan wat, oue?"

"Hulle skiet hulle. Sommer hier buite teen die muur. Hulle sê die *jardim* se leeus word vet."

Lukas het sy bene opgetrek tot teen sy lyf. "Maar seker net die terdoodveroordeeldes."

Iemand het gegrinnik. "Ons is almal ter dood veroordeel."

"Nie ek nie. Ek is nog nie verhoor nie."

"Hoor hierdie *tolo*. Hy's nog nie verhoor nie!"

Iemand het hande-viervoet na hom toe aangekruip.

"Elena?" Dit was Pirez.

Die man het in die donker rondgetas, aan Lukas se gesig geraak en óm hom gekruip. Die vrou het probeer padgee, maar die man het haar gegryp en vasgehou.

"Asseblief, Elena . . ."

"Nee!"

Die ou man het begin hoes. "Hulle gaan vir jou hoor!"

"Laat hulle hoor. Ek wil hê hulle moet hoor. Julle help my dan nie!"

Lukas het padgegee en in 'n hoek beland en op die vloer gaan lê en sy oë toegemaak. Hy wou nie verder luister nie. Miskien was Galvão al op pad na die priester toe. Miskien was daar hoop. Miskien sou hulle môre die deur kom oopmaak en hom laat gaan en hy sou sy Henschel vat en ry. Na Moeka toe. Iewers heen. Dit maak nie saak waarheen nie. Suide toe. Miskien moes hy vir Moeka gaan oplaai en die grens oorsteek uit hierdie land uit waar hy per abuis gebore is. Hierdie keer sou Moeka nie kon weier nie.

Teen die oorkantse muur êrens was die man en vrou woordeloos aan die worstel.

Hy het geweet, die een of ander tyd daardie nag, terwyl hy op Galvão wag, dat hy na Isobel verlang. En dit was die eerste keer dat hy regtig na haar verlang het. Hy het haar soms gemis, ja, hy kon nooit baie lank sonder haar klaarkom nie, maar hy het nooit voorheen na haar verlang nie. Sy was maar altyd daar, altyd beskikbaar, altyd tuis wanneer hy klop. Altyd alleen. Sy had nie Lucia Moreira se lyf of haar geheimsinnige lag of haar hartstog of haar gloeiende humeur nie. Sy was klein en het selde gelag en selde gehuil. Hulle het aande lank sit en praat of saam boek gelees of geluister na die fado-sang in die nagklub oorkant die straat. Hulle het in die strate gestap en soms gaan fliek en af en toe, as hy die nag by haar vasreën of hy is te lui om huis toe te stap, het hy by haar oorgeslaap.

Die laaste keer dat hy haar gesien het, twee weke tevore, het sy die eerste keer in 'n baie lang tyd oor haarself gepraat. "Ek weet nie meer of ek hier moet bly nie," het sy gesê. Sy was besig om vir hulle kos te maak.

"Jy verdien 'n beter plek. Ek dink dit al lankal."

"Ek bedoel Afrika."

Hy het verbaas opgekyk. "Jy meen jy wil terug Portugal toe?"

"Hoekom nie? Hier is niks vir my nie."

'n Paar weke tevore was Luanda nog rustig. Daar was gerugte van ligte skermutselings in die noorde, daar was stakings en dreigemente en onluste, maar Luanda was nog veilig.

"Jy skrik verniet," het hy gesê, "dié goed sal oorwaai."

Maar sy het iets anders bedoel. "Hoe lank is ek al hier – tien jaar? Ek het altyd gedink Afrika gaan my lewe verander. Maar ek het agter 'n prenteboek aangekom, en dis al wat ek hier kom kry het: 'n prenteboek. Soggens gaan ek winkel toe en ek verkoop lipstiffie en onderklere en parfuum. En elke dag is ek 'n bietjie jaloerser op die vrouens wat dit by my koop."

"*Porquê?*"

"Die tyd gaan verby." Sy het die sin in die lug laat hang.

"Jy's jonk, Isobel. Wat praat jy!"

Sy het twee borde op die tafel kom sit en messe en vurke uit die kas in die hoek gaan haal, heeltyd met haar rug na hom toe. "As ek vir jou sê jy's miskien die beste vriend wat ek hier het . . ."

"Is ek?" Hy het haar rug dopgehou. "Jy's my beste vriendin."

"Ek sien jou so selde."

As sy meer van hom verwag het as wat hy had om te gee, dan was dit die heel eerste keer dat sy dit naastenby laat blyk het.

Hy het by haar oorgebly daardie nag, maar nie soos hy dit beplan het nie. Hy was die voorafgaande twintig uur op die pad en hy het ná ete in sy stoel aan die slaap geraak. En toe hy kort voor dagbreek wakker word en by haar gaan inkruip, het sy soos 'n kind geslaap, met haar arms om die groot kopkussing en haar bene teen haar lyf opgetrek. Hy het eers agtuur weer wakker geword. Toe was sy al weg.

"Dis jou eerste nag hier?" het iemand skielik hier naby sy gesig gevra.

"Ja."

"Dit gaan 'n lang nag wees."

"Ek weet."

"Jy't nie dalk 'n sigaret vir 'n vriend nie? Net 'n stompie."

"Ek het niks."

"'n Sigaret help as 'n mens bang is."

Lukas het die man probeer uitmaak in die donker. "Is jy bang?"

"Ek is nie meer jonk nie. Ek het die beste deel van my lewe agter die rug. Ek behoort nie te kla nie."

"Ons gaan loskom, jy sal sien."

"Dan moet dit gou gebeur. Ek het netnou gehoor hulle stoot die lorries in."

"Wat beteken dit?"

"Hulle trek die lorries in 'n ry dat al die ligte teen die muur skyn. Dan moet dié wat hulle kom haal teen die muur gaan staan. Dan, wanneer hulle klaar geskiet het, is die lorries sommer byderhand as hulle die lyke wegry *jardim* toe."

"Dit sal nie met ons gebeur nie. Portugal gaan enige dag ingryp."

"Portugal het van ons vergeet."

"Hier is mense in Luanda wat ons wil help. Wag maar net."

Hy het Galvão glad nie geken nie, maar hy het hom geglo soos hy nog nooit in sy lewe iemand geglo het nie. Dit was die enigste uitweg. Dit was nie moontlik om te aanvaar dat hy sonder rede geskiet gaan word in 'n toevallige opstand waaraan hy geen deel had nie.

Hy het by tye ingesluimer, maar nie diep geslaap nie. Dit was of hy net onder die oppervlak van bewussyn bly drywe. Want selfs in sy slaap kon hy die man langs hom hoor asemhaal, iemand hoor sug en omdraai, Elena moedeloos hoor protesteer.

Maar uiteindelik moet hy tog geslaap het, want toe hy sy oë oopmaak, was die man nie meer langs hom nie en daar was 'n gefluister by sy voete. Dit was die vrou. Sy het baie stadig gepraat, en so sag dat hy nie alles kon uitmaak nie.

Toe lag die man by haar.

"Moenie lag nie."

"Hoekom het jy dan so gekeer en my soos 'n hond laat voel?"

"'n Mens word moeg van keer."

"Toe hou jy op keer."

"Ek was bang. Dit het so gestink en . . . ek was honger, en ek was bang."

"Waarvoor was jy bang, *favorita*?"

"Is jy dan nie bang nie?"

"Ek is bang." Hy het 'n ruk stilgebly. "Jy het my nie maar net laat begaan oor jy moeg was van keer nie, Elena?"

"Nee." Sy het gesug. "Ek was bang, eers. En met almal so om ons . . ."

"En toe is jy nie meer bang nie?"

"Ek was 'n rukkie nie bang nie."

"En nou?"

Sy het nie geantwoord nie.

"En nou, Elena? Is jy weer bang?"

"Ek is bang. Ja, Pirez."

"Jy moenie bang wees nie. Jy was nie bang toe hulle op ons geskiet het nie. Jy was nie bang toe jy jou hare afgesny en 'n man se klere aangetrek het nie. Toe was jy dapper, *favorita*."

"'n Mens word moeg van dapperheid as jy nie regtig dapper is nie."

"Soos 'n mens moeg word van keer?"

"Ek het nie moeg geword van keer nie, Pirez. Ek wou net hê die ander moet eers slaap."

"Ek verstaan." Dit het gelyk of hy haar hare streel. "Het ek jou seergemaak?"

"'n Bietjie."

"Ek wou jou nie seermaak nie. Maar ek was bang vannag is my laaste kans."

"Ek weet."

"Ek het dit saggies gedoen. Ek het dit goed gedoen."

"Ja, Pirez."

"Lê maar by my, *favorita*, ek sal jou vashou; lê maar by my."

Hy het weer wakker geword, later, van 'n rumoer buite in die gang.

"Dis hulle."

Voetstappe het nader gekom en verby gegaan.

Die rumoer het al hoe nader gekom – bevele, iemand wat huil, deure wat klap, al hoe nader aan hulle sel. Almal om hom was wakker, maar niemand het 'n woord gesê nie.

Mense het in sarsies voor hulle deur verby gegaan. Party was stil, jy kon net hulle voetstappe hoor; ander het gesoebat. Een of twee het luidkeels gebid.

Toe word hulle deur oopgesluit. 'n Skerp lig het oor die drumpel geval, teen die muur opgewip en oor hulle gesigte rondgetas. Die lig was te skerp vir Lukas se oë, maar hy kon nie wegkyk nie – hy was gehipnotiseer deur die groot, verblindende oog. Agter die lig was daar 'n stem en 'n gestalte, maar hy kon niks van die gesig uitmaak nie.

"Antonio Pirez," sê die stem agter die lig. Iemand het gesug en vooroor gebuk. En aan die skraal skouers kon Lukas die vrou herken. Maar die res was roerloos.

"Antonio Pirez, is jy hier?"

Toe staan iemand op, 'n lang man met baie baard, en raak aan die vrou se skouer en verdwyn agter die lig in.

"Adriano Lacueva."

Lukas kon uit die hoek van sy oog sien hoe almal hulle koppe na die ou man toe draai. Toe maak hy sy oë toe. Die lig was 'n pers kol in sy kop. Iewers was daar soet seroetrook.

"*Valor, amigo.*"

"Watter een is Adriano Lacueva!"

"Ek is Lacueva."

"Kom!"

"Gee my net eers water."

"Kom, daar's nie tyd vir water nie."

"'n Sigaret, iemand. Net 'n trekkie. *Por favor!* Net 'n trekkie tabak!"

48

Lukas het sy oë oopgemaak. Die lig was nie meer op hom nie. Dit was op die ou man se kaal bolyf. Iemand het van buite af ingekom en hom aan sy arm orent getrek. Hy't gestruikel en die man moes hom optel en hom die sel uit dra. Hulle kon hom hoor hoes en praat. Die deur het toegeklap en dit was skielik stil en donker en Lukas kon die vrou saggies die naam hoor sê van die man met die baard, baie saggies, oor en oor, al hoe sagter, tot dit net 'n geprewel was.

Toe dit later weer heeltemal stil is, die gang verlate, die laaste deur gesluit, sê iemand wie se stem Lukas nog nie gehoor het nie: "Hy't gesê hulle kom haal hom vannag. Pirez. Hy't geweet."

Net voor sonop het hulle die skote gehoor. Elke paar sekondes een. Tot by negentien. 'n Ruk later het 'n vragmotor sukkelend gevat en koers gekry.

En met die opkom van die son het hulle nog twee mense die sel ingebring.

Een van hulle was Galvão.

4

Dit was nie maklik om sy vertroue te wen nie. Hy was van geaardheid inkennig, en byna twintig jaar in Alexandra het hom nie juis gehelp om vreemdelinge, en veral wit vreemdelinge, voetstoots te aanvaar nie. Hy het heelwat met wittes te doen gekry, maar hulle was altyd óf Engels óf in uniform. Behalwe Moeka was ek die eerste Afrikaner wat hy nader kon leer ken.

Ek weet nie hoe dit daarby uitgekom het nie, maar ek het hom vertel van Deon se beheptheid met sy stamboom en met die familiekerkhof op Melkbos. Hy was van Dina se kant af 'n nasaat van die Trekleier Andries Pretorius en my kant van sy familieregister kon hy terugvoer tot die Bezuidenhouts van Slagtersnek.

Dít het Lukas se aandag getrek. Op 'n manier was ek vir hom soos iets in formalien wat skielik, wonderbaarlik, begin roer. Hier was oplaas iemand, ná al die jare, 'n regte Afrikaner wat iets sou verstaan, miskien, van sy geheime stukkie geskiedenis. Wat hóm dalk uiteindelik kon help om iets daarvan verstaan te kry.

Maar dit sou eers later kom.

Aan die begin, dink ek, was hy meer in Deon geïnteresseerd as in my. Hulle was soos teenoorgestelde pole, die kort en bonkige, donker man en die tingerige, blonde kind met die byna deurskynende vel, elkeen op sy manier slagoffer van sy geskiedenis, wat mekaar juis daarom aantrek én probeer uitsluit.

Dit was altyd 'n probleem om hom in die hande te kry. Hy het geweier om 'n telefoon in sy huis te hê; jy moes na hom toe ry. En meesal was hy nie daar nie. Hoe hy sy brood verdien het, kon ek nooit presies vasstel nie. Ek weet hy het soms sy bussie as taxi gebruik en daar was altyd die een of ander stukkende motor in sy agterplaas waaraan hy gewerskaf het. En 'n paar keer het hy in 'n verfbesmeerde oorpak met 'n leer en 'n emmer vol kwaste en rollers en panne by die huis aangekom.

Hy het meer as een naam gehad. Die meeste van sy swart vriende het hom nog steeds as Stonkie geken, of as Mbeki, of Luke, maar in sy ID was sy doopnaam Sipho Mbokani. 'n Vals ID, het hy self erken, en 'n vals naam wat hy vir 'n oorgedoende Volkswagen-enjin en vier versoolde Firestones bekom het.

Sy regte naam, Lukas van Niekerk, het hy verwerp. "Dis geleende skoene daardie wat my liddorings gegee het," het hy eenkeer vir my gesê. "Ek het hulle lankal weggegooi."

"Dis die Stonkies en die Mbokani's wat geleen is. Jy bly mos maar jy."

"As jy soos ek lyk, kan jou naam Lukas wees of Andries of Petrus – maar die Here behoede 'n swart Van Niekerk."

Toe ek hom een aand wel by die huis kry, omtrent 'n maand ná Deon se klipgooiery, was daar 'n Engelse besoeker by hom, ene Graham Cunningham, jonk en bitter wantrouig teenoor my en volgens sy eie getuienis op 'n "feitesending" van drie weke in Suid-Afrika.

"Nou's hier iemand wat my kan help met die Engels," sê Lukas toe ek instap. Cunningham was vervaard besig om 'n klomp dokumente in sy aktetas te stop – en waarvan ek niks gehou het nie, was die stapel lugfoto's van wat vir my gelyk het soos Johannesburg se middestad.

Lukas se Engels was nie baie vlot nie. Hy het in die jare in Alex wel Zoeloe en 'n bietjie Tswana onder die knie gekry, maar Engels het hy nie graag gepraat nie.

"You can relax," sê hy toe hy die man se ongemaklikheid sien. "He's my friend."

Vir iemand wat net weke in die land was, het Cunningham verstommend baie geweet en was hy op verbysterend baie plekke. Uitenhage, Port Elizabeth, Kaapstad, Pretoria, Thohoyando. Durban, Grahamstad, Mmabatho, Katatura, Maseru, noem maar op. Ek het nie baie van hom gehou nie. Hy was te gereed met sy antwoorde en te bleek na my sin. Hy het die indruk gewek van iemand wat die lewe deur 'n leesbril ervaar en die praktyk sien as 'n lastige toevalligheid.

"You speak Dutch?" wou hy weet.

"No," sê ek. "Afrikaans."

"Same thing."

"No," sê ek. "Not at all."

"Well, a Dutch dialect."

"No," sê ek. "But then, of course, one could see Italian as a Latin dialect."

Hy het verveeld weggekyk. "Typical Boer arrogance."

Van daardie oomblik af het ons geweet wat ons aan mekaar het.

Lukas was die hele tyd stil. Hy het net gepraat wanneer iemand hom direk aanspreek. Ek was gefrustreerd omdat ek nie met hom die gesprek kon voer wat ek beplan het nie, en Cunningham was duidelik net so in die wiele gery deur my teenwoordigheid. Toe ek in 'n stadium besluit om die aftog te blaas, haal Lukas 'n blikkie uit sy sak. "Snuif jy?" vra hy en vat 'n knippie tussen duim en voorvinger. Ek doen dieselfde en sien hoe Cunningham ons ritueel met afgryse sit en beskou. "You want to try?" vra Lukas vir hom, maar hy skud sy kop en soek na sy pakkie Rothmans. "Moenie loop nie," sê Lukas. "Ek wil met jou praat."

Hy het aangehou neuk met sy Dutch en sy Dutch colonials en sy Boer sense of justice. Ek kon sien hy is daarop uit om my de hel in te maak.

"If you have to call us anything, call us half-castes, but we're no more Dutch than you are."

"How come?"

"Because we're of mixed decent. We have Dutch forefathers, yes, but we also have French blood, German blood, Malay, Khoi, Portuguese, even English blood."

"Everybody knows that."

"So what's so Dutch about us? We're Afrikaners."

Hy het sy wenkbroue gefladder. "Odd, isn't it? A bunch of Europeans calling themselves Africans and the poor Africans suddenly find they've become kaffirs."

Lukas het gegrinnik.

"After ten generations in Africa we can hardly call ourselves a bunch of Europeans."

"Granted. But why exclude the rest of Africa's people from being Afrikaners?"

"The name Afrikaner refers to a language rather than a continent."

"So Luke is an Afrikaner?"

"As far as I'm concerned, yes."

"But only as far as you are concerned."

"It may seem strange to you, Mr Cunningham, but we have much more in common with our fellow Africans, not only geographically but also emotionally, than with you Britons. As a matter of fact, we could get along quite nicely without you."

"As you have in the past, yes. Abusing and oppressing and assaulting . . ."

"We could survive without your holier-than-thou attitudes and your impertinence and your so-called fact-finding trips and little secret documents."

"What secret documents?" wou hy weet.

"Well, if they're not secret, then show them to me." Ek het sy aktetas opgetel en dit op die tafel neergesit.

Cunningham het hulpeloos na Lukas gekyk.

"Show it to him."

Die man het die tas gevat en dit op sy skoot gesit. "Are you mad?"

"I told you, he's my friend."

"He's definitely not mine. I find him presumptuous."

Graham Cunningham is weg sonder om my sy dokumente te wys. Ek het in die voorkamer sit en wag terwyl Lukas hom gaan afsien, skaam oor my gedrag maar nog steeds verontwaardig oor die vent se arrogansie. Lukas het lank weggebly, lank genoeg om my te laat wonder of hy en Cunningham nie dalk wel baie vir mekaar te sê gehad het nie. Toe hy terugkom, kon ek niks van sy gesig aflei nie.

"Ek is jammer," sê ek toe hy oorkant my kom sit. "Dit was seker nie nodig nie."

"My vriend," sê hy, "jy het nog baie om af te leer."

"Slegte maniere."

Maar hy skud sy kop. "Leuens."

"Soos?"

"Wat die boeke voor sê romantiese selfbedrog."

"Oor die Afrikaner?"

"Soos oor die Afrikaners, ja. Soos dat jy dink jy kan vir die kaffers praat."

"Ek wens jy wil ophou om daardie woord te gebruik."

"Hoekom?"

"Niemand gebruik meer daardie woord nie."

"Ry bietjie saam met my in my taxi, dan kyk jy wat gebeur as ek vir 'n Boer toet wat by 'n groen robot sit en slaap. Dan hoor jy wat is ek. Of gaan swem saam met my in Melville se swembad, dan hoor jy bietjie. Of gaan koop seëls by die poskantoor en stry dan met die ou oor die kleingeld."

"Die wêreld is vol gomtorre."

"Jy dink oor jy anders dink, nou dink die Boere anders. Jy's nes Cunningham. Jy't hom hier sit en uitvreet oor hy dink hy weet beter en eintlik weet hy fokol. Toe vertel jy hom hoe dit nou eintlik is. Maar eintlik weet jy ook fokol. Julle praat aanmekaar oor my, maar niemand vra mý niks oor wat ek dink nie. Vir wat sal julle dan ook? Julle weet mos als." Hy het sy vinger in sy oor gedruk, rondgegrawe en na sy vingernael gekyk. "Nou sal ek jou sê, al vra jy my nie. Ons kan klaarkom sonder die lot van julle. Sonder die buitelanders se fact-finding missions én sonder jou Afrikanerbeterweterigheid."

"Ek glo jou. Ek weet net nie mooi wie's jou ons nie."

"Die res van ons. Dié wat oorbly nadat die Afrikaners klaar koppe getel het."

"Wie gaan die telwerk doen?"

"Ek sien in die koerant daar's 'n kommissie van ondersoek of 'n ding wat nou al meer as 'n jaar lank sit en uitwerk hoe moet jy wees om 'n Afrikaner te wees. As hulle klaar uitgevind het, sal hulle seker begin tel."

"Dis heeltemal iets anders. Die ding waarna hulle soek, is nie 'n volk nie – dis 'n politieke hallusinasie."

"Miskien. Ek weet nie. Maar as dit so is, sal ons dalk eendag uitvind daar was toe nooit so iets soos 'n Afrikanervolk nie. 'n Paar miljoen grafte met Afrikaanse name op, maar nie 'n volk nie."

Ek het hom nie geantwoord nie. Ek sou hom wou vra wie is die res van ons dan, die oorskiet, die Babelse mengelmoes – sou ons dalk eendag iets kon wórd wat mens 'n volk kan noem? Maar ek het nie gevra nie.

"Dis regtig oor ek nie heeltemal mooi weet nie," sê hy ná 'n ruk. "Nou vra ek maar. Wat soek jy eintlik by my?"

"Ek sê jou elke keer. Ek leef al oor die veertig jaar in hierdie land saam met hoeveel miljoen swart mense en ek ken hulle nie. Ek het saam met hulle grootgeword. Ek praat selfs 'n bietjie Zoeloe. Ek het nog altyd gedink ek kom goed met hulle oor die weg, ek verstaan hulle. Ek het my selfs daarop beroem dat ek hulle nog altyd met respek behandel het. Ek het al die goed gedink wat die meeste beskaafde wit mense in hierdie land nog altyd gedink het. Simpel goed soos: hulle is ook mense, hulle het ook gevoelens, hulle verdien 'n beter lewe. En dit het my laat goed voel om so te dink. Dit het my gewete gesus. Ek het myself heimlik op die skouer geklop omdat ek my huishulp meer betaal as enigiemand anders in ons woonstelblok – destyds toe ek nog so iets kon bekostig. Ek het geld gegee vir sendingwerk soos 'n mens geld gee vir die DBV. Ek het briewe in koerante geskryf teen diskriminasie. Ek het geweier om vir die Nasionale Party te stem omdat ek geglo het hulle is oneerlik. Ek het nie meer kerk toe gegaan nie omdat ek gevoel het my kerk preek teen alles behalwe die dinge wat hom ongewild sal maak . . ."

Terwyl ek praat, het ek deurentyd Lukas se oë vermy. Ek kon nie na hom kyk nie. Ek het my hande beskou en die tafelblad voor my en die muur oorkant my.

"Toe . . . staan ek een môre op en ek weet skielik wat ek eintlik altyd vermoed het. Ek weet skielik ek is een groot, lagwekkende leuen. Ek weet skielik al die goed wat ek oor die swartes gedink en gesê het, al die mooi, simpatieke, bevryde gedagtetjies, het ek gedink oor die *status quo* my laat veilig voel het."

"Los al daardie woorde. Wat wil jy sê?" Dit was 'n genade om te weet hy luister nog.

"Ek meen maar net . . . ek kon dit bekostig om apartheid te veroordeel omdat ek geweet het apartheid staan sterk. Ek kon die leeu agter die tralies jammer kry omdat ek geweet het daar is tralies. Ek kon skree die leeu moet bevry word omdat ek geweet het die opsigter sal dit nie toelaat nie."

"En toe wat?"

"En toe . . ."

Tot op daardie punt was dit maklik om te verduidelik. Van die res het ek self nog nie geweet nie. Ek was nog op soek na die res.

"Ek weet nog nie verder nie. Miskien . . . probeer ek die leeu leer ken." Toe, vir die eerste keer, kon ek weer na hom kyk. "Dis maklik vir Graham Cunningham. Hy kan in Marble Arch sit en dink hy weet alles. Hy kan kom vure aansteek en huis toe gaan en sy hande was. Kan jy verstaan dat ek de donder in raak vir mense wat dink jy kan drie eeue se foute met een gebaar kom regmaak?"

"Vergeet van Graham Cunningham. Ek vee my gat af aan Cunningham. Maar oor ander redes as jy."

"Ja, maar hy . . ."

"Vergeet van hom. Dis dambord hierdie en hy speel nie saam nie."

"Maar as ek sê ek het meer met jou gemeen as met hom, dan sê jy ek lieg vir myself."

"Ja."

"Hoekom?"

"Oor ek eenkeer self so gedink het. Ek het gedink ek is deel van julle. Maar ek het skaars my voet oor die grens gesit toe bliksem die Boere dit uit my uit." Hy het 'n rukkie doodstil na my sit en kyk, maar ek kon sien hy sien my nie, hy sien iets diep in sy eie agterkop. "Ek onthou, daardie tyd, op pad suide toe uit Angola uit. Dis net ná ons by die konvooie aangekom het. Daar het so 'n blou karretjie voor ons gery. 'n Man en sy vrou en vier kinders – klein nog; die oudste een was so tien of elf. Wit mense. Toe, net voor sononder die aand, toe sien ons voor ons staan 'n bus dwars in die pad en daar's 'n klomp soldate. Ek dink die mense in die blou karretjie het geweet wat gaan gebeur, maar hulle was te bang om iets te doen. Hulle het net in die kar bly sit. Toe kom hulle en vat die man en . . . Ons moes sit en kyk, ons kon niks doen nie. Ons moes sit en kyk hoe hulle daardie man voor sy vrou en kinders vermoor op 'n manier wat . . . Net barbare sou dit só kon doen.

"Ek het twee mense by my gehad, 'n meisiekind en 'n priester. Of nee, die meisiekind was toe nie meer by nie. Maar die priester was op die bak van my lorrie onder 'n seil toe tussen die bietjie huisraad en die goed wat ek by my gehad het en ek het geweet wat gaan gebeur as iemand hom agterkom. Want hy was wit, en dit was al klaar erg genoeg, maar boonop was hy 'n *padre*, en dit was erger. En toe ek my kans sien, toe jaag ek verby. Ek moes kies tussen die kinders en my vriend. Toe kies ek my vriend.

"Ek het toe al baie sulke goed gesien, want dit was 'n vreeslike tyd daardie. Ek het altyd die Bakongo's gehaat oor wat hulle doen. Ek het baiekeer op Angola se grond gespoeg oor die MPLA. Ek het gedink hulle is diere. Ek het elke dag vir die Here dankie gesê ek is nie 'n Bakongo nie. En daardie middag toe ek by die bus verby jaag, toe vloek ek hulle al die vloekwoorde wat ek ken, want ek het geweet hulle ou bus sal nie my Henschel kan vang nie.

"Maar agterna, jy weet, toe begin ek anders dink. Agterna, toe my beurt kom om gevloek te word, toe weet ek ek het die verkeerde mense gehaat. Dis die Portugese wat die swartes geleer het om te moor en te mishandel. Dis die wittes wat van die Bakongo's barbare gemaak het. Enige nasie kan net so ver gevat word en nie verder nie. In Afrika het die wit man die swart man te ver gevat."

"Ek weet, Lukas."

Daar was skielik woede in sy stem. "So waar kom die storie vandaan van ek en jy is nader aan mekaar as jy en Cunningham?"

Ek het hom nie toe geantwoord nie, hoewel ek vas geglo het ek het reg. Ek het net stilgebly. Ek was immers nie daar om hom van enigiets te probeer oortuig nie.

Dit is hoe sy stories uitgekom het. Aan die begin amper terloops. Hier een en daar een.

Dit was 'n bedompige aand en hy het vir ons gaan bier haal en ons het in die agterplaas op twee gehawende motorsitplekke gaan sit en gesels. As gesels die regte woord is, want ons gesprekke het soms uit stiltes bestaan. Aan die begin het dit my ongemaklik laat voel, want ek het gedink ek verveel hom. Maar hy was maar so. Dit het net afgehang van sy bui. Hy sou op 'n aand aanmekaar praat en dan tienuur sê hy is moeg, hy wil gaan slaap; ander kere weer sou hy die hele aand skaars 'n woord sê, maar my tot lank ná middernag met die een bier ná die ander omkoop om te bly.

Daardie aand in die agterplaas, soos baie ander nagte daarna, het ek my verwonder oor Alexandra se eindelose ongedurigheid. Drieuur in die môre was daar gewoonlik nog mense op straat, vragmotors vol singende passasiers, vroue wat in agterplase lag en raas, struwelinge en blêrende radio's en ruite wat breek en die reuk van kookvleis en die gehuil van kinders. En vieruur soggens het die eerste grys busse uit die rookmis verskyn en van halte tot halte aangekruie, die werkdag tegemoet. Alexandra het homself nie rus gegun nie. Soos Soweto en Kathlehong en Guguletu en Langa en Soshanguve en Sharpeville, soos elke ander swart township in die land was Alexandra te vol verlange en woede en armoede en haat en honger en onderdrukte koerasie om ooit tot rus te kom.

Lukas van Niekerk het my daardie nag die eerste keer iets vertel van sy eerste paar jaar in Suid-Afrika. Omdat dit 'n buitengewoon bedompige nag was, het ons meer bier gedrink as wat vir ons goed was, en miskien was dit die bier se skuld. Of miskien was dit omdat hy 'n bietjie de hel in was. "'n Mens sê partykeer goed en jy glo wat jy sê. Maar jy sê nie heeltemal wat jy glo nie. Jy weet wat jy wil glo en jy weet hoekom jy dit wil glo. En jy sê dit. Maar jy weet nie heeltemal of jy alles glo nie." Dit was in 'n stadium toe ons koppe al 'n bietjie geswem het. "Soos die ding van vanaand wat ek gesê het van te moer met die Boere. Ons sal aangaan sonder die Boere. My moeilikheid is: wie's ons as ek praat van 'ons'? Ek droom nog in Afrikaans. En die slag as ek dit regkry om te bid, dan bid ek in Afrikaans. Ek kon nooit lekker met die Here in Portugees praat nie. En ek sukkel om met die Here in Zoeloe te praat. Dit klink aangesit. Moeka het my geleer die Here praat Afrikaans. Maar goeie grote God – tot ek die predikante oor die draadloos gehoor het! Toe, jy weet, toe weet ek nie meer nie. Die Afrikaanse predikante praat op 'n manier dat mens later nie meer 'n woord kan hoor wat die Here sê nie. Maar dis nie wat ek wou sê nie. Ek was op pad Mosambiek toe. Hulle wou my nie in Suidwes oor die grens laat kom nie, want ek was swart. Toe sê ek ja, maar in Angola wil hulle my ook nie hê nie, hulle't my in die tronk gestop oor ek nie MPLA is nie. Toe sit hulle my op die trein Mosambiek toe. Maar toe't ek nie papiere of niks nie, toe wil Mosambiek my ook nie hê nie, oor ek uit Suid-Afrika kom. Toe's ek niks; ek is niemand. Ek kon dit nie glo nie. Al die jare en jare het ek gewens ek kan my land sien. My eintlike land. Moeka se land. Afrikaans se land. Toon van den Heever se Hoëveld, Jan Celliers se vlakte, Langenhoven se ewige gebergtes. Jy weet, al die goed wat mens gelees het al die jare van die Karoo se sterre en Natal se duisend heuwels en die Boland se blou berge en Transvaal se Bosveld en Namakwaland se blomme, al die mooi goed wat jou moertaal so laat sing het in jou ore en wat jy nooit kon sien nie. En hier is ek. Op 'n trein. En ek ry deur dié land. In 'n trok met 'n permit vir Mosambiek en 'n pispot en 'n kan drinkwater en ses brode. Dan stop ons by 'n stasie en ek hoor die mense praat Afrikaans.

"Tóé het ek al begin wonder wie's 'ons'? Is dit ek en hierdie mense hier buitekant wat my taal praat en wat nie wil hê ek moet hierdie land sien nie? Toe kom ons in Komatipoort aan. Elfuur in die aand. En dit reën. En ek kan nog altyd niks sien nie. En Mosambiek wil my ook nie hê nie. Toe sluit hulle my vir 'n week toe. Ek weet nie wat gebeur het nie. Hulle het seker nie geweet wat om met my te doen nie. Toe los hulle my. Ek het twee dae net rondgeloop en gekyk. Ek kon nie glo wat ek sien nie. Komatipoort. Alles dieselfde as in Angola. Dieselfde bome langs die strate. Die plattes met die rooi blomme. Bietjie kleiner, maar dieselfde bome. Dieselfde muskiete. Daar was mense wat kon Portugees praat – veral die swartes kon Portugees praat. En almal kon Afrikaans praat. Ek kon enigiemand voorkeer en met hom Afrikaans praat.

"Toe, die derde dag, is toe Sondag. Ek het by 'n man gebly met die naam van James Mabusa. Hy't vir die dokter in Komatipoort het hy in die tuin gewerk en hy't my solank plek gegee in sy kamer agter op die werf. En die Sondag toe hoor ek mense sing gesange en psalms en al die goed wat ek van kleins af geleer het. Maar dit was altyd net ek en Moeka wat alleen sing Sondae in die kombuis voor sy vir ons uit die Bybel uit lees. Maar daardie môre toe hoor ek vir die eerste keer hoe klink daardie Prijs den Heer met blijde galmen wanneer 'n klomp mense dit sing. Ek was maar altyd bietjie vals, maar Moeka kon mooi sing, met daardie groot krop van haar wat so opswel soos 'n duif s'n. Dan hou sy die noot en dan probeer ek maar so half byhou. Maar daardie môre toe sing sestig, sewentig mense en almal sing net so mooi soos Moeka. Jy weet, Pr-ij-s d-e-n H-e-e-r m-e-t bl-ij-de g-a-lmen. Ek het in die straat gestaan en luister tot ek later van tyd wil tjank so mooi is dit. Hier is ek by al die goed waarvan Moeka my altyd vertel het, en dis als net soos sy gesê het. En hulle sing al die goed wat sy gesing het. En dis al of ek haar ook hoor sing. Dis of sy saam met my gekom het Komatipoort toe.

"Toe gaan ek in die kerk in en ek gaan sit in die agterste ry, net toe die predikant uit die Bybel uit begin lees. Toe sien ek hy hou op lees en hy kyk vir my. En hy hou aan kyk tot almal naderhand vir my kyk. Toe kom daar 'n man van voor af en hy kom praat met my en hy sê ek moet uit. En ek sê nee, hoekom, ek kom kerk toe. Toe kom daar nog twee, drie ander. En die predikant sê die mense moet solank sing. En hulle sing daardie ander psalm wat Moeka altyd so lekker gesing het. Hijgend hert der jagt ontkomen, schreeuwt niet sterker naar het genot van de frisse waterstroomen dan mijn ziel verlangt naar God. En ek staan op en ek sing saam. Toe vat die manne met die swart klere my en hulle dra my uit buitentoe.

"Ek het gehoor van al hierdie goed van apartheid, maar ek het nie geweet dis in die kerk ook nie. Ek het gedink die kerk is die een plek waar almal dieselfde is, want die Bybel sê mos so. Die manne was nie lelik met my nie; hulle't mooi gepraat. Maar toe ek sien hulle wil my regtig nie daar hê nie, toe raak ek de bliksem in en ek begin stoei met hulle en ek raas en gaan te kere. En daar is een so 'n groot dikke tussen hulle met sulke baard hier op sy wange, en hy vererg hom. Maar jisses, meneer, waar moer hy my! En toe hy eers slaat, toe slaat almal. Ek het daar op die sypaadjie gelê en wonder wat se 'ons' is so 'n ons. James Mabusa het my daar kom kry en my dokter toe gevat en die dokter het my toegewerk.

"Ek was nog nooit weer in 'n kerk nie."

Ek moes Lukas daardie nag bed toe help. Dit was die eerste van baie kere daarna dat ek hom te veel sien drink het. En ek het die storie van Lukas van Niekerk aan daardie drinksessies te danke. Hy het selde met my oor sy verlede gepraat terwyl hy nugter was. Of hy in elk geval die storie wou vertel en die drank nodig gehad het om aan die praat te kom en of die gesit en afkrap van dun rowe hom laat drink het, kon ek nie agterna besluit nie. Ek het later die gevoel gehad dat dit vir hom noodsaaklik was om eers die etter te laat uitbloei voordat hy met sy verlede kon vrede maak. En vir dié bloedlating was ek 'n katalisator, al was dit dan net by wyse van 'n geduldige Afrikaner-oor. Daarna het ek hom nooit weer sy mond aan drank sien sit nie. Hy had dit toe nie meer nodig nie. En buitendien sou dit die laaste paar weke voor daardie Desember se groot breekspul gevaarlik word om in watter uur van die dag of nag ook al met 'n benewelde brein betrap te word. Hy moes paraat en skerp en wakker wees, want sy lewe het daarvan afgehang.

Maar dis 'n storie vir later.

Dis seker waar dat ek sy drinksessies in daardie tyd misbruik het. Ek wou immers sy storie hoor, en so onbevange moontlik. Maar terugskouend was dit net gedeeltelik nodig. Die ou koffer met aantekeninge wat ek later gekry het, was baie meer werd, ongeorden soos dit was. Dit het meer van hom geopenbaar as enigiets wat hy ooit vertel het, met die uitsondering van enkele los anekdotes soos die kerkvoorval in Komatipoort en Bernardo Bravo se triomfantlike uitvaart wat nêrens in sy "dagboek" voorkom nie.

Dit was nie 'n dagboek in die gewone sin van die woord nie. Dit was meesal los aantekeninge en soms herinneringe wat miskien eers jare later neergeskryf is, hier en daar in Portugees, maar oorwegend in Afrikaans. Daar was 'n groen oefeningboek wat wel op 'n tydstip as 'n soort dagboek aangehou is, maar met heelwat weglatings. Dit dek die laaste paar weke van sy verblyf in Angola.

Party aantekeninge was haastig geskryf en in 'n soort telegramstyl met kriptiese verwysings en afkortings wat ek nooit heeltemal kon ontrafel nie. Ander was versigtiger geskryf, vollediger, byna omslagtig, met 'n verrassende sin vir ongewone detail. Selfs gesprekke is plek-plek neergeskryf, veral dié tussen hom en die priester, maar hier en daar ook meer persoonlike gesprekke tussen hom en Elena.

Vir my was die koffer vol papiere belangriker as die gesprekke – maar vir hom, glo ek vas, was die drinkgesprekke snags in sy sitkamer of in die agterplaas, die lang en toonlose monoloë voor 'n groeiende gehoor leë bierblikkies, 'n noodsaaklike deel van die rituaal wat hom uiteindelik met homself laat vrede maak het. Omdat hy nooit kon bieg nie – nóg by Moeka, nóg by vader Bravo, jare later – is hy uitgespaar vir die groot en finale bieg. En selfs toe, selfs vir daardie uiteindelike bieg, moes hy drink om sy tong los te kry.

Die tweede keer dat Lukas by my woonstel aangekom het, was Deon weer daar. Dit was asof die noodlot vasberade was om hulle by mekaar uit te bring. Deon het baie selde na my toe gekom en Lukas byna nooit – en omtrent elke keer dat Lukas gekom het, was Deon ook daar.

Ek dink die aand sou vir ons almal dalk 'n bietjie anders afgeloop het as dit nie was vir die simpel blokkiesraaisel nie. Deon was besig om die ding in te vul en ek moes kort-kort help. Maar nie een van ons kon dink aan 'n sinoniem vir die woord "teenoorgestelde" nie. Ek het die verklarende woordeboek gaan haal en Deon het begin soek – en op die ou foto afgekom.

Ek kon die middag goed onthou. 'n Herfserige geel middag in die agterplaas van ons skakelhuis in Melville. Ons het op die sementtafel voor die agterdeur geëet en ek het my flou gesukkel om die kamera met stukkies leiklip en stokkies só te bestendig dat die tydskakelaar die foto kan neem. 'n Mens kan sien ek het pas gaan sit en is onseker of ons in fokus of hoegenaamd in beeld is en niemand weet regtig of die foto al geneem is of nie. Deon sit op die tafel langs 'n halwe brood en 'n leë wynbottel en iets wat lyk soos 'n melkkarton. Dina het haar hand beskermend op sy knie, want hy is drie maande oud en dit lyk of hy enige oomblik gaan val. Sy kyk reguit in die lens in, 'n bietjie geamuseerd maar terselfdertyd besorg oor Deon, want ek het in my haas om betyds my plek in te neem aan die tafel gestamp.

"Ken jy die foto?"

Hy het 'n rukkie daarna sit en kyk en sy kop geskud.

"Jy kan dit kry as jy dit wil hê."

"Dankie. Ek wil dit vir Ma gaan wys." Hy het die foto op die tafel neergesit en die woordeboek toegemaak.

"Teenoorgestelde. Ons soek teenoorgestelde."

"Ma sê sy kan nie regtig onthou dat julle ooit getroud was nie."

"Waar dink sy kom jy vandaan?"

Hy het 'n koerant van die vloer af opgetel en daarin begin blaai.

Daar was iewers nog foto's; ek kon nie onthou waar nie, iewers in 'n koevert of 'n legger in een van my laaie. Ek het daarna gaan soek, maar kon dit nie kry nie.

Hoe lank hy by my in die kamer was, weet ek nie. Toe ek hom sien, sit hy plat op die vloer met sy rug teen die boekrak.

"Deon?"

"Hoekom het julle geskei?"

Ek het geweet dis die foto wat alles kom omkrap het en ek was skielik bly ek kon die ander nie kry nie.

"Jy hét my al gevra."

"Ek weet. Pa sê elke keer Pa weet nie. Ma sê sy weet nie. Dis nie 'n antwoord nie."

"Miskien is Ma reg. Miskien was ons nooit getroud nie."

Hy het opgestaan en geloop, en ek het nie kans gesien om agter hom aan te gaan nie.

Het ons mekaar dalk verlaat lank voordat sy finaal weggegaan het? Ons was eintlik 'n bietjie verlore by mekaar. Ons het die skyn bewaar omdat ons dit nie as skyn wou herken nie. Ons het gedink dis seker maar hoe 'n huwelik lyk. Ons het heeltyd oor Deon gepraat en deur Deon met mekaar gepraat en van vroegaand af al die stilte hoor aankom wat op die huis gaan toesak wanneer Deon gaan slaap. En soms, wanneer die stilte te verstikkend geword het, het ons mekaar begin verwyt oor niks besonders nie net om seker te maak die ander een is regtig daar. Miskien is dit hoekom sy my aangemoedig het toe ek weer begin skryf. Want toe kon sy saans by

Deon in die bed gaan klim en hom vertel van Rachel de Beer en Gideon Scheepers en Debora Retief en Jopie Fourie. Hulle kon in mekaar se arms aan die slaap raak en my tikmasjien sou die stilte weghou.

Ek was nog in my kamer toe Deon kom sê "daardie swart man van Alexandra" is by die voordeur. Ek het gesê hy moet hom laat sit, ek is nou daar. Maar toe ek in die portaal kom, sit Deon en koerant lees en Lukas staan nog steeds buite en wag. Ek het besluit om die moedswilligheid te ignoreer.

Ek kon met die eerste oogopslag sien Lukas het iets belangriks op die hart. Maar hy was nie seker met Deon nie. Sy ietwat gespanne houding was in volslae kontras met sy bont strandhemp, slenterbroek en plakkies. Hy het met koeitjies en kalfies begin. Die weer, die vorige Saterdag se sokker, die nuwe petrolprys. Hy het Deon oor sy skoolwerk uitgevra, en uiteindelik oor musiek begin praat. "Ek kom nie reg met die musieke van hierdie plek nie. Die Boeremusiek is jig. Die township-goed ook. Toe gaan soek ek vanmiddag bietjie in die winkels rond vir my eie goed. Reggae." Hy het na Deon gekyk om te sien of daar reaksie is, maar Deon het voortgegaan om sy koerant te lees. "Dis al wat ek nog luister. Reggae en heavy metal."

"Ek het nie gedink dis waarna jy sal luister nie," sê ek.

"Vir wat nie? Dis lekker. Dit krap jou so half om."

"Ek dag miskien fado of so."

Hy het geglimlag en sy kop geskud. "Die marimba, ja. Nie eintlik fado nie. Ek het al hierdie plek se platewinkels plat gesoek vir die marimba. Ek weet nie wat se musiek luister jy as jy die slag terugverlang na jou jongetjiesdae nie. Ek en Moeka het altyd Saterdagaande het ons die draadloos aangesit, dan dans ons die marimba tussen die pronkertjies voor die agterdeur tot die maan gat-oor-kop sit. Moeka met haar groot ou boude en haar pampoene."

Daar was skielik, sonder dat ek dit sien kom het, trane in sy oë. "Fokkit. Wat het van haar geword?" Hy het sy gesig met plat handpalms afgevee.

Deon het skoorvoetend, versigtig, onverhoeds betrap, oor die rand van sy koerant geloer, en verwoed verder gelees.

"Hoe lank is sy al dood, Lukas?" Dit was 'n desperate vraag.

"Fokkit als." Hy het die mat van hoek tot kant bekyk, na Deon toe gedraai asof hy hom iets wil sê, en toe na my kant toe geglimlag. "As mens begin dink oor dié soort goed, als wat verbygegaan het, soos Moeka en die marimba en Elena en almal – dis mos bietjie soos om in 'n dooie ding se pensmis rond te snuif. Hulle sê dis hoekom die hiëna so snaaks lag. Oor als wat hy in al die ander se ribbekaste sien. Bietjie dermskittery is al wat oorgebly het van gister se groen blare. Of wat sê ek, Deon?"

Die koerant het weer 'n oomblik gesak.

"Het jy geweet ons is broers, Deon, ek en jy?" sê Lukas en knipoog vir my. "Jou pa sê so." Ek kon sien hoe sy kop werk. Hy wou die weekheid wat hom so uit die bloute oorval het met moedswilligheid besweer. "Ek wou altyd 'n broer gehad het met 'n stamboom soos joune."

"My pa moet vir homself praat."

"Sit neer die koerant, Deon," sê ek. "Mens lees nie in geselskap nie."

Hy het die koerant laat sak. "Wat se geselskap?"

Hulle was albei besig om my uit te daag. "Ons het 'n gas in die huis, het ons nie?"

Hy het die koerant op die vloer neergegooi en opgestaan. "Ek gaan slaap."

"So vroeg? Gaan maak liewer vir ons koffie."

Hy het uit die vertrek gestap en 'n oomblik later sy kamerdeur agter hom toegeslaan.

Ek was altyd weerloos teenoor die kind. Sedert die egskeiding het ek hom op die hande probeer dra in die skaars oomblikke dat ek hom by my kon hê. Dit was bitter moeilik om hom teë te gaan, om hom ooit iets te weier. Omdat hy van alle mense wat ek geken het die naaste aan my was en ek hom eenkeer in die steek gelaat het, was dit vir my byna onmoontlik om hom nie in alles sy sin te gee nie. Ek wou hom met onvoorwaardelike oorgawe terugkoop, telkens opnuut, al kos dit wat, uit die bankrot boedel van 'n geruïneerde huwelik.

"Los hom," sê Lukas toe ek opstaan. "Ek wil allenig met jou praat."

Maar ek was na sy deur op pad, woedend, en het heeltyd gewens die deur was verder, myle verder, sodat ek kan tyd kry om myself onder bedwang te bring. Maar die deur was voor my en toe ek dit oopstoot, het Deon 'n tree van my af vir my staan en wag.

"Wat gaan met jou aan?"

"Niks." Maar ek kon sien sy mond bewe.

"Ons het min genoeg tyd bymekaar, Deon."

"Presies. En die tyd wat ons het, sit ons met . . ." Hy het 'n hopelose handgebaar gemaak in die rigting van die sitkamer.

"Met wat?"

"Pa maak asof Pa kastig so omgee. Ma word altyd verwyt oor sy my hier probeer weghou. Ek begin nou sien hoekom. Dis oor al die boetie-boetiestories. As Pa 'n kafferboetie wil wees, los my uit."

Ek het gehoop dis blinde woede wat praat, nie Deon nie, nie my kind nie.

"Hoor hier," sê ek, skielik nie meer lus om my woede te bedwing nie, "jy moet wakker word. Jy moet jou oë begin oopmaak en aanvaar ons . . ."

Hy het skielik sy hemp oopgeruk dat die knope die kamer vol spat. Daar was 'n litteken op sy borskas, nog rooi en effens opgehewe, in die vorm van 'n kruis. "Dis Pa wat moet wakker word. Dis tyd dat Pa die waarheid uitvind." Hy het met sy vinger op die litteken gedruk. "Dis ek hierdie, en ek is trots daarop!"

"Wat is dit?"

"Vind uit." Hy het sy hemp oor die litteken getrek en op sy bed gaan sit, tussen die blou teddiebeerpatrone van sy deken, en skielik sy hande krampagtig oor sy oë vasgedruk. Hoe hard hy ook probeer het, hy kon dit nie meer keer nie. Hy het gehuil.

Ek het die deur toegetrek en teruggegaan sitkamer toe.

Lukas het ongemaklik op die punt van sy stoel gesit soos 'n balhorige kind wat die skade om hom betrag. "Jy moenie te hard met hom wees nie," sê hy toe ek sit. "Hy sê maar net die goed wat hy geleer is om te sê."

My aandag was nie by Lukas nie. Ek het heeltyd die litteken gesien, die opgehewe weefsel onder die linkertepel.

"Ek het eintlik nie gekom kuier nie, maar ek dag net ek sal jou kom waarsku."

"Ja." Ek het glad nie geweet wat hy bedoel nie.

"Die Boere het vanmiddag drie van ons mense kom vat in Alex. Hulle soek my ook."

"Hoekom? Wat het julle gedoen?"

"Niks."

"Kan nie wees nie."

"Hulle doen dit elke dag. Cunningham is gister uit die land gesit. Ek dink hulle het seker sy papiere en goed in die hande gekry, nou maak hulle skoon. Hulle het glo oor jou ook uitgevra."

"O."

"Ek dag ek moet jou sê. Miskien moet jy maar nie weer kom nie."

"Ek weet nie waarmee jy besig is nie, Lukas, maar ek het niks gedoen waarvoor hulle my kan optel nie."

"Ek het baie van my vriende al so hoor sê. As ek weer sien, dan kyk hulle vir my deur die tralies."

"Ek is nie bang nie. Ek ken 'n goeie prokureur as jy dalk hulp nodig kry."

Hy het gelag. "En waar kry sy kinders môre hulle brood vandaan?" Sy hande was op sy knieë, gereed om sy bonkige liggaam uit die stoel uit op te help. "As 'n prokureur eers een keer aan daardie soort saak gevat het, is dit oor en verby." Toe staan hy op. "Onthou, eendag as jy dalk aan die verkeerde kant van die politiek kom, daar's net een man wat jou dan kan help: Azahr Patel. Moenie daardie naam vergeet nie. Azahr Patel."

"Loop jy nou?"

"Jy't 'n kind om na te kyk. Ek is groot genoeg om vir myself te sorg." Sy hand was klam van die sweet. "Moenie saamstap nie. Ek ken die pad."

Deur die sitkamervenster kon 'n mens afkyk op die tuin voor die woonstelblok en die parkeerterrein langsaan. Ek het die gordyne oopgetrek en ontdek dit reën buite. Sy bussie was nie voor die gebou nie. En ek sou Lukas ook nie herken het as dit nie was vir sy krom bene en sy massiewe bolyf nie. Hy het rustig in die reën gestap, tussen die geparkeerde motors deur, in 'n bontbesmeerde oorpak met 'n verfblik onder die arm en 'n leer oor die skouer.

Ek en Deon sou gaan fliek het die aand. Daar was min genoeg wat ons saam kon doen – soms 'n fliek, in die winter rugby, in die somer krieket, af en toe 'n naweek op Melkbos, enigiets om hom weg te hou van die dom sit en staar na 'n televisieskerm.

Ek het aan sy deur geklop, maar hy het nie geantwoord nie. Die lig was af. Hy het op die bed gelê met sy arms agter sy kop. Ek het by hom gaan sit en gewag dat my oë aan die skemerte gewoond raak.

"Hy is weg. Kan ons nou maar gaan fliek?"

Hy het sy kop geskud.

"Kom nou, man. Ons gaan fliek en dan gaan eet ons lekker en ons praat nie politiek nie."

"Wat gaan dit aan die saak verander?"

"Ons sien mekaar te selde om tyd te mors met sulke nonsens."

"Nou's dit skielik nonsens. Ons sal sien die dag as die bloedbad kom waarvoor Pa so wens, of Pa nog dink dis nonsens."

"My kind, dis nie ek wat wens vir 'n bloedbad nie. Dis die heel laaste ding op aarde wat ons kan bekostig. Ek wil dit juis help keer."

"Dit gaan kom, Pa. Ons gaan nie ons land op 'n skinkbord vir hulle gee nie. Ons gaan baklei. En ek en Pa gaan teen mekaar baklei. Ek weet dit. En fliek en lekker eet gaan niks daaraan verander nie."

Dit het geklink soos die vergesogte woorde van 'n adolessente kind. Maar ek was nie seker nie. Hy het geglo wat hy sê. Dit was nie woorde wat uit die lug gegryp is nie. Daar was te veel dinge in die land gaande daardie tyd – selde sigbaar, maar oral teenwoordig soos kweek onder plaveisel – om sy woorde weg te lag. Enigiets was moontlik.

Hy het orent gesit en sy skoene begin aantrek. "Ek dink ek moet miskien maar huis toe gaan. Die eksamen is oor drie weke en ek kry nie hier geleer nie."

"Jy bedoel nóú? Vanaand nog?"

"Ja."

Ek wou protesteer, maar het besef dis selfsugtig om hom teen sy sin by my te hou. Die naweek was bederf.

Dit het nog steeds fyn gereën.

Die strate was vol weerkaatste lig en wind en die gesuis van motorbande. Heelpad was ek bewus van Deon se swye en van my behoefte om te praat. Maar ek kon aan niks dink wat nie in daardie omstandighede sou klink soos die lomp paaiwoorde van 'n pa wat sy kind se guns wil terugwen nie. Ek het 'n ander aand onthou, jare tevore; die eerste aand dat hy weer by my was ná die egskeiding. Ek het hom in die motor gelaai en met hom gaan ry, want my kamer was te klein daardie aand en te neerdrukkend, en Deon wou nie gaan fliek nie en hy wou nie eet nie; hy wou nie 'n melkskommel of roomys of sjokolade hê nie; hy wou nie praat nie. Ek het die middestad ingery, af in Mark, noord in Nugget, wes in Smit, van robot tot robot, uit in Jan Smuts en uiteindelik terug in D. F. Malan. Die kind het die hele tyd met sy rug styf teen die kussing gesit en reguit voor hom gekyk. Hy het nie gevra waarheen ons gaan nie. Ek dink ons het tydens die rit net een keer gepraat. Hy wou piepie en ek het hom 'n stegie ingevat en in die donker, terwyl ek wag, kon ek sien hoe die robotlig rooi op sy hemp weerkaats. Toe sê hy: "Ek is lief vir Ma."

Hy het dit daarna dikwels weer vir my gesê, en elke keer het ek geantwoord: "Ek ook."

Dit was weer so 'n aand. Hy het soos altyd roerloos gesit, sy blik vas op – vermoed ek – die windskerm eerder as die straat, maar sy swye lankal nie meer die weerlose swye van daardie eerste nag nie.

"Wat gaan jy vir Ma sê?" vra ek toe ons voor hulle tuinhekkie stilhou.

"Ek sal aan iets dink."

"Daardie merk op jou bors, Deon . . ."

"Ons los dit liewer uit."

"Is dit 'n geheime organisasie?"

"Ek gaan nie daaroor praat nie."

"Jy't my die merk gewys. Jy't gesê ek moet wakker word. Goed, help my nou. Skud my wakker. Sê wat ek moet weet!"

Hy het uit die motor geklim, sy koffertjie uit die bagasiebak gehaal en met die verbystap vir my gewuif. Daar was iets in die gebaar, 'n soort finaliteit, wat dit meer na 'n vaarwel wou laat lyk as 'n tot siens.

Ek kon sien hoe die een lig ná die ander in die huis aangeskakel word, hoe hulle skaduwees agter die gordyne beweeg, van die een vertrek na die ander, asof hulle soek na iets.

Terug by die woonstel, later, het ek gebad, 'n boek probeer lees, in die yskas na iets gaan soek om te eet, en gewonder of sy nog elke oggend die roosterbrood verbrand. Uiteindelik, toe ek in sy kamer beland, was dit asof ek die vertrek die eerste keer in 'n baie lang tyd sien. Toe ek ses jaar tevore die woonstel koop, het ek die kamer spesiaal vir hom ingerig, hoewel ek geweet het ek gaan hom selde sien. Hy was toe tien of elf. Die teddiebeerdeken het hy self uitgesoek. Ek het vir hom prente teen die mure gehang van dwergies en trolle. Daar was modelvliegtuigies aan die dak en bont rosette van vergete atletiekbyeenkomste teen die hangkasdeur, moeg gespeelde motortjies op die vensterbank en boeke oor koshuiskaskenades op die rakkie langs sy bed.

Dié kind, het ek geweet, die maerbeenkind wat die kamer betrek het destyds, kuier lankal nie meer by my nie.

5

Lukas het die hele oggend gewag vir 'n kans om alleen met Galvão te praat, maar die sel was so klein en so vol dat jy elke fluistering kon hoor. Sy gesonde verstand het vir hom gesê die ontsnapping is van die baan. Wie ook al uitoorlê moes word, het waarskynlik snuf in die neus gekry – hoekom anders sou Galvão skielik saam met hulle agter die tralies sit? Maar Lukas wou dit nie aanvaar nie; hy sou dit nie aanvaar voordat Galvão dit self vir hom gesê het nie. Hoe skraler jou hoop is, hoe angsvalliger klou jy daaraan vas.

Die feit dat Galvão self niks te sê had nie, het net een ding beteken: dat niemand anders oor die plan ingelig was nie. As almal geweet het, sou almal hom immers herken het en hom oor sy opsluiting wou uitvra. Of was hulle ook, soos Lukas, teen alle hoop in nog getrou aan die belofte van geheimhouding?

Lukas het die res begin dophou. Hy wou seker maak of hulle hoegenaamd van die jong sipier bewus is. Party het lê en slaap, ander het net voor hulle sit en uitstaar. Of was hulle oë dalk na sy kant toe gedraai? In die donkerte kon 'n mens nie vir seker weet nie.

Dié wat gepraat het, het oor die vorige nag gepraat, en oor die nag wat kom, oor vlooibyte, oor iemand se byna vergete verjaardag, oor verlede Woensdag se laaste glasie wyn.

Dit het hom opgeval, in die loop van daardie dag, dat niemand meer politiek praat nie. Oor Portugal, ja – 'n veraf herinnering, 'n vae verwyt – maar niks meer oor die *mão de obra* nie. Hy was 'n lorriedrywer en van Galvão en die ander nuweling het hy nie geweet nie, maar die res was staatsamptenare, klerke, 'n onderwyser, 'n verslaggewer – politieke beterweters, bespiegelaars, kroegfilosowe almal, wat die vorige week nog die toekoms kon voorspel. Maar skielik, in die skemerte van daardie sel, was politiek nie meer ter sake nie, was alles gereduseer tot die verleentheid van 'n omgekrapte maag, die suur reuk van lyfsweet en urine, die smaak van gal en ongeborselde tande teen 'n taai verhemelte. En verder niks. Verder niks.

Jan Dekker was reg.

Omdat hy die enigste een was met 'n woonstel, het hulle dikwels naweke by hom gekuier. Jan was 'n grapjas en 'n goeie gasheer en daar was altyd Afrikaanse koerante om te lees. Dirk Labuschagne en Peet van Vollenhoven was ook meesal daar. En af en toe Mario de Magalhães, 'n Suid-Afrikaanse Portugees van geboorte. En waar twee of drie Afrikaners bymekaar was, was politiek maar altyd ter sprake. Dirk en Peet sou mekaar telkens aan die tand voel, met Jan Dekker as siniese toeskouer eenkant. "Julle praat die toekoms in sy moer in," het hy dikwels gesê. "Politiek is soos slegte wyn. Jy dink dit maak als beter, maar sit jou mond daaraan en jy begin in sirkels praat. Môre is al jou probleme nog dieselfde en jy't 'n kopseer op die koop toe." Hy sou oor alles heftig kon saamgesels, maar die slag as hulle oor die politiek begin vassit, het hy hom onttrek en eenkant gaan sit en boek lees of 'n peuterwerkie onthou wat dringend afgehandel moet word.

Sy toilet was altyd stukkend en hy het meer as een keer met 'n knyptang en 'n stuk draad in die parlement verdwyn wanneer Dirk en Peet mekaar oor dié of daardie politieke kwessie aanvat. Een middag, met die argument op sy hewigste, het hy sopnat en met 'n hamer en 'n bolkraan om die hoek verskyn. "Julle manne wat so goed is met strontpraatjies – ken julle dalk die beginsels waarop 'n spoeltoilet werk?"

Jan Dekker se naam was die vorige dag op die swart sipier se lys. Jan en Dirk en Peet s'n. Nie Mario s'n nie. En Mario was van almal die kwesbaarste: hy was lid van die Angolese Intelligensiediens en 'n uitgesproke rassis. Iemand sou wel die moeite doen om hulle op te soek en te begin uitvra. En teen elkeen sou daar getuienis gevind word, want elkeen was op sy eie manier aandadig aan die stelsel. Soos Galvão waarskynlik was.

Daar was een venster in die sel, omtrent een vierkant voet groot, bo in die een hoek, naby die dak. Dit was 'n westelike venster, want hoewel dit toegegroei was met klimop en nie son ingelaat het nie, het die venster smiddae meer lig gevang as soggens. Daardie middag toe die sel begin lig word, het iemand agter Lukas skielik gepraat. "Die een wat sy mond so vol gehad het oor 'n ontsnapping – het hy sy tong verloor?" Hulle het almal omgekyk en die stem gesoek. Dit was die man in die pak klere, die onderwyser. "As daar nie meer hoop is nie, sal ons dit aanvaar, *senhor*. Ons sal jou nie verwyt nie. Maar as daar nog 'n kans is – in godsnaam, *senhor*, sê dan net so!"

Lukas het presies geweet waar Galvão sit. Hy het hom immers die hele middag dopgehou. Maar hy het nie na Galvão gekyk nie. Hy het na die ander gekyk. Hy wou sien of hulle weet van wie die man praat. En almal het geweet. Want almal het skielik hulle koppe na Galvão se kant toe gedraai.

Galvão het nie geroer of 'n enkele woord gesê nie. Hy het net na die man in die pak klere sit en kyk asof hy nie verstaan waarvan hy praat nie.

Die eerste keer, toe, het elkeen van hulle geweet dat almal weet. En almal het skielik finaal geweet, bo alle twyfel, dat Galvão se plan misluk het. En heel waarskynlik het almal op presies dieselfde oomblik besef dat hulle dit heel van die begin af geweet het.

Daar was nie vreeslik baie om daaroor te sê nie. Niemand het iets gesê nie. Hulle het na mekaar sit en kyk, na die muur, na die vloer sit en kyk, en niks gesê nie. Die finale ikabod is 'n vreemde soort oomblik: dit het nie woorde nodig nie.

Behalwe, het Lukas gedink, behalwe as dit dalk juis beteken . . .

Hoop is altyd die heel laaste uitweg. In klein ontberings verskraal dit gou. Maar as niks anders meer wil help nie, dan kom dit terug – en daardie laaste, finale hoop bly by jou teen alles in tot die einde toe.

As Galvão niks meer had om te verloor nie, hoekom het hy dan stilgebly?

Dink aan iets anders. Lukas het dit oor en oor aan homself gesê, daardie hele dag. Vergeet van Galvão. Dink aan iets anders. Dink aan Moeka. Wat gaan van Moeka word as hulle hom vannag kom haal?

Hy kon haar wel selde sien daardie laaste klompie jare, maar sy was afhanklik van die bietjie geld wat hy elke maand aan haar gepos het. Daar was niemand anders om vir haar te sorg nie. Sommige maande het hy net geld gestuur, soms 'n paar skoene, soms 'n paar jaart rokmateriaal, want sy was te groot vir winkelrokke. En elke maand sou daar 'n brief van haar af kom om dankie te sê. *Lieve kint.* Altyd dieselfde aanhef. *Lieve kint. Danku voor die onferwachte gelkie in de post.* Alles was altyd vir haar onferwacht. Elke maand. *Danku voor de onferwachte stukie materjaal. Heb een rok gemaak en overgeblijft voor kop doek en stof lap. Twe dage in bet van swaare hart maar beeter lof de Heer.*

Bruingebrande, moederlike oer-Moeka. Sy was soos klip so bruin van 'n leeftyd se son. Almal het haar as *mulata* beskou, maar hy het van beter geweet. Hy was al vyf, toe het sy nog soms haar ontsaglike bors uit haar rok uitgedop vir hom om aan te drink. "Dè, kind, dis al wat ek vanaand vir jou het." En daardie bors was melkwit. En hy sou insluimer teen die sagte, wit landskap met die fyn, blou aartjies, 'n dowwe roetekaart wat onder die vel in bloed geteken lê.

"Sá da Bandeira." Hy het die naam hardop uitgespreek en vir sy eie stem geskrik, want hy het nie geweet hy gaan dit sê nie. Dit was 'n sug eerder as 'n gesproke woord. Iewers, in die laaste lig van Wes-Afrika, die son al met sy een voet in die see, sou dit wastyd wees nou in Sá da Bandeira. In die agterste buitewyk, teen die bergrante bokant die dorp, hang 'n bruinrooi viervertrekhuis aan die rafel van sy skoorsteenrook. Moeka het teen hierdie tyd al haar waswater ingebring.

Dis al agtuur, Lukas, kyk waar sit die son! Bring in Ma se water!

Maar dit was lank gelede. Sy sou dit self inbring, vanmiddag, en voor die bankie by die stoof sit, waslap en seep op die tafel, en haar skoene uittrek, haar rok optrek tot by haar magtige heupe, haar melkwit bobene drillend in die lou skemerlig, slof-slaf-slof haar swartbruin voete was, haar donkerbruin kuite, haar ligbruin knieë, haar sidderende wit dye, al dieper op in die rok in tot by haar siel. Al die sweet en stof en sonde van die dag sou sy was en in die skottel afspoel tot daar 'n vaal skil op die water lê en dit dan loop uitskiet oor die agterwerf – gereinig, salig, gereed vir die hiernamaals.

Lekker slaap, Moeka.

Wat, jy, kom hiér! Ma het nog nie vir jou gebid nie!

Vannag, Moeka, het hy gedink, oor en oor, terwyl die lig al flouer word agter die rankgoed, vannag moet jy vir my bid. Want miskien is vannag die nag waarvoor jy al die jare by die kombuistafel saans die Here se hulp gevra het.

Dit was al donker, die gerammel van soptrollies was al in die gang hoorbaar, toe kom iemand in die middel van die sel orent.

"Is almal wakker? Maak asseblief seker almal is wakker."

Lukas was nie seker oor die stem nie. Hy het vermoed dis die onderwyser.

"Ek wil hê ons moet asseblief almal kalm bly. Dis belangrik. Ons lewens hang daarvan af."

Wás dit dalk Galvão se stem? Iets aan die stem was bekend.

"Hulle is op pad met die kos. Die *carcereiro* gaan die kos inbring, en wanneer hy uitgaan, sal hy die deur agter hom toemaak, maar hy gaan dit nie sluit nie."

Dit wás Galvão!

"Hier is tien selle in hierdie gang. En dis die enigste gang met 'n buitedeur. Die deur loop uit op 'n binnehof en daar is 'n vragmotorhek aan die oorkant van die binnehof wat uitloop straat toe. Die hek gaan toe wees, maar nie gesluit nie. Hoop ek.

"Maar hier is nou die belangrike deel. Ons is tien tot twaalf mense in 'n sel, vermenigvuldig met tien selle, is oor 'n honderd mense. As ons almal gelyk in die gang uitstorm, gaan ons mekaar doodtrap. Dit, nommer een. Nommer twee. Die ligte in die binnehof word 'n halfuur ná sononder aangesit. So ons gaan omtrent vyf minute hê waarin daardie binnehof donker gaan wees. As ons te vroeg buitekant kom, gaan die wagte ons sien en hulle gaan nie vrae vra nie – hulle gaan skiet. *Claramente*! As ons te lank wag, gaan die ligte aan wees. Dan kan ons maar vergeet. Daarom is dit belangrik dat julle na my luister en doen wat ek sê, anders is ons almal daarmee heen. Nommer drie. Dis donker in die gang, so ons moet aan mekaar vashou. Ons loop in 'n lang ry soos 'n ketting en elkeen hou aan die een voor hom vas. As ons mekaar gaan verloor, gaan dit chaos afgee. En nou nommer vier. Net ses van die tien selle het iemand wat voor die tyd vir hulle kan verduidelik wat gaan gebeur. So, party van ons moet twee selle buitekant toe help en die *carcereiro* sal ook twee uithelp. Bly net hier tot ek terug is. Julle kan eet as julle wil eet, en as julle klaar geëet het, maak solank 'n ketting, maar wag hier tot ek terug is. Is dit duidelik?" Daar was 'n verslae stilte.

"Wie is die man met die pak klere, die groot man met die baard?"

"Dis ek."

"Jy's die onderwyser?"

"Dis reg, *senhor*. Antonio Pinto."

"Dit maak nie saak wat jou naam is nie. Ek wil niemand se naam weet nie. Hoe minder ek weet, hoe beter. Jy's in bevel hier van nou af. Jy sorg dat niemand hier uitgaan voor ek terug is nie."

"*Certo, senhor!*"

Die soptrollie was reeds by die eerste selle.

"Enige vrae?"

Daar was 'n rukkie stilte. Toe waag iemand dit: "Wat gebeur as ons buitekant kom, *senhor*?"

"Dan is dit elkeen vir homself. Of wou jy gehad het ek moet vir jou 'n taxi bestel?"

"En sê nou die buitenste hek is gesluit?"

"As jy dit nie wil waag nie, kan jy bly. Ek dwing niemand. Maar dis ons laaste kans."

"En die ander gange? Wat gebeur met hulle?"

Almal kon sien hoe Galvão die teken van die kruis maak. "Mag God en die Heilige Moeder hulle genadig wees. Ons gang is die enigste een met 'n buitedeur."

Galvão het oor die ander geklim en by die deur gaan staan.

"*Obrigado*, Galvão. Ons sal jou onthou!" Dit was 'n nuwe stem; 'n bejaarde, hees, huiwerige stem.

"Nie name nie, asseblief. Julle weet nie wat my naam is nie. Bly net kalm en wag vir my."

Die trollie was so naby dat hulle borde kon hoor klink.

"As een hardloop, gaan almal hardloop. Bly in die ketting en moenie praat nie."

"Dankie, *senhor*. God seën jou!"

"Bly net kalm. Ons is in mekaar se hande."

"Dankie, *senhor* Galvão!"

"Nié name nie!" Galvão was self nie meer kalm nie. "*Apresentar-se!*" Hy het vir die bebaarde onderwyser gewink. "Wag hier by die deur tot ek terug is."

Die trollie was nou by die sel oorkant hulle s'n. Hulle kon stemme hoor. Almal in die sel was reeds op hulle voete. Hulle was besig om 'n ry te vorm teen die muur af, die onderwyser heel voor, Lukas vyfde of sesde met die meisie Elena direk voor hom.

Hulle deur het oopgegaan en 'n blok lanternlig van buite af laat inval. Lukas kon sien die onderwyser se gesig blink van die sweet. Hy het 'n bord by die *carcereiro* gevat en na agter toe aangegee, en toe nog een, en nog. Agt, nege, tien borde sop. Die reuk van vars perdemis. Die *carcereiro* was rustig aan die praat en die beswete onderwyser het aanmekaar geknik en beduie hy verstaan, maar Lukas kon nie hoor wat daar gesê word nie.

Die deur het toegegaan en almal het gewag om te hoor of die sleutel in die slot draai, maar hulle het nie die sleutel hoor draai nie.

"Dié wat wil eet, moet eet en klaar kry," sê die onderwyser. "Dié wat nie wil eet nie, gooi die sop in die latrine af en pak die leë borde agter in die hoek op die vloer. Ons wil nie oor die goed val nie, asseblief."

Niemand het sop geëet nie. Lukas het die meisie se bord by haar gevat en dit saam met syne gaan leegmaak. Hy het agter in die ry ingeval. En gewag.

Die soptrollie was stil. Die hele gang was buitengewoon stil. Daar was wind buite in die bome en af en toe 'n gerammel van onweer of geweervuur, baie ver, maar anderkant die toe deur het alles skynbaar tot rus gekom – geen voetstappe meer nie, geen stemme nie, niks.

Lukas het die tronk van buite af gesien, 'n oomblik lank, soos hy dit dikwels vantevore gesien het wanneer hy 'n vrag daar moes aflaai. Toegerankte, mosbegroeide klipmure, plataanbome, soekligte; 'n plek waarin die tyd stilstaan. Daar was nie 'n manier nie – hulle was almal van hulle sinne beroof – daar was geen manier om uit dié duisternis te ontsnap nie.

"*Senhor*," sê iemand later, "hulle het nie dalk van ons vergeet nie?"

"Praat sagter, niemand is doof nie."

"Dis so donker; hulle het dalk ons deur oorgeslaan."

"Ons sou die voetstappe gehoor het."

Hoe lank was Galvão al weg? 'n Minuut? Tien minute? Dit was nie meer moontlik om tyd te skat nie. Twintig minute?

Of Galvão uiteindelik die deur kom oopmaak het en of die onderwyser nie meer langer wou wag nie, was nie heeltemal duidelik nie. Maar hulle het begin beweeg. Dit was so donker dat niemand gesien het toe die deur oopgaan nie. Daar was nie tyd of rede om te twyfel nie: jy moes byhou by die een voor jou; die ketting moes heel bly. Hulle was al in die gang en besig om teen 'n trap op te beweeg toe iemand gedemp van agter af roep: "Wag, nog nie! Nie nou al nie!" Maar dié wat voor geloop het, het nie gaan staan nie. Lukas ook nie. Hy het bly vasklou aan die arm van die man voor hom en aangehou vorentoe skuifel, al hoe vinniger, met elke tree 'n bietjie vinniger. Toe was daar skielik deure weerskante van hulle wat oopgaan en mense wat in die gang indruk, en nog deure, nog mense wat inbeur tussen hulle in, en gedempte bevele iewers van agter af, mense wat teen die trap struikel en val en ander wat vloek, en al hoe meer bevele, al hoe meer voetstappe, al hoe haastiger. Lukas het die greep op die man voor hom verloor en besef niemand hou hom meer van agter vas nie. Die gang was eensklaps te smal vir almal. Lukas se arms was teen sy sye vasgedruk deur 'n halwe honderd lywe wat van weerskante af stoei om regop te bly. Hulle het nie meer vorentoe beweeg nie; almal het op dieselfde plek staan en beur.

Iemand het van voor af tussen die lywe deur geworstel gekom. "Maak oop voor!" het hy heeltyd beveel. "Maak plek! Gee pad bietjie, maak plek!" Dit het geklink of hy kort-kort met die vuis inklim onder dié wat nie padgee voor hom nie. "Hou op druk van agter af! Ons kan nog nie uit nie – dis nog te lig buitekant! Gee pad, verdomp, maak oop! Sal julle in godsnaam ophou druk van agter af. Dis nog te lig!"

Maar toe gee iets mee voor in die donker. Soos water wat deur 'n wal breek. Die gang het na regs geswenk en toe hulle om die hoek gaan, was daar lig voor hulle – die skerp, wit gloed van elektriese lig, en reën wat skuins in die wind hang, en vars lug.

Niemand het meer 'n keuse gehad nie – almal moes hardloop; die een wat huiwer, sou deur die res onderstebo gestamp word.

Lukas het in die lig in gehardloop, in die warm reën in, en die druppels was soos pyn op sy vel. Hy het die groot hek aan die oorkant gesien wat uitlei straat toe en vyf, ses, sewe mense wat op die grond lê, mense wat gestruikel en geval het, en hy het gewonder hoekom hulle nie opstaan en verder hardloop nie. En eers toe hy tussen hulle deurhardloop, het hy die skote gehoor. Kort sarsies met al hoe korter tussenposes. Soos weerlig uit die boonste vensters uit.

Nog iemand het geval, reg voor hom, en hy het oor die man gestruikel en oor die gruis gerol en hande-viervoet verder gehardloop, sy lyf pynlik bewus van die onsigbare ragwerk van singende, wegskrammende koeëls. Daar het waarskynlik steeds nuwe skutters bygekom, want die voorste klompie het veilig tot in die straat gekom; toe hy die binneplaas ingaan, het die eerstes begin val, maar toe hy die tweede keer val en omrol, by die hek, het die aanvanklik huiwerige sarsies skote aangegroei tot 'n onophoudelike geknetter en het daar reeds 'n stuk of veertig mense op die gruisklippers gelê.

Hy het nie opgehou hardloop nie.

Die straatligte was toegegroei deur bome en rankgoed, maar in die reëngevulde poele lig kon hy mense sien hardloop, 'n dosyn of meer, en hoewel sy mansklere aangehad het en haar hare kort geknip was, en alhoewel dit half donker was en hy haar in elk geval nog nooit in ordentlike lig gesien het nie, het hy die een naaste aan hom, tien tree voor hom, dadelik herken.

Dit was die vrou wat saam met hom in die sel was, die een wat Elena genoem is. Elena Duarte D'Almeida. Dit was haar doopnaam. "Maar sê maar sommer Buba," het sy gesê.

Hy was op pad by haar verby daardie aand, op soek na die eerste die beste dwarsstraat om in weg te swenk, toe die donker skielik voor hulle padgee. Hy het nie die voertuig gehoor nie. Eers toe hy die donker boomstamme weerskante van hom sien verbleek, eers toe hy omkyk, het hy die kopligte van agter af sien aankom. Daar het 'n tweede en 'n derde voertuig uit die tronkwerf in die straat ingeswaai en met 'n gekrap van ratte en luidrugtige bevele agter die voorste voertuig ingeval. Hy het die vrou aan haar elmboog gegryp en haar saam met hom gesleep, die donkerte in, tussen struikgewas deur, deur 'n stormwatersloot en oorkant uit en teen 'n vervalle muur langs. Daar was skote van die straat se kant af, stemme, die dun ligstraal van 'n flits wat tussen die boomstamme soek, glas wat iewers breek, 'n vragmotor wat in trurat agteruitsukkel en die skielike, dringende, woedende uitbarsting van 'n masjiengeweer hier naby hulle.

Sê maar sommer Buba.

Sy was in byna elke opsig die teenoorgestelde van Lucia Moreira.

Dit het al hoe harder gereën, maar hulle het nie omgegee nie. Dit het hulle gepas. Bernardo Bravo se *apartamento* was heelwat nader as sy kamer en buitendien het hy nie geweet wat om by sy kamer te verwag nie. As dit nie was dat hy nog gehoop het om sy Henschel terug te kry nie, sou hy dit nooit weer naby sy kamer gewaag het nie. Maar die Henschel was sy enigste hoop.

Hulle het afdraande gehardloop, heeltyd. Hawe se kant toe. Die meisie het probeer teëpraat, maar hy het haar oor en oor gerus gestel. "Ek ken iemand hier naby. 'n Priester. Hy bly net hier naby. Ons sal veilig wees daar. Kom, dis net hier onder."

Dit was verder as wat hy gedink het. Maar daar was nog die hele tyd geweervuur hoër op teen die bult, en sy het aangehou hardloop, 'n tree of wat agter hom, en nie meer vrae gevra nie.

Die Avenida Capitão Pereira was sonder straatligte en Bernardo Bravo se woonstelblok was donker, en hulle is struikelend teen die trap op.

Bravo se voordeur was nie gesluit nie. Hy het haar buite laat wag en binnegegaan en 'n paar keer dringend, gedemp, die priester se naam geroep. Daar was geen antwoord nie. Hy was bang om 'n lig aan te skakel. Hy het voel-voel die hele plek deurgesoek. Daar was niemand. Eers toe het hy haar laat inkom. Die vensters was oop en die gordyne het aanhoudend in die wind geklap en papiere in die donker vertrek laat opdwarrel. In 'n wit oomblik van helder weerlig kon hy haar gesig sien, 'n tree van hom af, en daar was 'n bietjie bloed op haar wang.

"Is dit die *padre* se plek dié?"

Hy het geknik en onthou dis donker.

"Jou naam is Elena?"

"*Sim.*"

Dit het nog altyd gereën. Daar was weerlig ver in die weste oor die see.

"En joune?"

"Lukas."

"Sê weer?"

Hy was nie lus daarvoor nie. "Sit."

Hy het die vensters toegemaak.

"Ek is jammer oor Pirez."

Sy het nie geantwoord nie. Hy kon geraai het, vooraf al, dis nie nou die tyd om oor Pirez te praat nie. Maar hy wou iets sê. En daar sou nooit weer tyd wees daarna, ooit weer, om oor Pirez te praat nie. En hy wóú oor hom praat. Hy wou die herinnering aan Pirez besweer. Toe al. Hy wou dit uit die weg ruim. En hy kon nie dink daar sou 'n beter oomblik kom as daardie oomblik in Bernardo Bravo se donker woonstel nie. Maar omdat sy nie geantwoord het nie, het sy dit erger gemaak.

Hy het later dikwels gedink hy het nooit voorheen of daarna so langsaam met iemand kennis gemaak soos met haar nie.

Ná twee dae en twee nagte en alles wat daarmee gepaard gegaan het, het hy nog net haar naam geken. 'n Naam wat hy haar nooit weer sou kon noem nie. Hy het nie haar gesig geken nie. Hy het niks van haar geweet nie behalwe dat sy Pirez sy gang laat gaan het – en dit was die een ding wat hy hoe later hoe minder wou onthou. Hy moes 'n hele nánag wag, sonder woorde, met net die reën om oor te praat af en toe, vir die son om op te kom agter donker wolkbanke deur, voordat hy bietjie vir bietjie die koffiebruin van haar vel kon ontdek, haar dun en benerige lyf, haar effense uitmekaar voortande, haar bruin oë, ligbruin soos 'n leeu s'n.

"Het jy plek om te bly, Elena?" het hy gevra.

Sy het opgestaan en tot by die venster geloop, gefrons, haar kop geskud. "Jy moet my nie Elena noem nie."

"Wat dan?"

"Sê maar sommer Buba."

Sy het in 'n stoel sit en slaap en daar was baie tyd om haar dop te hou. Sy sou nooit as 'n man kon deurgaan nie. Haar heupe was wel smal en daar was geen teken van borste onder die growwe kakiehemp nie, maar haar gesig was onmiskenbaar 'n vrou se gesig. Die skraal hande en dun neusvleuels was 'n vrou s'n, die skraal skouers, die weerlose keel. Nie eens 'n seun van tien sou so kon lyk nie.

Lukas het die woonstel begin verken. Daar was 'n voorkamer, 'n kombuis-eetvertrek, 'n badkamer, 'n studeerkamer-biblioteek en 'n slaapkamer. Klein, beknopte, oorvol vertrekkies. Die mure vol foto's en geraamde tekste en ikone en maskers. Die meubels was oud en robuus, die boeke vervalle, die slaapkamervloer vol vuil klere en stapels koerante en prikkelpoptydskrifte, die kombuiskaste sonder kos. Op 'n tafel in die hoek van die voorkamer was 'n bottel brandewyn, 'n glas, 'n oop gebedeboek, 'n bord met broodkrummels, 'n skêr en 'n stuk watte, en 'n asbakkie vol seroetstompies. Daar was geen teken van Bravo nie.

Lukas het gaan bad. Die water was koud, maar dit het hom nie gepla nie. Toe hy uit die badkamer kom, was die son al op en sy was wakker. Sy het by die venster staan en uitkyk met haar rug na hom toe en omgedraai toe sy hom hoor binnekom. "Wat het van die priester geword?" Van agter haar, onder die stad se lae wolke, kon hy geweervuur hoor.

"Ek hoop nie hy't iets oorgekom nie."

Sy het na die ikone gekyk en geknik. En toe na die bottel brandewyn.

"Jy het bloed op jou gesig."

"Wat het jy gesê is jou naam?"

"Lukas. Jy kan bad as jy wil. Ek sien daar is ontsmettingsmiddel op die rak." Sy het net vir hom staan en kyk asof sy nie hoor wat hy sê nie, haar hande agter haar rug onder haar lyfband ingedruk. "In watter deel van die stad bly jy?"

"In die Avenida de Madeira." Dit was in die suidelike buitewyke van die stad, 'n goeie drie kilometer van Bravo se woonstel af. Sy eie kamer was heelwat nader.

"Ek dink jy moet hier vir my wag. Ek wil gaan kyk of my lorrie nog bestaan. Dan kry ek sommer vir ons iets om te eet en dan vat ek jou na jou plek toe."

Sy het haar kop geskud. "Ek weet nie of ek wil terug soontoe nie. As jy my dalk by die stasie kan aflaai."

"Ek sal dit doen."

"Waar is die badkamer?"

Die deur was al toe agter haar en hy kon die water hoor loop toe hy van die voordeur onthou. Hy het met sy gesig teen die deur gaan staan en geklop. "Elena?" Hy moes 'n tweede en derde keer klop. "Is jy daar, Elena?"

Die deur het skielik oopgegaan. Haar hare en gesig was druipnat en die droë bloed op haar wang was besig om op te los en teen haar ken af te loop. Sy het nie meer haar hemp aangehad nie en daar was 'n verband om haar bolyf vasgebind, baie styf, en met 'n haakspeld vasgesteek. Sy moet sy blik gevang het, want sy het afgekyk en geglimlag en haar arms gevou. "As 'n mens 'n man wil wees, moet jy seker soos een lyk."

'n Oomblik lank het hy nie geweet wat om te sê nie. "Die priester. Bravo. Bernardo Bravo. As hy dalk kom, sê net vir hom jy is saam met my hier. Sê ek het my lorrie gaan soek. En sluit die voordeur agter my. Die deur én die tralies."

Toe hy buite kom, sien hy eers die rook oor die stad. Oor die hawegebied was die lug skoon, maar na die ooste toe in die ou sakegebied het rookkolomme tussen die geboue uitgestoot en in die donker wolkbanke weggeraak. En daar was nog steeds sarsies geweervuur in die suide en die woonstelgebied in die ooste.

Dit was 'n goeie twee kilometer na sy woonstel toe. Maar hy was bang vir die middestad. Hy het noord van die Avenida Morro

Acima gehou, in die smaller strate langs, al hoe dieper en hoër die stad in. Hy kon sy oë nie glo nie. Daar het oral uitgebrande voertuie op hulle dakke gelê, winkels was geplunder, vensters gebreek. Op die hoek van 'n straat het 'n vragmotor vol lyke staan en luier – daar was niemand agter die stuur nie.

Die middag toe hy in hegtenis geneem is, was die strate nog vol mense. Dit was 'n stad soos enige ander stad – haastige voetgangers, verkeer, musiek in die kafees, wapperende gordyne in die vensters, bedrywige vrugtestalletjies, hier en daar vragmotors met soldate. Die res was net gerugte van onrus in die noorde. Nou was daar byna geen mense op straat nie, byna geen verkeer nie; die kafees en winkels was byna almal gesluit. Net die blommende flambojante was nog dieselfde.

Sy losieshuis was in 'n steil straatjie op die rand van die stad se winkelbuurt, weggesteek tussen bome en bougainvilleas. Hy het agterom die gebou geloop. Die Henschel was nog daar. Hy het om die vragmotor geloop. Die bande was reg, die deure nog gesluit, maar die voorruit was stukkend. Dit het gelyk soos 'n koeëlgat.

"*Capitão*, jy lewe nog!" Dit was Ana-Maria, die *zeladora*, op haar knieë op die agterstoep, besig om die vloer te was.

"Voorlopig, ja. Hoe gaan dit?"

"Jy moet sien hoe lyk jou kamer."

"Wat het hulle met my lorrie aangevang?"

"Jy kan bly wees hy's nog in een stuk, *capitão*. Ons het almal onder ons beddens geslaap voorlaastenag. Dit was net koeëls waar jy kyk. Kyk hoe lyk die vensters!" Die ruite van die agterste kamers op die boonste verdieping was almal stukkend en oral in die pienk mure was koeëlgate.

"Ek wou jou kamer regpak, maar ek het nie geweet waar om te begin nie." Sy het van die vloer af orent gesukkel en haar rumatiekhande aan haar rok afgedroog. "Kom kyk. Ek weet nie wat hulle gesoek het nie, maar hulle is hier weg met 'n kombers vol goed."

Sy kamer was geplunder. Die vloer het besaai gelê met boeke en klere en los papiere. Die matras was oopgesny en die klapperhaar uitgepluis.

Hy het 'n ou tabakblik in sy hangkas gehad waarin hy sy spaargeld gebêre het. Die blik was oop, maar die geld was nog daar.

Ana-Maria het in die deur verskyn. "Barbare, dis wat hulle is.

Ek het probeer keer, maar hulle het my uit die pad gestamp. Ek sê jy's 'n voorbeeldige man, jy praat nie politiek nie, jy drink nie, jy neuk nie met vroumense nie, jy betaal jou losies. Maar nee, hulle krap en hulle soek en hulle gaan aan. Ek dink dis net papiere wat hulle gevat het. Papiere en boeke."

Hy het 'n manier gehad, altyd, om die Henschel se sleutel aan 'n spyker langs die deur op te hang die oomblik dat hy in sy kamer kom. Daardie middag toe hy van Bravo af kom, het hy dit byna vanself weer gedoen. Maar die sleutel was nie meer daar nie.

Hy het sy klere op 'n hoop begin pak, 'n paar boeke uitgesoek onder dié wat oorgebly het, Moeka se geraamde portret, skoene, sy Bybel, en dit in 'n kartondoos gepak. Hy het sy geld getel. Daar was 'n raps oor die drieduisend eskudo's.

"Hoeveel losies skuld ek jou, Ana-Maria?"

"Ons kan later daaroor praat. Jy't genoeg skade."

"Maar ek kom dalk nie weer terug nie."

"Jy meen jy gaan weg?"

"Ek is bang hulle kom soek my weer."

"Ek kan jou die kamer onder in die tuin gee, *capitão*. Dis veilig daar."

"Miskien later. As ek terugkom."

"Wat gaan van my word? Almal gee pad."

"Wat gaan van ons almal word, Ana-Maria?"

"Jy't 'n lorrie, jy kan ry. Ek sit hier met 'n losieshuis sonder mense."

"Jy kan bly wees. Waar sou jy vir hulle kos gekry het? Die winkels is toe."

"Net vir 'n paar dae, seker. Die bakker het vanmôre brood gestuur soos altyd. Die groente het gekom. Ek sit met te veel."

"As ek jy is, pak ek my goed en ek gee pad. Ek sal jou by die stasie gaan aflaai."

"Gee pad waarnatoe? Ek het nie meer familie oor nie. Buitendien, ek hét nog loseerders. Torres is nog hier, en João da Costa en Joaquim Cabral en almal. Ek kan hulle nie net so los nie."

Hy het sy goed afgedra lorrie toe. Omdat die voorruit stukkend was, was dit maklik om die kajuit oop te kry. Die vloer het goor geruik van Bravo se braaksel, maar dit was voorlopig die minste van sy sorge. Daar was twee koeëls deur die windskerm – die een het deur die sitplek getrek en die ander een het 'n stuk van die stuurwiel afgeruk en teen die dak vasgeslaan.

Lukas het die kap oopgemaak en die olie en water nagegaan. Die brandstoftenk was driekwart. Hy sou 'n goeie honderd en vyftig kilometer kon ry op die tenk. Hy het sy knyptang onder die sitplek uitgegrawe om vir hom 'n aansitter te prakseer wat sonder 'n sleutel werk.

"*Capitão*!" Dit was Ana-Maria wat van die stoep af roep. "Gaan jy ry sonder om my te groet?"

"Natuurlik nie. Jy gaan mos saam."

"Ek het so 'n ou ietsie vir jou ingepak."

Dit was 'n appelkissie met brood, kaas, geblikte boontjies en vrugte.

"Wat skuld ek jou, Ana-Maria?"

"*Nada*. Jy't twee dae nie hier geëet nie."

"Hoekom kom jy nie saam nie? Ek gaan suide toe. Dis veiliger daar. Ons kan vir jou plek kry by iemand."

Sy het haar kop geskud. "As ek iets moet oorkom, kom ek dit liewer hier oor." Sy het sy elmboog in haar gebreklike hande vasgevat en 'n oomblik lank haar kop teen sy skouer gedruk. "Ek sal vir jou bid. Doen jy maar dieselfde vir my."

Die Henschel het dadelik gevat.

Hy het geweet, vir die soveelste keer, toe hy die werf uitry met Ana-Maria wat in die truspieëltjie staan en wuif, dat daar behalwe Moeka niks of niemand anders in die wêreld was waarop hy so kon staatmaak as op sy afgeleefde, ratelende, deurgeroeste vaal lorrie nie.

Eintlik was dit blote toeval dat hy by vader Bravo se kerk verby gery het. Omtrent drie blokke van die priester se woonstel af het hy 'n jeep vol soldate van voor af sien kom en in 'n systraat afgeswaai en skielik die kerk herken. Die priester het hom die plek gewys die middag toe hy hom gaan aflaai het. Hy sou nie stilgehou het nie, want hy het niemand daar verwag nie, maar toe sien hy die swart roet bokant die gebreekte suidelike vensters.

Hy het stilgehou en die kerk binnegegaan.

Die vuur het 'n gedeelte van die dak laat intuimel en 'n bietjie flou sonlig op die halfuitgebrande altaar laat val. Die kruisbeeld was uit die muur geruk en het skuins oor die rommel gehang.

Hy het tussen die uitgebrande banke deurgestap. Die mure was vol slagspreuke geverf. Die keramiekteëls van die muurpanele was stukkend gekap.

"Jy moet goed kyk, *irmão*. Moenie haastig wees nie, kyk ordentlik."

Lukas het nie dadelik die stem herken nie. Dit het geklink of die woorde uit 'n baie klein ruimtetjie kom.

"Dis waarvoor ek my lewe lank gewerk het. Dis waarom ek weggehardloop het. Dis wat ek gekry het toe ek terugkom."

"*Padre?*"

"Ek probeer al twee dae deurkom na God toe, *irmão*, om Hom te vertel wat gebeur het, maar sy foon bly beset."

"Waar is jy, *padre?*"

"In die hel."

Lukas kon nie besluit waar die stem vandaan kom nie.

"Hier is plek vir twee hier. As jy saam met my wil wegkruip."

Daar was 'n bieghokkie teen die westelike muur. Lukas het soontoe gestap. Drie tree van die hokkie af het hy gaan staan. Daar kon hy al Bernardo Bravo se brandewynasem ruik.

"Is jy dronk, *padre?*"

"Hy vra of ek dronk is. Ek dink ek is, ja." Hy het 'n omslagtige wind gebreek. "Hoekom vra jy?"

"Kom saam met my, *padre*."

"Waarnatoe?"

"Ek gee pad suide toe. Dis veiliger daar. Kom saam."

"God is daar ook."

"En hier dan? Is Hy nie meer hier nie?"

"Dis die een plek, *irmão*, het ek al agtergekom, waar Hy nie meer maklik kom nie – in die kerk."

Lukas het in die bieghok ingegaan. Deur die swart gaas kon hy vaagweg Bernardo Bravo se groot kop uitmaak.

"Hulle het my eergister gearresteer, *padre*. Ek was twee dae in die tronk. Maar ons het ontsnap. Party van ons. Net 'n paar van ons. Die res is geskiet. Ek was een van die laastes wat weggekom het. Daar waar ek die een oomblik nog gehardloop het, *padre*, is dié wat agter my aangekom het soos diere doodgeskiet."

"Pla dit jou?"

"Ek het vanmôre toe die son opkom skielik aan dié gedink wat geskiet is. En ek het myself hoor asemhaal. En ek het die reën geruik. En ek het skielik niks meer verstaan nie. Wat het hulle verkeerd gedoen dat hulle nie kon verbykom nie?"

"Niks. Niks meer as jy nie."

"Hoe kan ek vir Hom dankie sê, *padre*? Sal dit help as ek my sondes bely?"

"Miskien. As dit jou sal laat beter voel."

Lukas het sy oë toegemaak. Daar was so baie wat hy kón bely dat hy nie geweet het waar om te begin nie. Hy was hom skielik bewus van die stilte om hom en van die plegtigheid van die stilte. Hy het Christus onthou wat aan 'n skewe kruis hang onder 'n halfingetuimelde dak. Die oomblik was baie groter as wat hy verwag het dit sou wees.

"Wat natuurlik dadelik by my opkom," gaan die *padre* voort asof daar nooit 'n pouse was nie, "is die vraag: hoekom sal God na jóú luister as Hy mý ignoreer?"

"Jy't geleer sinies wees, *padre*."

"Mens leer dit nie; dit gebeur vanself. Soos rumatiek."

"Ek dink nie jy glo meer regtig aan God nie."

Bernardo het skielik regop gesit. "O, ek gló. Ek is deur God gegrepe. Hoe kan ek nie aan Hom glo nie – dag en nag voer Hy 'n skrikbewind in my."

"Jy sê dan Hy ignoreer jou."

"Gestel jy is verlief op 'n meisie. Jy begeer haar met jou hele hart. Maar sy stuur jou briewe onoopgemaak terug. As jy bel, sit sy die foon neer. As jy op jou knieë voor haar neerval, stap sy by jou verby. Jy is van haar besete, maar sy ignoreer jou."

"Beskuldig jy God van so iets?"

"Beskuldig is jóú woord, nie myne nie. Ek het Hom 'n leeftyd lank in die steek gelaat, hoe kan ek Hom beskuldig?" Hy het 'n sakdoek uitgehaal en die sweet van sy gesig afgevee. "My vriend, wat is sonde anders as 'n teken van sterflikheid? God weet, ek word by die dag sterfliker."

"*Padre* . . ."

"Partykeer snags, as ek nie kan slaap nie, dan lê ek en luister na my lyf. Die krakende litte, die protesterende ingewande, die gekletter van die hartkleppe, die gehyg van die longe. Dan dink ek: g'n wonder ek kan nie meer drome droom nie. Tien jaar gelede nog kon ek nag vir nag droom hoe ek wilde en begeerlike jong maagde verower. Nou droom ek selde, amper nooit, en as ek dit regkry, uiteindelik – wat droom ek dan? Ek droom ek masturbeer."

"Jy's van jou lyf gepla."

"God vergewe my, maar my onsterflike siel gaan verlore in hierdie moeras van spatare en nierstene en katar. Bid vir my, *amigo*!"

"*Padre*, dis ék wat wil bely."

"Miskien luister God na jou. Tree vir my in by Hom. Sê Hom van my. Sê Hom Bravo wil met Hom praat; Bernardo Bravo, die lafaard, wil met Hom praat, al is dit vir oulaas." Hy het sy gesig tot teen die gaas gebring. "Sal jy?"

"Ek sal."

Die priester het sy oë styf toegeknyp en gewag. "Maar nie nou nie, *padre*, ons moet hier wegkom."

"Nóú, *amigo*, asseblief!"

"Ek is op pad suide toe, *padre*, die stad is nie meer veilig nie. Ek wil hê jy moet saamkom."

"Bid eers vir my."

"Ek sal sodra jy nugter is."

Hy het sy kop geskud. Sy oë was nog steeds toe. "Jy dink dis die brandewyn wat praat. Goed, ek is dronk, ek gee toe ek is dronk. Maar in my dronkenskap sien ek myself soos ek is. Net wanneer ek dronk is, het ek die moed om eerlik te wees. Môre vroeg kom die nugterheid, en saam met die nugterheid kom die rede, die slim-stories, die verskonings, die vals argumente. Bid God moet my verlos van die vals argumente van die rede."

"Ek kan nie. Ek kan nie bid nie."

"Hoekom nie?"

"Ek twyfel soms aan God, *padre*. Vroeër was dit maklik om te glo, maar ek weet nie meer nie." Lukas het geweet, terwyl hy dit sê, hy is besig om te lieg. Maar hy wou nie voor 'n dronk priester bid nie.

"Om aan God te glo, is soos om fiets te ry. As jy dit een keer reggekry het, leer jy dit nooit weer af nie."

"Ons kan later weer praat; ons gaan 'n lang pad saamry."

"Ek gaan nêrens."

"Kom, ek vat jou huis toe. Ons tyd raak min."

"Myne veral. Myne raak al minder."

87

Bernardo Bravo kon nie loop nie. Lukas moes hom orent help. Die bieghokkie was klein. Hulle het heeltyd op leë bottels getrap wat omval en oor die vloer wegrol tussen die stukkende stoele in. "My voete slaap, *irmão*, dis maar al. Ek het te lank stilgesit. Ek sal nou reg wees." Hy kon glad nie op sy voete trap nie. Lukas moes hom buitentoe dra. "Dis hierdie land wat dit aan 'n mens doen. Dis die klam hitte en al die jare se muskietgif. Dit tas die gewrigte aan. Sê my weer een keer jou naam, *irmão*. Ek kan dit al spel, maar ek kry dit nie uitgespreek nie."

"Lukas."

"Lukas, ja. En jou van."

"Los maar my van. My naam is Lukas."

"Dankie dat jy my help, Lukas. Sê net een keer weer jou van."

"Van Niekerk."

"Lukas Vanukirk. Ek sal nie weer vergeet nie."

"Van Niekerk."

"Vanukirk. Ek het dit."

In een van die systrate was 'n oop kruidenierswinkel. Lukas het brood en salami en blikkieskos gekoop, genoeg vir 'n week, en koffie, suiker, 'n paar bottels wyn.

"Jy sal my by my plek aflaai?" vra die priester toe hulle weer ry.

"Dis waarheen ons op pad is. Maar nie om jou af te laai nie – om jou goed op te laai."

Bravo het sy kop geskud. "Ek gaan nie 'n tweede keer weghardloop nie."

"Jou kerk is afgebrand."

"Nie alles nie. Ons kan weer regmaak."

Hulle was twintig tree van die *apartamento* af. Dit was nie nodig om verder te argumenteer nie; die argument is vir hulle beslis. Daar was 'n steil trap van die straat af op na die ingang van die gebou toe. Bo by die deur het twee gewapende mans in kamoefleerdrag sit en rook.

"Hulle is klaar hier, *padre*."

"Wie?"

Lukas het met sy kop beduie.

"Soldate?"

"Ja."

"Nou ry dan! Moenie stop nie."

"Ek dag dan jy sê jy gaan hier bly."

"Ek het nie gesê ek gaan in die leeu se bek inloop nie. Ry, voor hulle ons sien! Laai my by die kerk af!"

"Ek kan nie. Wat van Buba?"

Lukas het toe al geweet, alhoewel hy dit nie wou sê nie, dat daardie soldate sý skuld was; dat hy hulle onwetend na Bernardo Bravo se blyplek toe gelei het. Hy sou die priester miskien nog red. Hy moes maar net sy voet op die versneller sit en ry. Maar dan sou hy Buba in die steek moes laat.

As hy gery het – maar dit het hy later eers besef – as hy toe gery het, het hy waarskynlik uit die oorlog uitgery. Maar Elena Duarte D'Almeida was in daardie woonstel omdat hy haar daarnatoe gebring het. En hy was toe nog dom genoeg om te dink hy kan sy onskuld behou.

6

In nie een van sy dagboeke was daar enige sprake dat Lukas van Niekerk ooit vir die Suid-Afrikaanse regering gewerk het nie. Dit is seker so dat geen spioen so dom sal wees om sulke inkriminerende getuienis aan 'n dagboek toe te vertrou nie. Tog verwys hy 'n paar keer openlik na sy ontmoetings met ene Webb van die Suid-Afrikaanse Buro vir Staatsveiligheid. So uitvoerig en openlik dat 'n mens moet aflei hy had niks om weg te steek nie.

Sy eerste kontak met Suid-Afrika was in 1968 toe hy vir 'n korrespondensiekursus ingeskryf het. "Ek was een middag op die lughawe op Moçamedes en hier lê hierdie Afrikaanse koerant," het hy my op 'n keer vertel. "Tot daardie tyd toe het ek nie eintlik baie Afrikaans gelees nie. Moeka het af en toe Afrikaanse pamflette in die pos gekry, maar dit was al. Haar Bybel was nog Hollands en haar gesangeboek ook. Nou ja, ek vat toe daardie koerant vat ek toe huis toe en ek lees hom van voor tot agter. Tot ek hom later omtrent uit my kop uit kan opsê. Tot die kiekies ook kon ek naderhand vir jou toe-oë sê watter kiekie is wat. Ek onthou daar was so 'n mooi grote van Kaapstad, so oor die see van Melkbosstrand af. Ek het hom uitgeknip en hom teen my muur geplak. Jare lank was daardie kiekie vir my Suid-Afrika. Maar in daardie koerant is toe die advertensie van die kollege wat jou oor die pos leer. Toe skryf ek en ek kry dit. Ek was nege jaar op skool in Sá da Bandeira, maar ek begin toe by standerd ses, want dis toe Afrikaans en Engels en als. En Geskiedenis. Dit was die moeilikste, want ek het niks geweet van al daardie stories nie, behalwe die bietjie wat Moeka my geleer het. Ek het standerd nege gemaak, toe hou ek op. Want toe wil ek Suid-Afrika toe. En ek het vir myself gesê die dag dat ek in Suid-Afrika aankom, wil ek twee goed doen. Ek wil Melkbosstrand toe om te loop kyk hoe lyk Tafelberg en ek wil vir Totius gaan dagsê. Dit was die twee mooiste goed van Suid-Afrika, was Tafelberg en Totius."

In 1973 is hy na die konsulaat in Luanda toe met 'n versoek om na Suid-Afrika te emigreer. Maar niemand was skynbaar baie behulpsaam nie. Hulle wou verwysings hê, wat hy verskaf het, en waarop hulle sou reageer. Ná maande, toe hy weer gaan navraag doen, het niemand van hom geweet nie. Daar was nêrens vir hom 'n legger nie. Hy moes van voor af aansoek doen, nuwe verwysings aanbied. By 'n derde navraag wou hulle 'n geboortesertifikaat hê, wat hy nie by hom gehad het nie. Trouens, hy kon nie onthou dat hy ooit so iets gehad het nie. Hy is af Sá da Bandeira toe om Moeka se koffertjie dokumente te gaan deursoek. Daar was nie so iets nie en sy kon nie onthou dat hy ooit geregistreer is nie. "Here, kind, 1930 is lank terug, ek kan nie onthou nie. Daardie tyd het kinders mos maar sommer net in die wêreld gekom, mens het nie papiere nodig gehad nie!"

Terug in Luanda kon 'n halfdosyn departemente waarheen hy verwys is geen bewys vind dat daar ooit 'n Lukas Christoffel van Niekerk in Angola gebore is nie. Die skeptiese amptenaar by die Suid-Afrikaanse konsulaat het deur sy drie hare gevee en verlig geglimlag. "Then we cannot help you."

Hy het 'n brief geskryf aan die Departement van Buitelandse Sake in Pretoria wat hom verwys het na Binnelandse Sake wat hom verwys het na die Suid-Afrikaanse konsulaat in Luanda.

Hy het weer by dieselfde amptenaar beland, die een met die drie hare. Dié was nie baie ingenome om hom te sien nie. "Why do you want to emigrate to South Africa anyway?" wou die man radeloos weet. Hy kon skynbaar glad nie Afrikaans praat nie. "You're black."

"That doesn't bother me, sir. I've been black all my life."

"Being black in South Africa is a different cup of tea."

"I've never felt at home in Angola, sir. I'm an Afrikaner. My grandmother was born in Rustenburg. My name is Van Niekerk."

Die man het geglimlag, die legger voor hom toegemaak en vir Webb gebel.

Alexander Webb was 'n groot, rustige man met 'n blonde baard. Ten spyte van sy geweldige postuur het hy sag gepraat en geluidloos beweeg. Of hy 'n deur toemaak of 'n asbak skuif of 'n glas wyn skink – jy kon nie hoor wanneer hy dit doen nie.

Omdat Lukas gedink het Webb kan hom help, het hy die uitnodiging aanvaar om saam met hom te gaan eet. Webb het daarop aangedring om hom by sy kamer te gaan oplaai. Hulle is nie na 'n restaurant toe nie, maar na 'n woonstel in die stad se rykmansbuurt. Behalwe die kelner wat die drankies geskink en die kos ingebring het, was dit net hulle twee. En tog was dit klaarblyklik nie Webb se woonstel nie. Hy het daarop aangedring om self die wyn oop te maak en het nie geweet hoe werk die kurktrekker nie, en ná ete is hy by twee deure in voor hy die toilet kon kry.

"Jou Afrikaans is goed. Hoe het jy in Angola beland?" Dit was nog op pad woonstel toe.

"Ek is hier gebore."

"Met 'n van soos Van Niekerk?"

"My ouma het in 1902 saam met die Dorslandtrekkers hiernatoe gekom."

"Maar die Dorslandtrek was tog vroeër."

"Daar was 'n hele paar trekke. Haar mense het agterna gekom, ná die oorlog. Humpata toe."

"Ja, dis interessant, nè, dat die swart mense wat saam getrek het almal Afrikanervanne aangeneem het. Van Niekerk, Van der Merwe, Botha . . ."

"My ouma was nie swart nie, meneer."

"O?"

"Haar pa was die leier van die trek. Hy was 'n kommandant in die Engelse Oorlog."

Webb het geknik en niks gesê nie.

"Jy vra my nie hoe't ek swart gekom nie?"

"Dit maak seker nie saak nie, Lukas. Wat maak dit saak?"

"Dit maak saak. Jy moet weet, sodat jy kan sien ek is ingeverneuk in hierdie land in. En dis oor ek hier ingeverneuk is dat ek hier wil uit. Die dag toe Moeka my die storie vertel, was die dag dat ek geweet het ek moet ons mense gaan soek en ek moet haar saamvat."

"Wie is Moeka?"

"My ouma wat my grootgesukkel het."

Kas van Niekerk het in 1902 sy plaas aan die voet van die Magaliesberge gelos en saam met twee De Beer-broers die trek aangepak Duitswes-Afrika toe. Hy was 'n wewenaar en sy enigste kind, Johanna, was twaalf. Die oorlog was amper op 'n end en hy het nie kans gesien om Johanna vir die Engelse groot te maak nie. Buitendien was daar al lankal stories van die Kaokoveld se baie water en goeie weiding. Hulle het met sewe waens en driehonderd beeste getrek. Drie van die waens was Kas s'n en daaroor het hy en die De Beers al met die wegtrek vasgesit. Die een wa, het Moeka vertel, was tot teen die tent se nok vol biltong en beskuit. Die tweede wa was vol huisraad. Die De Beers het gevoel Kas van Niekerk wil te veel saamvat. Die twaalfjarige Johanna het die proviandwa gedryf en in die tweede drif al begin skeie breek. Daar was binne die eerste week soveel onmin dat een van die De Beers omgedraai het. Maar by die Molopo het nog vier families by hulle aangesluit en Kas van Niekerk is weer as leier gekies – miskien hoofsaaklik danksy daardie swaarbelaaide proviandwa.

Halfpad deur Betsjoeanaland was oor 'n honderd van Kas van Niekerk se beeste nie meer met hulle nie.

Aan die oewer van die Nossobrivier het hulle die oorblywende De Beer se vrou begrawe.

Iewers in die Klein Karasberge het twee van die Molopo-waens hulle eie koers ingeslaan, hoofsaaklik oor 'n getwis tussen die vroue.

By Gibeon was die oorblywende De Beer-broer en sy Boesmantouleier se vrou een oggend skoonveld. Die touleier het na hulle gaan soek en nie weer teruggekom nie, en Van Niekerk moes die vier De Beer-kinders met hom saamvat. Hy het De Beer se wa by die Swakop noodgedwonge verruil vir tien trekosse.

By Etosha het hulle die elfde van die trek se veertien kinders begrawe.

In die Kaokoveld wou niemand vir hulle grond gee nie. Hulle sou beeste aanvaar in ruil vir grond, maar tussen die drie families was daar 'n skamele sewentig beeste oor, die trekosse ingesluit.

Oorkant die Kunene het die twee Molopo-families noordwes geswenk Moçamedes toe en Kas van Niekerk en sy dogter is alleen verder met twee waens, twintig trekosse en veertien koeie. Maar lank voor Humpata moes hulle huisraad begin ruil vir trekosse.

Hulle het in November 1903 in Humpata aangekom met een wa, tien osse, 'n bed en vier stoele. Vier tolletjiestoele wat saam met Kas se vader uit die Kolonie gekom het.

Johanna was toe veertien en hubaar. En Kas van Niekerk wou grond hê.

Daar was 'n grootwildjagter in Sá da Bandeira se omgewing, 'n *mulato* met die naam José Goma, al diep in die dertig, wat 'n paar honderd hektaar grond in Humpata van sy vader geërf het. Hy het meer in Johanna belang gestel as in die grond.

Moeka het net een keer daaroor gepraat, een aand nadat sy gewas en boekegevat het en hy vir die hoeveelste keer begin uitvra het oor sy ma en dié se voorgeskiedenis. "My kind, as jy twee jaar deur die woestyn getrek het en hoeveel mense begrawe het en alles verloor het wat jy het, alles net vir 'n stukkie weiveld van jou eie, dan draai jy nie voor 'n snotkopmeisiekind van veertien om nie."

Kas van Niekerk het haar ingeroep en haar langs sy stoel staangemaak en vir haar gesê Johanna, ek en José hierso het nou gepraat en ons het gebesluit jy sal by hom intrek by sy plek by Sá da Bandeira, en dan trek ek op sy weiding in.

"En die snaakse ding was," het Moeka vertel, "ek het nie die hart gehad om nee te sê nie. Nie ná daardie twee jaar se ellende nie. José Goma kon my pa gewees het, en hy was 'n vreemdeling en hy was nie eers wit nie, maar almal het gesê hy is ryk van al die olifanttande en ek was moeg swaargekry en my pa was nog moeger as ek."

"Was hy swart, Moeka, soos ek?"

"Hy was 'n *mulato*. Hy was bruin. Sy pa was Portugees en sy ma was 'n Ovimbundu."

"Toe kerk julle?"

"Nee, ons is nie gekerk nie, maar ek moes by hom gaan lê elke aand. En as ek nie wil nie dan sê hy vat jou goed en loop sê vir jou pa hy moet sy beeste uitjaag uit my weiding uit. Dan loop lê ek maar."

"Maar hy was darem ryk, Moeka."

"As hy ryk was, het ek nie sy geld gesien nie. Ek het nie eers 'n enkelte olifanttand gesien nie."

Maria Goma is ná 'n jaar gebore. En sy het meer op José Goma getrek as op Johanna. En vir Johanna van Niekerk was dit die begin van die ellende. Want toe haar pa ná vier jaar in Humpata besluit hy kom nie klaar met die Portugese nie, hy gaan terug Transvaal toe, het hy haar voor 'n keuse gestel. Sy kan saam met hom teruggaan, mits sy die "basterkind" sal laat agterbly. Sy het nie daarvoor kans gesien nie. Kas van Niekerk is alleen weg en niemand het ooit weer van hom gehoor nie. Al wat sy dogter van hom oorgehou het, was 'n enkele tolletjiestoel.

Die aand by Alexander Webb in die woonstel het Lukas gesorg dat sy gasheer nie daardie belangrike stukkie van die storie mis hoor nie. "Daardie wa is terug suide toe sonder ons!"

"Sonder julle? Jy was toe nog nie gebore nie."

"Nee, maar my ma was. En Goma wou ons ook nie hê nie. Hy is weg jagveld toe agter sy ivoor aan. Hy't ons in 'n klein vierkamerhuisie in Sá da Bandeira gelos."

"Dis nou vir jou ma en jou ouma."

"Ja. Maar as ons kon saam terug, dan het ek dalk in Transvaal grootgeword."

"Of jou ouma en jou ma kon saam met Kas van Niekerk iewers in die woestyn omgekom het."

"Ons weet dit nie, meneer Webb. Ons raai net. Maar wat gebeur toe? Toe gebeur dieselfde ding. My ma word ook Van Niekerk, want Goma wou haar nie hê nie. En toe sy haar oë uitvee, toe is ek klein. Hulle sê my pa was 'n man met die naam Roberto Ribas. En hy was swart. Hy was 'n Bailundo met 'n vrou van sy eie. Toe wil Ribas ons ook nie hê nie. Toe word ek ook maar weer Van Niekerk. Jy sien, meneer Webb, ons is nie een keer in hierdie land is ons vir die Here gekerk nie, en niemand wou ons hê nie. Ons is maar altyd eenkant gestoot. En daardie bliksemse wa is weg Transvaal toe sonder ons. Alles oor 'n lappietjie weiveld wat vandag aan die Portugese goewerment behoort."

"En wat het van jou ma geword?"

"Die dag toe ek gebore is toe staan sy op en sy draai haarself met lappe toe dat die bloeiery kan stop en sy sê vir Moeka sy loop, sy maak nie Roberto Ribas se kind groot nie."

"Toe maak jou ouma jou groot."

"Sy't my met haar eie melk grootgesukkel. Skoon Van Niekerkmelk. Sy leef nog. In daardie selfde vierkamerhuisie in Sá da Bandeira. Sy moet saam met my terug as ons kan terug. Sy hoort net so min hier as ek."

"Jy dink Suid-Afrika is 'n land van melk en heuning."

"Die koerante sê so. Ek kry koerante."

"Hoekom dink jy dan het die Van Niekerks daar weggetrek, deur die woestyn, al die pad hiernatoe?"

"Oor die Engelse."

"Die Engelse is nog daar. My pa was Engels."

"Maar soos ek die ding verstaan, meneer, het die Engelse die oorlog gewen, maar hulle het die land verloor."

"En die swartes?"

"Jy meen die Zoeloes?"

"Die Zoeloes en die Sotho's en die Xhosas en almal."

"Ja, ek weet nie so baie van hulle nie, meneer. Maar ek is 'n Afrikaner."

"Jou vel is swart."

"Jy meen dis nie genoeg om 'n Afrikaner te wees nie? Jy moet 'n wit Afrikaner wees?"

Webb het geknik.

"Hoekom?"

"Ek weet nie."

"Jy sien, meneer, ek sien 'n ander ding. Ek sien dit al lankal al. Julle wil my nie daar hê nie. Julle vra allerhande papiere en goed wat ek nie het nie, net om my daar weg te hou. Miskien het julle al te veel Afrikaners daar, ek weet nie. Maar God weet, meneer Webb: as hierdie land my nog altyd weggegooi het en daardie land wil my nie hê nie – waar hoort ek dan?"

"Jy kan vir Suid-Afrika baie meer beteken hier as daar."

"Hoe?"

"Jy kan die MPLA infiltreer."

In die lente van die jaar waarin ek Lukas van Niekerk leer ken het, op 'n koel aand in sy agterplaas in Alexandra, het hy een keer na Webb verwys. In sy dagboeke maak hy 'n paar keer melding van sy ontmoetings met "die spioen van Pretoria", en in die eerste aantekening haal hy selfs stukke van die gesprek verbatim aan, maar vir my het hy net een keer van Webb vertel.

"Hy het 'n wortel voor my neus gehou, dis wat hy gedoen het. Hy sal my gaan wys. Hy't heeltyd belowe hy sal my gaan wys hoe lyk al die plekke. As ek hulle help, sal hy 'n vliegtuig kry en ons sal oor die land vlieg. Ek het kiekies gehad van die land, 'n hele boek vol, wat ek uitgeknip het in koerante en so. Maar dit was altyd dieselfde kiekies, jy weet, van Durban se strand en van die jakarandas in Pretoria en van Tafelberg en die Drakensberge. Ek het geweet van die berge, maar ek het gedink die berge is almal by die see. Ek dag binnekant toe is dit maar soos Moçamedes se wêreld. So platterig en woestynerig met doringbome. Alexander Webb sê nee, dis heeltemal anders, hy sal my gaan wys.

"Toe, die aand op pad huis toe, toe vra ek hom wat ek moet doen. Toe sê hy kyk, jy praat Kikongo, jy ken die noorde goed, jy's swart

– sluit aan by die MPLA en werk jou pad oop tot by Agostinho Neto en kom sê vir ons wat gaan in sy kop aan.

"Ek het nooit aan 'n politieke party behoort in Angola nie. Ek het altyd gesê politiek is nie my ding nie. As daar oorlog kom, is dit nie my oorlog nie want dis nie my mense daardie nie want dis nie my land nie.

"Maar ons het baie stories gehoor daardie tyd van Neto. Van Neto én van Holden Roberto van die FNLA. Ons het gehoor Roberto kry geld by die Chinese en Neto is met Castro deurmekaar. Ek het self met my eie oë die Kubane in São Salvador sien rondry in hulle Russiese jeeps. En ons het gesê wat help dit ons ruil Portugal vir Kuba en China? Die koffieboere was bang vir Neto en Roberto, want hulle het geweet as daar oorlog kom, is dit verby met hulle. Hoe kry hulle dan hulle koffie op die skepe? Hulle het begin gewere koop en hulle het doringdraad om hulle huise gespan en ligte opgesit en tralies op die vensters en honde en ganse en alles wat kan lawaai maak. Almal het gesien hoe verander die land en almal het gesê dis Neto en Roberto se skuld. Ek het meer van Savimbi gehou, seker maar oor hy 'n Ovimbundu was; hy't uit die suide gekom soos ek en hy het minder geraas gemaak. Webb het ook so gedink. Savimbi wou nie oorlog hê nie. So as ek kon help om Neto se planne uit te vind, kon ons dalk die oorlog keer.

"Ek het gesê ek sal daaroor dink.

"Daardie tyd was ek al besig om transport te ry. Dan vat ek en die Henschel 'n vrag boumateriaal noorde toe en ons bring 'n vrag pale terug. Dan slaap ek partykeer op een van die koffieplase. Toe ek weer opgaan boontoe, toe praat ek met 'n paar van hulle en ek vra wat moet ek doen? Moet ek die mense van Pretoria help of moet ek nie? Ek het nog gedink: as Lisboa dan moet wegval, dan vat ek liewerster Pretoria as Peking of Havana. Almal het hande geklap. Almal het gesê ja, Suid-Afrika moes al lankal kom help het. Daar was net een wat niks wou sê nie. 'n Man met die naam Santos. Palo Santos. En ek het geweet, sommer toe ek nog praat, toe weet ek nou het ek met die verkeerde man gepraat."

Lukas het dit nooit in soveel woorde gesê nie, maar dis moontlik dat sy gesprek met Palo Santos direk aanleiding gegee het tot sy inhegtenisname 'n paar maande later. Dit wil sê as 'n mens Lucia Moreira buite rekening laat. Sy was 'n Neto-ondersteuner en sy het geweet van Lukas se emosionele verbintenis met Suid-Afrika.

Maar die vaal Fiat het Santos verraai.

Twee of drie dae ná Lukas se gesprek met Santos het 'n man hom kom spreek oor die vervoer van 'n vrag motorbande Quitexe toe. Die man, ene Carlos Chissoia, was vir 'n swart man ultra-regs in sy politieke opvattings, en het meer oor die "terroriste" uitgevaar as wat hy oor bande gepraat het. Hy sou laat weet wanneer Lukas die bande kon kom oplaai. Vir iemand met 'n motorhawe in Quitexe was sy Fiat merkwaardig gehawend. Maar Lukas het nie onraad vermoed nie. Selfs nie eers toe die man nie weer van hom laat hoor nie. Sulke dinge het gereeld gebeur.

Alexander Webb het nog een of twee keer met hom kontak gemaak en toe verdwyn. Maar ook dit was nie vreemd nie. Wat hy nié kon kleinkry nie, was dat Webb wou weet of hy toe die motorhawe in Quitexe se kontrak gekry het. Die oggend toe Lukas en Bernardo Bravo voor sy *apartamento* stilhou om Buba te gaan oplaai, het dieselfde vaal Fiat in die straat geparkeer gestaan.

Alexander Webb se naam was nie in die telefoongids nie. Ek het al die stede in die land se gidse nagegaan. Daar was heelparty Webbs met die regte voorletter, maar nie een van hulle was Alexander nie. Dan was dit 'n kodenaam.

Webb was vir my belangrik. Dalk sou ek hom so ver kon kry om my sy kant van die storie te vertel. Ek sou baie graag wou weet of die naam Carlos Chissoia vir hom iets beteken. En al sou hy nie wou praat nie, sou dit lekker wees om op 'n dag vir Lukas te kan sê ek het "die spioen van Pretoria" vir hom in die hande gekry, hy leef nog, hy boer met kalkoene in Koekenaap. Ek het selfs gedink dit sou lekker wees om die twee bymekaar te bring en vir Webb te sê dís die Afrikaner wat hy destyds vir Agostinho Neto wou ruil.

'n Paar maande tevore is ek en Deon een naweek Melkbos toe. Dit was vir my vreemd dat hy nie soos gewoonlik die Saterdag douvoordag saam met Jantjie veld toe is nie. Hy het die hele dag met sy neus in 'n boek gesit, want hy moes glo die volgende week 'n toets skryf.

"Wat se vak?" wou ek weet.

"Nee, dis nie skoolwerk nie."

"Wat dan?"

Hy het nie geantwoord nie. Toe ek 'n slag oor sy skouer probeer loer, het hy met 'n "Wat nou?" en 'n skuldige uitdrukking op sy gesig die boek toegemaak. Dit was met bruinpapier oorgetrek. Ek het die boek die volgende dag onder sy kopkussing gekry en die bladsye onder my duim deurgedruk. Vir iets wat nog nie voldoende bestudeer was nie, was dit opvallend vol kanttekeninge en onderstrepings en uitroeptekens. Ek het teruggeblaai na die titelblad toe. *Aanslag op die Afrikaner* was die titel. Geskryf deur ene kolonel Ben Myburgh en uitgegee deur Voorslagpers in Roodepoort. Dit was beslis nie 'n skoolboek nie.

Daar was 'n voorwoord, geskryf deur die een of ander predikant. Myburgh, het die voorwoord beduie, was voorheen verbonde aan die Buro vir Staatsveiligheid, 'n baasspioen, en propvol eerstehandse kennis oor die gevare wat Kommunisme vir Suid-Afrika en veral vir die Afrikaner-Christen inhou.

Op soek na Alexander Webb het ek Deon se bekrapte boek onthou en die foongids geraadpleeg. Daar was geen Voorslagpers in Roodepoort nie. Maar in Pretoria se gids was daar 'n kolonel B.J. Myburgh.

'n Vrou het geantwoord.

Sy was duidelik skepties en glad nie kontant met haar inligting nie. Sy het byna elkeen van my vrae met 'n weervraag beantwoord. Wie is ek, waarvandaan bel ek, wat is my nommer, in verband waarmee wil ek met die kolonel praat? Ek was op my beurt 'n bietjie vaag oor haar laaste vraag. Ek kon duidelik iemand op die lyn hoor asemhaal terwyl sy praat. Maar nee, het sy gesê, die kolonel is nie daar nie, hy sal terugskakel.

Hier, het ek besluit, is 'n skroef los.

"Ek ken jou vrou," sê Myburgh toe hy my skaars 'n halfuur later terugbel.

"Ek is nie getroud nie, kolonel."

"Jou gewese vrou. Dina." Die wêreld is klein. Presies hóé klein sou ek eers later besef.

Hy wou weet hoekom ek hom wil sien.

"Ek dink nie ons moet oor die foon praat nie, kolonel."

Miskien het dit hom op sy hoede gestel. Maar dit het hom terselfdertyd nuuskierig gemaak en hy het voorgestel dat ek sommer nog dieselfde middag oorkom.

Hy het op 'n hoewe gewoon, net oos van Midrand. Die om-

99

gewing is nie baie boomryk nie, maar Ben Myburgh se hoewe was dig beplant met bloekombome en met wildwering omhein. Die hek was gesluit en teen die een pilaar was 'n kassie met 'n telefoon op geverf. Ek het die kassie oopgemaak. *Lui vir aandag* was in netjiese letters teen die rugkant van die kassie geverf. Ek het die knoppie gedruk.

"Wie is dit?" wou 'n stem oomblikke later oor die interkom weet.

Ek het myself geïdentifiseer en ná 'n rukkie het die hek oopgeskuif.

Die huis was 'n paar honderd meter verder in 'n oop kol tussen die bloekoms, en met die stilhou kon ek 'n swetterjoel honde iewers agter die huis hoor blaf. Nog iets het my opgeval. Oorkant die huis, tussen die bloekoms, was 'n watertenk, vier ablusieblokke en braaiplekke. 'n Goed ingerigte kampeerterrein.

Ben Myburgh was bejaard, vriendelik en ontwykend. Maar as hy iets gehad het om weg te steek, het sy studeerkamer se mure 'n hele boel verklap. Dit het vol gehang met geraamde foto's van Malan, Hitler, Strijdom, die Voortrekkermonument, Verwoerd, 'n afdruk van die slag van Bloedrivier en 'n Vierkleur.

"Alexander Webb?"

"Hy het in 1974 vir die Buro vir Staatsveiligheid gewerk. Hy was daardie tyd in Luanda gestasioneer."

"Die Buro het nooit mense in Luanda gehad nie."

"Wel, kom ons sê dan maar hy was 'n agent vir die regering of vir die weermag."

"Dan was Webb heel waarskynlik 'n vals naam."

"'n Groot blonde man met 'n baard."

Die kolonel het sy wange ingesuig en sy kop geskud. "Ek kan nie almal onthou wat destyds betrokke was nie."

"Miskien sal die weermag my kan help."

"Dit was 'n sensitiewe tyd daardie. Ek weet nie of hulle sommer sal praat nie. Vir wat soek jy die vent so dringend?"

"Dis eintlik nie ek wat na hom soek nie, dis 'n vriend van my. Hulle was destyds vriende."

"Ek is bevrees ek kan jou nie help nie."

Ons het koffie gedrink en hy het my sy hondeboerdery gaan wys. 'n Stuk of veertig hokke onderdak. In party was daar dragtige tewe of tewe met kleintjies, in ander was jong honde; in 'n groot hok eenkant het 'n blinkgeborselde reun heen en weer agter die tralies geloop.

"Toe jy bel vanmiddag," sê Myburgh op pad terug motor toe, "dag ek dis oor Deon."

"U ken vir Deon?"

"Hy kuier soms hier."

"Jeugkampe?"

"Ag, ons bring partykeer van die jong mense bymekaar."

"Jeugweerbaarheid?"

"Mens kan dit seker so iets noem, ja. Die arme Afrikanerkinders van vandag word so gebombardeer met negatiewe propaganda. Hulle het nie meer iets soos 'n toekomsvisie nie, het jy al agtergekom? Hulle is soos 'n trop skape voor 'n afgrond."

"En u probeer dit vir hulle teruggee, daardie toekomsvisie?"

"Iemand moet dit doen. Hitler is vandag 'n vloekwoord, maar Hitler het gesê gee my die jeug en ek het alles."

"Ek neem aan u is 'n volkstater, kolonel?"

"Dis al kans op oorlewing wat ons het."

"Hoe wil u oorleef? As Afrikaners of as blankes?"

"As Boerenasie."

Ek het in my motor geklim en hy het met sy twee hande teen die deur kom leun. Die boonste drie knope van sy hemp was oop en ek kon sy hol borskassie sien – en, tussen die paar verdwaalde grys borshare, die litteken van die kruis.

Lukas het die aand 'n draai kom maak om 'n klompie boeke terug te bring wat hy by my geleen het, en ek het hom van Myburgh vertel.

"Vir wat skrik jy nóú so? Dis daardie tier waarvan hulle altyd so praat. Die tier word nou wakker."

Ek was nie lus vir lag nie.

"Sy huis het nie dalk verf nodig nie?"

"Nogal. Maar jy bly weg daar."

"Hy ken my nie. Ek is maar net 'n verf-boy. Dalk sien ek iets."

"Vergeet dit. Hy's nie onnosel nie."

"Ek ook nie."

"Ek wonder wat dink my voorvaders van mense soos Ben Myburgh."

"Hulle is dood. Hulle dink nie."

"Hulle weet alles. Ek glo dit. Hulle weet."

Ek het dit dikwels vir myself gesê: as tyd en ewigheid dieselfde is, dan is alle tye in die hede teenwoordig; dan is alles wat verby is en alles wat nog voorlê voortdurend met ons. Ek het dit gesien in Lukas van Niekerk, wat die verlede van 'n volk in hom ingebore gehad het. Ek het dit in Deon gesien, wat van sy eerste skree af klaarblyklik geweet het sý wêreld gaan in duie stort.

Is dit blote verbeelding, hallusinasie, 'n vlugtige verbinding met die een of ander oergeheue wat jou soms in staat stel om alles tegelyk te sien: jouself, al jou vorige selwe, alle vorige tye – soos om in 'n put in af te staar deur die lae noriet en skalie en diabaas en graniet van jou geskiedenis?

Onder die aalwee en osgras en kosmos, in vergete grafte, lê ooms met baarde en bandeliere begrawe, kinders in goiing, vet en tandelose tantes met bollas en gordelroos. Hulle lê met oop oë asemloos alles en afluister wat buitekant gebeur. Trekkers wat nie tot rus kan kom nie, dwarstrekkers, smelters, rebelle, joiners, afstigters, dromers, hensoppers, witgebasterde basters, helde, seepkissiekinders.

Hulle weet van my en ek van hulle. Want ons is selle van dieselfde liggaam.

Ek het soms gewonder: as 'n mens hulle almal op 'n enkele plek bymekaar kon bring, hoe hoog sou dié berg melkwit beendere wees. Daardie uiteindelike middag in Desember, terwyl ek en Lukas van Niekerk om die beurt grawe en met ou spykers en kratplanke 'n kis probeer prakseer, het ek gedink ek weet hoe hoog.

Dit was byna 'n maand nadat ek en Deon so stroef uitmekaar is en tyd dat hy weer 'n naweek kom kuier. Maar hy het gebel om te sê hy is in die middel van die eksamen, hy sal die vakansie 'n draai kom maak. Om hom nie te betrek nie, bel ek Dina die volgende oggend terwyl hy in die skool is.

"Ek wil jou graag sien."

"Jy wil my sien? Nou net dat ons so goed oor die weg kom?"

Oor dié enkele ding het ons saamgestem: ná al die jare was daar nog steeds net een manier om met mekaar oor die weg te kom en dit was om mekaar glad nie te sien nie.

"Ek is bekommerd oor Deon."

"Hoekom? Hy leer hard, sy punte is goed, hy sien jou min."

"Dis ongelukkig iets wat ek nie oor die foon kan bespreek nie."

"Oho, so dis al weer een van daardie de-li-káte sake."

"Nogal."

Pouse. "Op een voorwaarde. Ons praat in die openbaar sodat ek kan loop as jy op my begin skree."

Ons het mekaar baie selde gesien. Sy het altyd gesorg dat sy ver van die voordeur af is wanneer ek Deon gaan haal of huis toe neem, en dit was vir my ook maar beter so.

Sy was stiptelik betyds soos altyd. Ek was bly om te merk sy het afgesien van die oordadige grimering en juwele waarmee sy ná die egskeiding haar selfvertroue wou terugwen.

Dina het 'n paar eenvoudige beginsels gehad waarvolgens sy haar lewe georden het. Wees positief, padlangs, beslis en beginselvas, en presto – die wêreld val in twee dele uitmekaar: goed en sleg storm soos die Rooi See van ouds verskrik uitmekaar en laat jou droogvoets deur. Daar was 'n tyd vir alles, 'n plek vir alles, reëls vir alles. Haar ja was haar ja en haar nee was haar nee. Die lewe was eenvoudig.

"Ben Myburgh."

Daardie flitsende glimlaggie wat nie verder vorder as die hoek van haar mond nie. "Ek moes dit geraai het; ja."

"Hoe goed ken jy hom?"

"Baie goed."

"Wat weet jy van hierdie jeugkampe wat hy aanbied?"

"Dominee Dirk is baie opgewonde daaroor." Dominee Dirk was predikant in Dina se gemeente en bekend in regse politieke kringe.

"Behoort Ben Myburgh aan die – wat noem julle dit deesdae?"

"Wat?"

"Die ondergrondse beweging. Die Boereweermag."

"Ek weet nie waaraan hy behoort nie. Al wat ek weet, is hy's 'n diep Christenmens wat nog vashou aan al die beginsels waarvan jy skynbaar intussen afgesien het. Hy was lank in ons gemeente en hy was nog altyd 'n voorbeeld en 'n besieling vir almal wat hom ken."

"Dina, hoe kan 'n diep Christen haat propageer?"

"Nie haat nie – trots. Trots in alles wat deur die eeue vir die Afrikaner dierbaar was." Dit was duidelik: sy het Myburgh se boek van buite geken.

"Sê nou ons vind uit Deon behoort aan 'n geheime organisasie wat politieke geweld voorstaan . . ."

"Dan sal ek sê aardjie na sy vaartjie. Jy het ook aan geheime organisasies behoort wat geweld voorgestaan het – tot jou regering hulle gewettig het." Dit was net so 'n skoot in die donker as wat myne was – maar sy was nie naastenby so huiwerig agter haar visier soos ek agter myne nie. "As jy my hiernatoe laat ry het om my oor Deon se jeugkampe onder kruisverhoor te neem, gaan ek nie eers my tee klaar drink nie." Sy het haar handsak gevat en haar sonbril opgesit.

"As Deon in die tronk beland en . . ."

"Soos Jopie Fourie en Gideon Scheepers en Frederik Bezuidenhout? Die tyd van die Boerehelde is nog nie verby nie, my skat. Daar is vandag nog jong Afrikaners wat eerder in die tronk sal sit as om toe te gee aan die eise van die buitewêreld."

"Ek het net soveel seggenskap oor daardie kind as jy, Dina, en . . ."

"En jy gaan vir hom besluit wat hy mag glo en wat nie?" Sy het in een beweging haar teekoppie weggestoot en opgestaan. "Ek sal vir Deon sê jy stuur groete."

Ek kon nie anders nie, ek moes haar die selfvertroue beny waarmee sy halwe waarhede tot stralende evangelie kon verhef.

Lukas het op 'n dag vir my kom vertel hy het 'n belydenis om te maak. Ek moenie kwaad wees nie en miskien wás dit 'n fout, maar hy was toe by Ben Myburgh.

"Om wat reg te kry? Jy soek mos nou moeilikheid, Lukas."

"Daardie mense is klaar moeilikheid, en lyk my dit pla jou nie."

"Ek hoop nie jy't vir hom gesê wie jy is nie."

"As ek geweet het, sou ek hom gesê het. Maar ek dink nie ek weet meer nie."

Hy het die gevoel gehad, toe hy voor die kolonel se hek stilhou, hy gaan nie ver kom as hy daardie klokkie lui nie. Toe parkeer hy sy bussie langs die pad en klim oor die hek.

Met die aankom na die werf toe het hy al klaar die grootte van die huis begin takseer. Dit was 'n redelike groot plek en die verf was erg verwaarloos. Hy sou eers die ou verf moes afkrap en 'n onderlaag aansit. Vinnig geskat, sou die skoonmaak hom minstens 'n week besig hou. Saam met die twee lae verf seker nie minder as twee weke nie.

Die honde het in die agterplaas begin blaf nog lank voor hy aan die voordeur kon klop.

'n Jong man in kakieklere en stewels het kom oopmaak, duidelik 'n bietjie verbaas. "Ja?"

"Afternoon, sir."

"Afternoon se gat. Hoe kom jy hier in?"

"I'm looking for the paint job, sir."

"Praat jy nie Afrikaans nie?"

"I'm a good painter, sir. I paint for twenty-four years. Very cheap."

"Ja, fok dit, man. Hoe't jy ingekom?"

"I'm sorry, sir. I don't understand Afrikaans. I come from Natal."

Op daardie oomblik het die kolonel sy verskyning gemaak.

"Waar val dié vent uit?"

"Dis een van daardie oorlamse Engelse kaffers. Hy sê hy soek verfwerk."

Die kolonel het 'n tree nader gekom, hande in die sye.

"What's your name?"

"Afternoon, sir. My name is Sipho, sir. Sipho Mbokani. I'm looking for the paint job."

"How did you get through the gate?"

"The gate was locked, sir."

"Ja, and then?"

"I climb over the gate, sir."

"Met sý vet gat?" Dit was die jong man. "Oor daardie hek?"

"Who gave you permission to climb over the gate? I don't allow kaffirs on my farm."

"Sorry, sir. I didn't know."

"You didn't know! Why the hell do you think did I lock the gate? To invite strangers in or what?"

"Sorry, sir."

"Wat sê Pa ons sit die honde op hom?" In die agterplaas was die hondekabaal nou min of meer oorverdowend.

"One week to clean the walls, sir, to take off all the old paint; one week to . . ."

"If I want my house painted I'll do it myself."

"I'll do it for R500, sir."

"I'm not interested. Gert, laai die vent op die bakkie en vat hom terug hek toe. En bly daar tot hy ordentlik weg is. And I don't want to see you near my place again, you hear? You tell your friends, no kaffirs on my farm, OK?"

Gert het begin aanstap na 'n bakkie wat langs die huis geparkeer was. "Toe, kom, kaffer." Lukas het bly staan.

"C'mon, the baas will take you to the gate."

"Not to worry, sir, I'll walk."

Toe, vir die eerste keer, lyk dit of Ben Myburgh sy humeur wil verloor. "Get on the damn bakkie!"

Lukas het agter Gert aangestap en by die bakkie se passasierskant probeer inklim.

"Wat de moer dink jy doen jy nou? Agterop. On the back!"

Hulle het afgery hek toe en Gert het uitgeklim en voor op die modderskerm gaan sit. "Climb over the gate. I want to see how you do it."

"You haven't got the key?"

"Klim, sê ek, bliksem! Climb over!"

Die hek was omtrent drie meter hoog. 'n Swaar staalraam met vertikale tralies, ongeveer tien sentimeter uitmekaar. Lukas het tot by die hek gestap en een van die tralies beetgekry, hom bedink en omgedraai. "It was really nice meeting an Afrikaner, sir. Thank you for giving me a lift." Hy het die tralies gegryp, met altwee hande dié keer, hoog bokant sy kop, en homself opgetrek, die raam beetgekry en homself hoër gehys, sy been oorgeswaai en bo-op die hek gaan sit. "You see?" het hy gesê. "It's easier than painting a house."

7

Die vaal Fiat het reg voor die trap gestaan wat oplei na Bernardo Bravo se woonstelgebou toe. As dit die enigste voertuig was waarmee hulle gekom het, kon daar nie meer as vier mense wees nie. Hoogstens vyf. Lukas het die Henschel in tweede rat ingesukkel en by die Fiat verbygery.

"Sal jy hierdie lorrie kan bestuur, *padre*?"

"Hoekom? Ek dink so."

"Wanneer laas was jy agter 'n stuurwiel?"

"Seker twintig jaar."

Dan sou dit nie werk nie.

Die straat was steil. Vyftig tree anderkant die gebou het dit in 'n kleiner straat ingeloop wat agter die gebou in 'n cul-de-sac eindig.

"Kan 'n mens van die boonste straat af by jou *apartamento* kom?"

"Ja. Daar is 'n trap."

"Het jou plek 'n agterdeur?"

"Nee. Maar daar's 'n glasdeur wat op 'n balkon uitloop."

"Kan 'n mens van die balkon af op die grond kom sonder om jou nek te breek?"

"Ek weet nie. Ek het nog nooit probeer nie."

"Daar's nie 'n boom of iets teen die balkon nie?"

"Nee, maar daar's baie rankgoed."

Lukas het tot by die klein dwarsstraat gery en links gedraai in die cul-de-sac in. Hy het geweet die Henschel sal daar kan draai, want hy moes al in die straat aflaai.

"Wat het jy onder jou rok aan, *padre*?"

"Niks. Hoekom?"

"Jy moet uit daardie rok uitkom. Kyk onder die sitplek, ek dink daar's 'n oorpak daar iewers."

"Ek trek nie my rok uit nie."

"Ek wil hê jy moet na jou woonstel toe gaan. Jy moet vir Buba gaan haal."

"Is jy heeltemal van jou trollie af? Hoekom doen jy dit nie?"

"Daardie Fiat behoort aan die vent wat my by die MPLA gaan

verkla het. Hy gaan my herken. As jy die oorpak aantrek, is jy veilig."

"Al het ek ook wát aan – ek kan mos nie daar instap en die vroumens vat en loop nie!"

"Dis hoekom ek vra van die balkon. Jy moet haar by die balkon afkry. Ek sal hulle aandag aftrek."

"Hoe?"

"Ek dink ek gaan hulle Fiat in sy bliksem in ry. As jy haar kry, kom wag vir my hier. Toe, *padre*, spring." Lukas het self onder die sitplek ingebuk en begin rondvoel na die oorpak.

"Ek trek nie my rok uit nie. Ek sal gaan, maar ek trek nie my rok uit nie." Lukas het die Henschel begin draai. "Nie vir die MPLA of vir Angola of vir Portugal nie. God sal my dít nie vergewe nie."

"Sal jy op jou voete kan bly, *padre*? Sal jy kan loop?"

"Ek sal probeer."

Lukas moes 'n slag terugstoot om sy draai te kry. "Goed, weg is jy. En bid vir ons almal. En wag vir my hier!"

Bernardo Bravo het uitgeklim en geval nog voor hy die deur kon toemaak. Hy het hom aan die trapbord orent getrek en 'n paar tree gevorder, waggelend, en weer geval.

"Ry," het hy gesê, "ek sal regkom."

"Hoe gaan jy teen die trap afkom?"

"Ry!"

Lukas het gery. In die truspieël kon hy sien hoe die priester orent kom, sy arms 'n paar keer hoog oplig asof hy asemhalingsoefeninge doen en vasberade – wiegend en onvas, maar vasberade – die laaste paar tree aanstap trap toe.

Dit was nege-uur. Die stad was nog toe van die mis en dit het weer baie fyn begin reën. Hy het die reënveërs aangeskakel en in Bravo se straat ingeswaai en baie stadig gery tot hy die Fiat kon sien. Toe gooi hy die Henschel in derde rat en trap die versneller tot teen die vloer. As die Fiat se handrem net nie vasgetrek is nie. Met 'n los handrem sou die motor uit rat spring en agteruit begin hardloop. Dan was dit maklik. Hy het gemik vir die regtervoorwiel. As hy die wiel kon afruk, sou dit die Fiat onrybaar maak en genoeg lawaai veroorsaak om almal se aandag te trek.

Die slag het skaars die Henschel se spoed gebreek. Die Fiat se kap het die lug in gevlieg en die voorruit het ontplof. Daar was die geluid van metaal wat skeur. Toe swaai die Fiat gat-om en kantel eenkant toe weg en rol om tot op sy dak.

Daar was 'n lang afdraande om die wang van die skuinste en 'n stopteken sowat honderd meter verder. Lukas het nie stilgehou nie. By die tweede kruising het hy regs gedraai, by die volgende een links en toe in 'n pakhuis se agterplaas ingeswaai.

Daar het water by die verkoeler uitgeloop.

Die breë staalbuffer was skaars gebuig, maar die modderskerm het sleg seergekry en die regterband was tot teen die seil afgeskil.

Die *padre*. Die arme verlore bliksemse *padre*.

Lukas het in die lorrie geklim en na die reën sit en kyk. Dit het by die gat in die voorruit ingelek en oor die stowwerige paneelbord afgeloop en soos die baie stadige tik van 'n horlosie op die vloer gedrup.

Het hy die *padre* na sy dood toe gestuur?

Dit het al hoe harder gereën. Die horlosie het vinniger begin tap.

As die ou huigelaar net nie so eiewys en godverskrik wou wees nie!

Lukas het die kap oopgemaak. Daar was geen sigbare teken van skade nie, maar die verkoeler was leeg. Hy het die waterkan gaan haal en water begin ingooi en gehoor hoe dit onder uitloop. Hy het onder die Henschel ingekruip. Daar was 'n gat onder in die hoek van die verkoeler. Hy kon sy pinkie in die gat druk. Heel waarskynlik veroorsaak deur een van die Fiat se vlieënde metaalspaanders. Hy het 'n stuk van sy hemp afgeskeur, dit om 'n stokkie gedraai en die stokkie in die gat gedruk. Dit sou nie hou nie, maar dit sou hom darem 'n entjie oor die weg help.

Hy wou agter om die heuwel ry, 'n blok of twee van die cul-de-sac af stilhou en dan te voet verder. Maar voor hy die agterste steilte kon vat, het die lorrie begin kook.

Daar was 'n olieseil agterop die bak. Hy het dit oopgevou en die kos wat hy die oggend gekoop het daaronder toegemaak. Dit was kwart oor nege, die son het nog glad nie deurgebreek nie en dit het by tye hard gereën, maar die lug was bedompig en hy kon voel hoe sy oksels sweet.

Hy is te voet verder.

Daar was te min tyd om te dink voor hy Bernardo Bravo afgelaai het. Vandat hy die vaal Fiat herken het tot Bravo teen daardie trap af is, was hoe lank? Drie minute? As Bravo die lorrie bestuur het, het hy óf die Fiat misgery óf die Henschel saam met die Fiat verongeluk. Maar nogtans, dit was 'n fout. Hy moes nie die priester in sy beskonkenheid daar ingestuur het nie.

Daar was min voetgangers op straat en die voertuie was byna almal militêre vragmotors vol soldate. Die moontlikheid dat daar tussen hulle iemand sou wees wat hom herken, was bitter skraal – en tog het hy onwillekeurig anderpad gekyk elke keer dat daar 'n voertuig verbykom.

Hy kon die cul-de-sac al van ver af sien. Daar was niemand daar nie, maar hy het nie verwag hulle sou oop en bloot vir hom staan en wag nie. Daar was heelwat bome en hoë werfmure en bloureën en bougainvilleas. Genoeg om in weg te kruip.

Op die plek waar Bravo afgeklim het, het 'n skoen gelê en drie tree verder, waar die trap begin, nog 'n skoen – manskoene sonder veters. Hy het die wêreld om hom bekyk, hard keelskoongemaak, gefluit. Daar was niemand.

Die skuinste agter Bravo se woonstel was toegegroei van wilde rankgoed en reuse-piesangbome en hy kon net stukke van die gebou se dak tussen die bome deur sien.

Lukas het teen die trap begin afklim. Dit het skuins na links geloop en dan skerp regs geswaai. Net om die draai het iemand se leliewit kaalvoete tussen die piesangstamme uitgesteek. Bravo het op 'n bed van verrotte blare sit en slaap, sy rug gestut teen die half toegerankte, mosbedekte beeld van 'n gerub wat met 'n gebreekte, besorgde gesig na hom afstaar.

"*Padre!*" Lukas moes hom skud om hom wakker te kry. "Wat maak jy hier?"

"Ek wag vir jou."

"Waar is die meisie?"

"Is sy nie hier nie?" Hy was nog baie deur die slaap.

"Het jy haar gesien, *padre*? Het jy haar gekry?"

"Help my op."

"Ek vra jou? Het jy haar gekry?"

"Ja, sy hardloop hier rond met een van my rokke aan. En sy's so beneuk soos 'n geitjie. Sy sê ek is dronk."

"Maar waar's sy nou?"

"Ek weet nie."

"Hel, ek stel ons altwee se lewens in gevaar en ek neuk die Henschel op net sodat jy als kan befoeter!"

"Help my."

Lukas het die trap begin klim. "Jy kan bly wees daardie spul het jou nie hier gekry nie."

"Ek was besig om weg te kruip. Ek het seker maar aan die slaap geraak."

Lukas was skielik haastig. "Jy moet kom as jy wil saamkom. Ek gaan nie vir jou wag nie."

Hy is weer 'n ent in die straat af en by 'n paar erwe in om navraag te doen. Toe hy terugkom, sit die priester uitasem op die bopunt van die trap besig om sy skoene aan te trek.

"A, *irmão*, ek dag jy's weg."

"Het jy haar gesê julle moet hier vir my wag, *padre*?"

"Ek het." Hy't baie moeisaam orent gesukkel.

"Het sy nie gesê waarheen sy gaan nie?"

"Wat gaan met jou aan? Die vroumens is groot en parmantig genoeg om vir haarself te sorg."

"Ja, jy ook."

Lukas het aan die oorkant van die straat op die grond gaan sit. Hy kon nie glo wat aan die gang is nie. Hy wou wegkom. Dis al wat hy wou doen. Hy wou uit Luanda uit wegkom na Moeka toe. Hy wou Moeka gaan oplaai in Sá da Bandeira en haar saam met hom vat suide toe. Hy wou uit die oorlog uit ontsnap, die oorbekende, onbekende land tegemoet waaroor hy sy lewe lank gewonder het. En hier was hy, 'n blok weg van 'n halfdosyn gewapende mans wat God weet hoekom sy bloed soek, besig om 'n dronk priester te pamperlang, in die warm reën, besig om op 'n vroumens te wag wat hy glad nie ken nie, omdat hy iewers, êrens vorentoe, eendag, graag sy hande in onskuld wou was; omdat hy sou wou sê ek is skuldig aan myself, net aan myself – ek het nie skuld aan daardie verlate, afgeleë land wat my nooit wou hê nie.

"*Irmão* . . ."

"Se gat, man." Hy het dit in Afrikaans gesê. Hy het 'n behoefte gehad, skielik, om met die wêreld Afrikaans te praat. Hy was nie meer lus vir Bernardo Bravo nie.

Die priester het dit skynbaar ernstig oorweeg om oor die straat te stap tot by Lukas, maar hom bedink en op die randsteen gaan sit.

"Ek het 'n wonderlike droom gehad," sê hy. "Ek droom ek en Descartes en Immanuel Kant en Jaspers en Heidegger en nog 'n klomp is bymekaar. Ons stap in 'n groot woud en ons sing almal saam. Ons sing in stemme. En terwyl ons sing, sien ek daar is Augustinus ook, en Nietzsche en Thomas Aquinas en almal."

"Was daar nie dalk engele ook nie?"

"Dit was 'n wonderlike droom. Want ek kan nie sing nie. Ek wou my lewe lank nog sing, maar ek sing vals. Maar in my droom sing ek elke noot skoon en helder en nootvas . . ."

Hy het haar van ver af sien aankom. Sy het in die middel van die straat geloop. Omdat die swart priestersgewaad vir haar te groot was, moes sy dit aanmekaar oplig. Hy het haar tegemoet gegaan.

Haar kortgeknipte krulhare was vol reëndruppels en sy was kaalvoet.

"Wat het van jou lorrie geword? Ek soek heeltyd vir 'n lorrie."

"Ek is jammer. Als het verkeerd geloop."

Sy het gelag. "Dit het 'n manier, altyd, met my."

"Waar was jy?"

"Ek het nie kans gesien vir jou sogenaamde *padre* se dronkmanspraatjies nie."

Hulle het dit eers oorweeg om die priester weer in die piesangbos te gaan wegsteek, maar daar het drie jeeps vol gewapende soldate by die woonstelgebou opgedaag en die omgewing begin fynkam. Hulle moes padgee.

"Sal jy kan loop, *padre*?"

"Ek sal probeer."

Maar hy was swak. Hy het klaarblyklik dae laas geëet. Hulle het weerskante van hom geloop en hom ente-ente ondersteun. Dit was moeilik, veral vir die meisie, want sy was die kortste van die drie, en boonop het sy heeltyd die swaar soetane se some raakgetrap.

"Julle kan my maar los," het hy kort-kort gesê, "ek sal terug kerk toe."

"Jy moet eers kos in jou lyf kry. Daar is baie kos in die lorrie."

"Waar is die lorrie?"

"Net hier voor." Met daardie pas sou dit hulle 'n tydjie neem om by die Henschel te kom. "Dis nou nie meer te ver nie, *padre*." Kort-kort. "Die lorrie is nou naby."

Dit het die hele tyd nog fyn gereën.

Halfpad kon sy bene nie meer nie. Lukas moes hom dra. Die meisie het heelpad nie een keer met die priester gepraat nie.

By die Henschel aangekom, het hulle Bravo voor in die kajuit ingehelp. Hy het nie goed gelyk nie. Lukas het vir die meisie sy knipmes gegee en gevra sy moet van die salami sny en die priester voer terwyl hy die verkoeler probeer regmaak.

Die Henschel het hom selde in die steek gelaat. Maar omdat hy dikwels ver paaie moes ry wat min verkeer dra, het hy oor die jare geleer om selfvoorsienend te wees. Sy gereedskaptrommel het gelyk soos 'n rommelwinkel. Daar was iets van alles in. Binddraad, waaierbande, vonkproppe, 'n verdelerkop, skuurpapier, hegpleister, foelie, boutjies en moere, seep, soldeersel, stopverf, pik, noem maar op. Hy het 'n stuk pik sag gebrei, nog 'n reep uit sy hemp se stert geskeur, die pik daarin toegedraai, dit tussen sy hande platgerol en die pikprop met 'n skroewedraaier versigtig in die verkoeler se lekplek ingewerk. Waar hy onder die lorrie lê, kon hy hoor hoe die meisie al hoe ongeduldiger probeer om iets in die priester se keel af te kry.

Die bietjie water wat daar nog in die kan was, het hy in die verkoeler gegooi. Dit het nog by die lekplek gedrup, maar ten minste nie meer uitgestroom nie. As dit hulle net tot buitekant die stad kon kry, sou hy tevrede wees.

Bernardo Bravo het op die voorste sitplek gelê toe hy by hulle kom. Hy was spierwit in die gesig en sy oë was toe. Daar het 'n stuk salami in sy baard gesit.

"Hy wil nie eet nie."

"Nou los dan. Ons moet ry."

"Jy sal my by die stasie aflaai?"

"In daardie klere?"

"Ek het niks anders nie."

Daar was heelwat vulstasies in die omgewing, maar Lukas moes by die een ná die ander verbyry. Almal was deur soldate beset. Die beskikbare brandstof was skynbaar net vir goedgekeurde kopers. Hoe nader hulle aan die middestad gekom het, hoe besiger was die strate. Maar dit was nie soos voorheen gewone burgerlike verkeer nie. Dit was jeeps, meesal, en soms vragmotors, vol mense in kamoefleerdrag; almal gewapen. Die stad was besig om vol te loop van soldate uit die noorde wat hul vryheid kom vier.

Die Henschel het weer begin kook.

Mesquitela se bouwerf was in die Avenida Caixinha, sowat vier blokke weg, en dit was afdraande soontoe. Lukas het by die laaiwerf ingetrek en nie die lorrie afgeskakel nie. Daar het stoom onder die kap uitgeslaan.

"Is die ding al weer stukkend?" wou Elena weet.

"Dis nie 'n ding nie. Dis 'n lorrie. Hy soek net water, dis al." Daar het die reuk van brandende olie onder die kap uitgekom en dit was nie 'n goeie teken nie. Hy het die kap oopgemaak en Paulo Mesquitela deur die wolke stoom aangestap sien kom.

"*Amigo!*"

Jy kon 'n eier op die enjinblok bak.

"As jy iets kom aflaai, *amigo*, spaar jou sweet. Ek gaan toemaak."

"Vir wat?"

"Aan wie dink jy gaan ek verkoop?" Hy het na die hoek van die werf beduie. "Kyk daar!" Daar het 'n hoop vyf-by-agts lê en smeul. "Hulle het nou al twee keer vandag my voorraad probeer brandsteek!"

"Dit sal oorwaai, Paulo."

"Vir jou, ja. My vel is wit!"

Selfs op doodgewone dae had Paulo Mesquitela 'n luidrugtige manier van praat; dié dag het hy elke sin gebulder.

"Kook sy?"

"Sy makeer niks. Sy kort net water."

"Ek bring vir jou water."

"En petrol, Paulo. Het jy vir my petrol?"

"Wat ek waar kry? Hulle gee vir niemand petrol nie. Net die bliksemse terroriste kry nog gery."

Lukas het 'n lap gaan haal en die verkoelerkop afgeskroef. Hulle het die verkoeler volgemaak en al drie die waterkanne.

"Waarnatoe gaan jy?"

"Ek gee pad."

"Jy's gelukkig, jy't net 'n lorrie. Ek sit met 'n winkel en 'n huis en 'n vrou en vyf kinders en drie honde! Ek wou hulle op die trein sit gisteraand, maar die spoor is opgeblaas!"

"Daar's nie treine nie?"

"Jy moet sien hoe lyk daardie stasie! Die plek ruik pure begrafnis. Ek gaan gister; ek dag ek gaan kaartjies koop – dierbare Maria, *amigo* – toe lê daardie perron drie voet diep van die lyke!"

Elena, wat intussen by hulle kom staan het, het omgedraai en 'n paar tree eenkant toe padgegee. Haar klere was al deurnat, haar hare dun slierte in haar nek; nie een van hulle was meer regtig bewus van die fyn sifreën wat onophoudelik neersak nie.

Lukas het die kap toegemaak en die enjin afgeskakel en 'n bietjie radeloos staan en kyk na Bernardo Bravo wat nog steeds op die voorste sitplek lê en slaap.

Die paar sakke wat Paulo bymekaar kon kry, is vol skaafsels gemaak. Hulle het dit op die bak onder die olieseil gepak en Bravo daarop neergelê. Hy het dwarsdeur alles geslaap.

"As ek jy is, *senhorita*, ry ek ook agter onder die seil," sê Paulo. "Die mans . . . hulle skiet die mans – maar hulle mórs met die vroumense!"

"Ek gaan nie saam nie."

"Wat gaan jy doen?"

"Ek weet nog nie. Ek sal regkom."

"Daar's nie treine nie, Elena, jy hoor self."

"*Senhor*, gee jy om as ek jou telefoon gebruik?"

"Telefoon? Ons het al dae lank nie so 'n ding nie. Die lyne is dood!"

"Ry saam, Elena, die stad is nie meer veilig nie."

"Dan wat? My mense is in Marimba – jy gaan suide toe."

Paulo het die kruis geslaan. "Marimba? Jy kan vergeet van Marimba."

Elena het haar kop laat sak en 'n oomblik lank na die grond staan en kyk. Toe, sonder om iets te sê, klim sy in die Henschel en klap die deur toe.

Hoeveel keer het Moeka hom nie van vroumense probeer vertel nie. Oor hoe hulle koppe werk. Maar hoe meer sy uiteengesit het, hoe minder het hy verstaan. Want haar teksvers was nie twee keer dieselfde nie. "Vrouenskinders is anderlike goeters, Lukas. Kyk, vat nou vir Batseba. Jy weet self die Bybel lieg nie. Hulle kom na jou toe aan met hulle storietjies. Hulle blo jou die hele wêreld as jy tog net aan hulle ou appeltjie wil byt. En kyk waar sit Adam vandag. Hy dag nog hy eet, toe skop hulle hom onder sy gat uit die paradys uit." Dit was aandpraatjies om die etenstafel met die geur van Angelina Xavier se vel nog tussen die blommetjiesborde. Dierbare Angelina wat altyd smiddae sy huiswerksomme kom afskryf het. Sy was twee jaar ouer as hy en as sy na hom kyk, kon hy skaduwees deur haar oë sien vlieg.

Sy het elke winter dieselfde dun, swart trui gedra tot dit later vir haar heeltemal te klein was en hy nie meer nodig gehad het om te raai hoe haar tolletjies lyk nie. "Ek sien vir jou en Angelina. Jy kyk haar jersie se knope skoon stukkend. Jy's gans en al te nuuskierig vir jou jare. Ek is nie onnosel nie, Lukas. Arm is arm – maar waar kry sy die geld vir al daardie laventel?"

Ander dae was daar ander sentimente. "Die moeilikheid met julle seunskinders is julle verstaan nie meisiemense nie. Julle dink hulle is anderster. Hulle is g'n niks anderster waarvan jy hoef te weet nie. Daardie anderster is vir later. Man, basta met jou ge-ja-ek-weet, jy weet niks. Die dag as jy hulle geverstaan kry, sal jy uitvind hulle is op een en dieselfde patroon as jy geknip." Later, toe hy al sy eie potjie krap, het sy die meisiekinders begin huis toe bring die slag as hy kom kuier.

"Wat is dit met jou, Lukas? Jy sit heelmiddag of jy sonder bek en arms gebore is. Praat met haar, kind, sy soek om mee gepraat te word." Elke keer dat hy kom kuier, was daar 'n ander een wat skielik uit die donkerte van die voorkamer opdoem. Leonor. Eduarda. Anabela. "Is Tania nie die dierbaarste klein skepsel nie, Lukas? Haar hande staan vir niks verkeerd nie." Isabel. Eugénia. Almal wit meisies. Altyd. "Wat is dit met jou, Lukas! Is jy 'n trassie of wat?"

Wat Moeka nie geweet het nie was dat hy almal probeer het. Of byna almal. Party omdat hy verveeld was, ander omdat hy nuuskierig was, een of twee omdat hulle hom aangestaan het. En almal, sonder uitsondering, het in die een of ander delikate stadium van sy toenadering skielik gehuiwer, weggeskram, teruggedeins asof hy die perke van wellewendheid oorskrei.

Daar was altyd 'n brug tussen hom en ander mans. Hy kon hulle sonder moeite bereik en net so maklik deur hulle bereik word. Dit was anders met vrouens. Behalwe met Moeka wat maar altyd daar was. Maar elke ander vrouenskind wat hy ooit leer ken het, moes hy oor 'n afgrond leer ken, versigtig om nie klippe los te trap nie, voetjie vir voetjie. Selfs die paar wat hy bemin het en beken het, moes hy oor 'n afgrond bereik.

Dit was nie juis anders met Elena nie. Op 'n manier dalk tog 'n bietjie anders.

Niks tussen hulle was ingewikkeld nie en tog was sy ingewikkeld. Sy was beneuk, ja. Sy was wispelturig en beneuk. Maar dit was 'n beneukte tyd. Hy moes homself telkens, wanneer daar tyd was, koelbloedig herinner aan hulle eerste ontmoeting. Dit was tog onder Pirez se lyf, was dit nie? Onder die onbekende Pirez se laaste, triomfantlike, melancholiese orgasme. Maar selfs so iets raak verlore in 'n dag vol lyke. Daar was een of twee oomblikke daardie eerste dag dat hy van haar as 'n vrou geweet het, maar dit was nie eintlik 'n dag vir sulke dinge weet nie. Te veel was besig om verkeerd te loop.

Die suide van die stad was stiller as wat hy verwag het. Die strate was verlate. Daar was nie eens soldate nie. Daar was rook hier en daar, en een of twee uitgebrande motors, maar verder was dit rustig.

Hoe jy ook al wou ry, dit was 'n ompad Sá da Bandeira toe. By Quibala moes jy kies: wes oor Novo Redondo en Lobito of oos oor Nova Lisboa. Hy sou later daaroor besluit. Sy eerste mikpunt was Catete. Sy brandstof sou hom tot by Dondo kon bring, maar nie die verkoeler nie. As hulle net tot in Catete kon kom, sou hy die verkoeler laat regmaak.

Hulle het nie gepraat nie. Daar was niks om te sê nie. Elke oomblik op die pad was eintlik 'n wonder wat besig was om te gebeur. Dat die Henschel gehou het, dit was 'n wonder; elke draai in die pad, elke kilometer sonder soldate, sonder padversperrings – elke oomblik sonder oponthoud was 'n genade en 'n bestiering. Daar was nie tyd of lus of nodigheid vir praat nie.

Sy het een keer gevra, vroeg al, pas uit die stad uit: "Is ons op pad iewers heen of ry jy sommer?"

En hy het nie geweet wat om te sê nie, en gesê: "Ons kry net Luanda agter die rug."

Twee keer voor Catete moes hulle stilhou om water in te gooi. *Padre* Bravo het nog een stryk deur geslaap. Toe, laatmiddag, was Catete daar, en die plek was verlate met hier en daar 'n voetganger, die winkels gegrendel, die enigste garage onbeman en die enigste brandstofpomp met 'n afgeleefde slot gesluit. Maar daar was 'n kraan met water en hulle kon die kanne volmaak.

"Gaan ons hier bly vanaand of gaan ons verder?" Sy het 'n manier gehad om jou reguit in die oë te kyk; of sy met jou práat of na jou luister – jy het gewéét sy kyk vir jou. "Dalk is hier môre petrol."

"Ons sal Dondo haal met die petrol wat ons het."

"Maar dis ver. Ons sal deur die nag moet ry."

"Dis drie uur se ry. Vier uur. Ons kan tienuur daar wees. En dis beter in die donker. Ek dink dis veiliger in die donker."

Hulle het gery.

In die ooste was daar nog dik banke reënwolke maar in die weste was die lug skoon, met swaar kremetarte wat in die laaste bietjie rooi lig drywe.

"Hoe kom die gat in die voorruit?" wou sy in 'n stadium weet.

"Geskiet." Hy was besig om uit te werk hoeveel petrol hy nog oorhet. As 'n mens elke dag van jou lewe agter die stuurwiel is, veral op lang paaie met min volmaakplekke, dan ken jy later jou petrolmeter: jy weet hoeveel kilometer het jy in die tenk oor as daardie wystertjie 'n millimeter onderkant die kwartmerk hang. Hulle sou Dondo haal. Net-net.

"Hoekom ry jy so 'n groot lorrie?"

"Ek ry transport."

Die oliedruk was nog reg, maar die enjin was al weer aan die warm word. Ná donker sou dit beter gaan wanneer die lug begin afkoel.

"Hoekom het jy so 'n snaakse naam?"

"Ek is 'n Afrikaner."

"'n Wat?" As hy bedoel het hy is 'n Afrikaan, sou hy die woord *Africano* gebruik het. Maar hy het gesê Afrikaner.

"Ek is 'n Afrikaner. My mense kom uit Transvaal uit."

"*Compreende*. Jy's 'n Boer."

"Ja."

"'n Swart Boer?"

"Ja."

"Ek dag hulle is almal albino's."

"Party is *mulatos*. Soos jy."

"Is jy 'n *mulato*?"

"Ja."

"Jy's merkwaardig swart vir 'n *mulato*."

"Dit maak saak, het ek al agtergekom."

"Veral vir *mulatos*, ja. Ek kon dit ongelukkig nie bekostig nie; my ma was van houtskool gemaak. Ek het gesien, die dag toe sy en my pa geskiet is, hulle bloed was dieselfde."

Daar was nou 'n ander probleem. Hy het vergeet gehad van die bliksemse lig. Daardie aand op pad na Luanda, toe hy met die Henschel tussen die motorwrak en die duiwehok wou deur, het die een koplig in die slag gebly.

Lukas het skielik stadiger gery.

"Wat is dit?"

Daardie eerste nag kon hy dit bekostig om stadig te ry, maar teen veertig kilometer 'n uur en met 'n lekkende verkoeler sou die enjin hopeloos oorverhit.

"Is jy doof of het jy 'n manier om nie terug te praat nie?"
"Ek luister."
"Is jou pa en ma ook geskiet?"
"Ek het nie eintlik so iets gehad nie."

Eers toe dit heeltemal donker was, kon hy die vaal kolletjie lig aan die regterkant van die pad sien – skaars meer as 'n gedagte. Teen vyftig kilometer 'n uur moes hy merendeels op geloof ry.

"Jy praat niks, jy lag nooit, jy eet glad nie en lyk my jou blaas hou ook vir ewig."

"Ekskuus, Elena, is jy honger?"
"Ek het gesê my naam is Buba."
"Die Ringoma is nie meer te ver nie. 'n Halfuur of so. Ons kan daar eet. Dan kan ek sommer die waterkanne volmaak. Behalwe as jy 'n nood het."

"Ek sal uithou, ry maar. Ek hou al heeldag uit."

Dit het eintlik beteken hy moet stilhou. Maar omdat hy dit nie geweet het nie, het hy aanhou ry. Sy het nie weer gepraat nie, en hy was verlig daaroor. Die gedreun van die Henschel het dit moeilik gemaak om altyd te hoor wat sy sê.

Die maan was oor die Ringoma aan die opkom toe hulle van die pad afdraai en digby die oewer tussen twee groot riviervye stilhou, omtrent vyftig meter van die pad af. Hy het gedink hy sal die rivier hoor as hy die enjin afskakel, maar al wat hy kon hoor, was die geroggel en gesluk van die kokende verkoeler. Hy het sy flits onder die sitplek uitgegrawe en uitgeklim en langs die bak gaan staan.

"*Padre*, is jy nog hier?"

Daar was geen antwoord nie.

Hy het Buba se deur hoor oopgaan en haar hoor uitklim. Hy kon warm olie ruik en nat grond en oorryp vye.

Lukas het teen die bak se rand opgeklim en die seil weggetrek. "*Padre!*" Iets het in die oorkantste hoek geroer en hy het die seil verder weggetrek en die priester sien regop sukkel. "Leef jy darem nog?"

"Waar in die naam van die dierbare Vader is ons?"

"Op pad Dondo toe. Is jy honger?"

"Nee."

"Nou slaap dan verder; ons gaan eet."

Daar was heelwat dryfhout langs die water en hy het vuur gemaak en die kos afgelaai. Die lorrie was oplaas afgekoel en stil en hy kon die rivier hoor en rietpaddas en krieke. Elena was die veld in. Hy het sy trommel afgelaai en daarop tafel gedek. Sy blikbord en mes en vurk vir Elena, 'n bottel wyn, brood, kaas, salami: dit was immers hulle eerste maaltyd saam.

Ná 'n ruk kon hy haar van die rivier se kant af sien aankom en hy het solank vir haar wyn geskink.

"Ek dag ons ry tot op Dondo."

"Ek het van plan verander. Hierso." Hy het die beker vir haar gehou. "Ons het iets om te vier."

"Wat?"

"Dat ons nog lewe!"

"Nie vir my nie, dankie. Ek gaan slaap."

"Ek dag jy sê jy's honger."

"Ek het van plan verander."

Sy het in die lorrie geklim en die tweede keer daardie dag die deur toegeklap dat die ruite in hulle rame rittel.

"*Saúde!*" Hy het die beker vir die sekelmaan gelig en die suur wyn agter in sy keel ingegooi.

"*Irmão!*"

In die lig van die vuur kon hy die priester oor die rand van die bak sien loer.

"Ja."

"Het ek jou vertel van die droom wat ek gehad het?"

"Van Immanuel Kant-hulle?"

"Dis reg."

"Jy het, *padre*."

"Ek wonder nog heeltyd wat dit was wat ons gesing het."

Lukas het die bottel rooi wyn alleen opgedrink en langs die vuur tussen die krieke geslaap.

Hulle was die volgende oggend net ná agt in Dondo. Die enigste vulstasie in die dorp was sonder brandstof. Die bejaarde man by die toonbank was filosofies oor die saak. "Dalk môre, *senhor*, dalk oormôre, dalk nooit weer nie. Gelukkig het jy darem nog jou voete."

"Is hier blyplek?"

"Jy wil hier bly? Niemand wil meer hier bly nie."

"Tydelik. Tot die petrol kom."

Die ou man het Lukas oor sy bril staan en bekyk, duidelik 'n bietjie dronkgeslaan. Hy het 'n stoflap uit sy broeksak getrek en die toonbank begin afvee. "Jy kan bly waar jy wil, die dorp is omtrent leeg."

"Waar is almal heen?"

"Suide toe. In hulle moer in weg na waarheen toe jy ook maar op pad is. Hoe lyk Luanda?"

"Slegter as hierso, *senhor*. Ek kom môre weer."

Die meeste winkels en woonhuise in die hoofstraat was afgebrand, maar in die systrate was daar min skade.

'n Man sonder bene met die naam Jacinto wat deur 'n swetterjoel swart kinders op 'n kruiwa rondgestoot is, het hulle onder sy vlerk geneem. "Daar is nog net drie winkels in die dorp wat besigheid doen. Maar kos is skaars. As julle blyplek soek – ek het baie." Hulle is met die Henschel agter sy kruiwa aan tot by 'n huis tussen 'n bos dadelbome 'n blok weg van die hoofstraat. Die voordeur het oopgestaan. Die meeste van die vertrekke was leeg, maar daar was drie enkelbeddens en 'n yskas en 'n koolstoof en 'n hurktoilet en 'n tafel en stoele. "Dit was Rui Leitão se plek. Hy's eergister weg." Jacinto het van die kruiwa af tot op die voordeur se trap geskuif en behendig, soos 'n padda, op hande en boude die huis ingewip. "Dierbare Maria, hy't sy vrou afgestuur slaghuis toe oor hy lus was vir niertjies vir brekfis. Toe is dit net die tyd toe die lorries van Luanda af aankom. Kwart oor agt. Twintig oor agt toe brand die hele hoofstraat. Ek het Rui se vrou voor die slaghuis gekry; sy't nog die pakkie niertjies vasgehou. Veertien koeëls, *senhor*, veertien koeëls vir 'n arme klein vroumensie wat skaars 'n gieter water kon optel. Hier's nog melk in die yskas. Ek is jammer oor al die goed wat weg is, maar die mense kom vat net en loop. Hulle't vanmôre net ná sonop die rusbank hier kom vat. Ek het vir hom kom sê, vir Rui, van sy vrou. Hy't nie klere gevat nie, niks. Hy't in sy kar geklim en sy vrou se lyk gaan oplaai en gery. Ek het die middag hier gekom, toe staan die tafel nog net so gedek vir die arme bliksem se brekfis."

Lukas het 'n katel gevat en dit in een van die leë kamers ingedra. Hy kon die priester in die binnehof agter die huis met Elena hoor praat. Die hele huis was vol duisendpote en muskiete en kokkerotte asof daar maande lank niemand gebly het nie. Die kombuis se opwasbak het gekrioel van die miere.

Hy het daardie oggend die kos uit die lorrie gaan haal en dit in die kombuis op die tafel gepak. Daar was 'n gelag buite. Deur die venster kon hy sien hoe die priester geanimeerd beduie. Hy was duidelik nie meer siek nie.

Daar was min verband tussen die meisie wat voor die priester op haar hurke sit en lag en die een van die vorige nag.

Hy het die een of ander tyd lank voor sonop wakker geword van 'n gewerskaf by die vuur. Sy het twee tree van hom af op haar knieë gestaan, besig om hout te breek en op die kole te pak.

"Slaap jy dan nie?" wou hy weet.

"Nee."

Hy het na die vyeboom se stam lê en kyk wat blekerig dans in die lig van die vlamme.

Toe sy weer praat, was dit of sy 'n gesprek voortsit wat al vroeër begin het. "Mens kom net by 'n punt, is dit nie, waar alles vassteek." Hy het nie begryp wat sy bedoel nie en besluit om geduld te gebruik. "Die Here weet hoekom ek hier is." Sy het 'n oomblik na hom gekyk en weer 'n stuk tak afgebreek en in die vuur gegooi. "Saam met twee wildvreemde mense God weet waarheen. Suide toe. Ek ken niemand in die suide nie. Die paar wat nog oorgebly het, is in Marimba. Die paar wat daar was. As hulle nog daar is. Pirez was die laaste een van wie ek geweet het. Die Here weet hoekom ek hier met jou moet sit en praat, hoekom ek – hoekom hulle my toegesluit het, hoekom hulle Pirez geskiet het; die Here weet hoekom hier hoegenaamd 'n oorlog aan die gang is. Dit wil sê ás Hy weet. Ek glo nie Hy weet nie."

"Ek verstaan hoe jy voel."

"Jy verstaan nie. Jy verstaan niks!"

"Ek het ook 'n paar goed gesien die afgelope tyd, Elena."

"Jy hou aan met Elena. My naam is nie Elena nie!"

"Pirez het jou so genoem!"

"Hy was die enigste een. Pirez was die enigste en die laaste een wat my so genoem het."

"Ek verstaan."

"Jy verstaan verdomp niks. Jy's onnosel. Ek probeer al twee weke – ek soek al twee weke lank iemand vir wie ek kan vertel van my pa en ma. En ek kies jou. Jesus alleen weet hoekom. Oor daar niemand anders is nie. En jy luister nie eers nie – jy sit jou en verknies oor jou simpel ou lorrie se fokken ou verkoeler! Moenie vir my kom sê jy verstaan iets nie."

"Goed, ek verstaan nie. Ek verstaan net so min daarvan as wat jy verstaan."

"Jou moer, man." Sy is die donker in, 'n bietjie koersloos.

Hy het vir haar lê en wag. Toe sy ná 'n halfuur nog nie terug was nie, is hy agter haar aan. Sy het naby die water teen 'n boom gesit en hy het skuins agter haar gaan hurk, twee tree van haar af.

"Vertel my van jou pa en ma," het hy ná 'n ruk gesê.

"Dis nie meer nodig nie. Ek het klaar gehuil."

Die sekelmaan was besig om agter die bome in weg te raak en daar was mis oor die rivier.

"Jy het nie dalk vir my 'n baadjie nie?"

"Nee. Maar ek het 'n vuur."

Hulle het by die vuur gaan sit en wag vir die son om op te kom. Later het die priester wakker geword en hy was heelwat beter. Hy het by hulle kom sit. En in die eerste bietjie lig het hulle drie, woordeloos, hulle eerste maaltyd saam geëet.

Dit was die priester wat later die oggend in Rui se agtertuin, met alles nog 'n bietjie aan flarde en niemand nog heeltemal seker van enigiets nie, skielik die skyn van waarheid aan die tand kom voel het. Hulle was besig om tee te drink. Daar was 'n oop blik op die rak bokant die stoof met 'n eetlepel teeblare en 'n klomp dooie kokkerotte in en Lukas het die kokkerotte uitgehaal en Buba het die tee gemaak. Hulle het onder die prieel gesit en vlieë waai toe Bernardo Bravo skielik vra: "Hoe lank gaan ons daar bly?"

"Waar?" wou Lukas weet.

"Waarheen ons op pad is."

Buba het in haar tee gestik en anderpad gekyk. "Waar dit ook al mag wees."

"Ons is op pad grens toe, *padre*." Lukas het sy koppie op die tafel neergesit. "Ons gaan nie weer terug nie."

"Nie?" Hy het 'n oomblik 'n bietjie verlore gelyk. "Het iemand my daarvan gesê?"

"Dit was nie regtig moontlik nie, was dit, *padre*? Jy was besig om jou roes af te slaap."

"Is ons nou daar, *irmão*? Is ons nou by die punt waar ons mekaar begin verneder?"

"Jy kan omdraai as jy wil."

"Kan ek?"

"Die eerste keer toe ek jou opgelaai het, was jy verder van Luanda af as nou. En jy was op pad noorde toe."

"Dankie dat jy my herinner. Ek vergeet heeltyd."

Daardie middag, op sy rug onder die Henschel, besig om onderstebo te probeer soldeer, het Jacinto hom geselskap gehou.

"Waar is die *senhora*?" Hy was duidelik baie in sy skik met die *senhora*.

"Sy is dorp toe om te gaan klere koop."

"Sy moenie so alleen rondloop nie. G'n vroumens loop meer deesdae alleen in Dondo nie."

"Sy kan goed vir haarself sorg."

Jacinto het 'n runnik-laggie gelos. "Ek kan dit sien, ja. Haar oë brand soos vuur. En die *padre*?"

"Ek weet nie. Ek dink hy is op pad terug Luanda toe."

"Hy lyk mal genoeg. Maar hy sal nie daar kom nie."

"Hoekom nie?"

"Hulle het die brug oor die Ringoma opgeblaas vanoggend."

"Wie?"

"Die MPLA."

"Maar teen wie baklei hulle nog? Portugal het tog klaar boedel oorgegee."

"Om die wit juk af te gooi, was die maklike deel. As ek moet raai, sal ek sê die oorlog het nou eers begin."

8

In die eerste week van September was daar berig in die koerante oor twee blanke mans wat in 'n blokkade by die Uniegebou betrap is met 'n motor vol plofstof. Die een, Albertus Conradie, was 'n polisiekonstabel en die ander een, Willem du Plessis, 'n dienspligtige in die weermag. Albei was 22 jaar oud. In daardie tyd was dié soort voorvalle so algemeen dat dit nie meer veel aandag getrek het nie. Die enigste rede hoekom die betrokke geval die voorblaaie gehaal het, was omdat Conradie en Du Plessis onmiddellik erken het dat hulle op pad was om die minister van buitelandse sake se kantoor die lug in te blaas, dat dit 'n godgegewe opdrag was en dat hulle van plan was om die dinamietkerse aan hulle lywe vas te bind en met die brandende lonte die Uniegebou binne te storm. In 'n televisie-onderhoud 'n paar dae later het 'n polisiewoordvoerder beweer Du Plessis het erken dat hulle nie geweet het waar die minister se kantoor is nie en dat hulle nie geweet het of die minister ten tye van die voorval hoegenaamd in die gebou was nie.

'n Week later, op 15 September, het Conradie en Du Plessis weer die voorblad gehaal, hoewel nie deur hulle eie toedoen nie. Op pad hof toe, volgens die berigte, is 'n poging aangewend om die twee uit 'n polisievoertuig te ontset. 'n Ongeïdentifiseerde jong man is in die proses ontwapen en in hegtenis geneem.

Ongeveer in dieselfde tyd dat dié berig verskyn het, ek dink dit was in dieselfde week, bel Lukas my een aand laat. Hy was baie duidelik uitasem. "Dis Lukas hierso," sê hy. "Ek kan nie lank praat nie. Hallo, is jy daar?"

"Ja," sê ek. "Hoe gaan dit?" Ek het nog niks vermoed nie.

"Gaan sien vir Azahr Patel. Moet glad nie weer na my toe kom nie – gaan sien eers vir Azahr Patel." Hy het die foon neergesit.

Ek het dié naam onthou.

Daar was 'n halwe honderd Patels in die telefoongids, veertien met die voorletter A, en nie een is as prokureur aangedui nie. Ek het al die drapers en outfitters en wholesale produce merchants uitgeskakel en die res begin bel.

Ene Ahmed Patel het my op Azahr se spoor gebring. "You call

him a lawyer? Trouble-shooter, maybe. I think I've got his telephone number."

Azahr Patel was nie sommerso beskikbaar om mee gepraat te word nie. Sy sekretaresse het my onder kruisverhoor geneem en geweier om my na hom toe deur te skakel; ek moes maar self inkom en my beurt afwag.

Sy kantoor was op die eerste verdieping van 'n ou gebou aan die westekant van Markstraat. Op sy deur was 'n klein kennisgewing met die hand geverf: *A. Patel – Stockbroker*. Die wagkamer was karig gemeubileer. 'n Stuk of ses mense het sit en wag. Daar was nie 'n enkele skildery of selfs 'n almanak teen die mure nie en die plastiekvaring in die hoek was gebreek en stowwerig. Die tydskrifte – *Bona*, *Scope*, *Huisgenoot* – was almal meer as 'n jaar oud en reeds aan flarde gelees.

Die man wat my uiteindelik te woord gestaan het, het knaend pyp gerook en vlot Afrikaans gepraat. Hy was 'n skraal man met 'n trui waarvan die moue effens te kort was, 'n dun en verslete traandruppeldassie en 'n bril waarvan die lense so dik was dat 'n mens glad nie sy oë kon uitmaak nie.

"Ek kom u sien in verband met Lukas van Niekerk," sê ek toe ons albei sit. "Eintlik kon ons dit seker maar oor die foon afgehandel het, maar u sekretaresse . . ." Ek het skielik vermoed hy weet glad nie van wie ek praat nie. "U ken vir Lukas?"

"Nee."

"Hy bly in Alexandra. Luke."

"Ken hom nie. Do I know him?"

"Hy sê so. So 'n groot ou. Stonkie sê hulle vir hom."

"Wat doen hy vir 'n lewe?"

"Hy verf huise. Hy ry taxi."

"Jy praat van Sipho Mbokani."

"Ek dink dis wat hy homself noem, ja."

"Ek ken hom." Hy was besig om tussen sy leggers rond te soek. "U het vir my 'n boodskap van hom af?"

Hy het my 'n paar sekondes lank deur die troewelte van sy bril bekyk en toe sy kop geskud. "Nee."

Ek het hom vertel van die telefoonoproep.

"Julle is vriende?"

"Ja."

"Hy hou hom met die verkeerde mense besig."

"Ekskuus?"

Hy het sy pyp aangesteek en die rook oor sy skouer weggeblaas. "In die townships is daar nie meer so iets soos 'n middeweg nie, meneer. Jy's vir of jy's teen – there's nothing in between."

"Ek weet nie of 'n mens kan sê hy probeer in between wees nie."

"Ek weet dit, en jy weet dit miskien. Maar Ndamene-hulle dink nie so nie. Hulle glo nog altyd hy's 'n informant."

"Wie is Ndamene?"

"Azapo." Hy was heeltyd besig om tussen die papiere voor hom op die lessenaar rond te peuter, vuurhoutjies te soek, sy pypsteel oor die snippermandjie skoon te skud, sy laaie oop te trek en toe te druk.

"Is Sipho nou 'n informant net oor hy my sien?"

"Ek weet nie. Ek ken nie u konneksies nie. Hoekom noem u hom Van Niekerk? Is dit 'n kodenaam?"

"Nee." Ek kon sien hy wag op 'n verduideliking. En dit was skielik duidelik dat hy minder van Lukas weet as wat ek verwag het. Of dat hy voorgee dat hy niks weet nie – omdat hy my nie vertrou nie. "Hy sou my nie sonder rede na u toe gestuur het nie, meneer Patel. Ek neem aan u kan my iets vertel waaroor hy nie oor die foon kon praat nie."

"Hy't tog gesê wat hy wou sê: keep clear until I contact you. Hy het seker sy redes."

"Hy's nie in die moeilikheid nie?"

"Nie waarvan ek weet nie."

"Wanneer laas het u met hom gepraat?"

"Gister. Of vandag. Nee, ek dink dit was gister. Hy't niks gesê van moeilikheid nie."

"So hy't my verniet na u toe gestuur?"

Die binnefoon het gelui en hy het opgetel. "Yes, I know, I'm coming." Hy het die foon neergeplak, op sy horlosie gekyk en opgestaan. "Ek moes al vyfuur op 'n ander plek gewees het."

"Ek stap saam uit."

Ek het geweet as ek hom nou laat wegkom sonder om op die een of ander manier sy vertroue te wen, sou my hande afgekap wees; ek sou nie kon Alexandra toe nie en ek sou nie maklik weer by hom 'n afspraak kry nie.

"U moet my verskoon as ek u tyd gemors het, maar ek is besorg oor Sipho."

"Ek glo nie dis nodig nie." Hy was besig om sy baadjie aan te trek – 'n verslete swart leerbaadjie met bruin lapwerk op die elmboë. "Hy's groot genoeg om vir homself te sorg." Hy het in sy sakke begin rondsoek – 'n sakdoek uitgehaal, los vuurhoutjies, halfgebruikte pypskoonmakers, 'n brildosie; nie gekry waarna hy soek nie en in sy laaie begin krap. Die deur het oopgegaan. "OK, Tamyl, I know I'm late." Die deur het weer toegegaan.

"Miskien het ek Sipho verkeerd verstaan," probeer ek. "Dalk kon hy u nie in die hande kry nie, toe bel hy my."

"Hoekom? Ek het dan vanmôre met hom gepraat. Of gister."

"Toe sê hy niks?" Hy het gekry waarna hy gesoek het – sy pakkie Fox – en sy tas gegryp en op die deur afgepyl. Die deur het asof vanself oopgegaan en Tamyl het haar mond oopgemaak en gesien hy is op pad en haar mond toegemaak. "Yes, I know, Tamyl, I'm coming."

Ek was kort op sy hakke.

"Is he going with you?"

"Yes. No!"

Daar was niemand meer in die wagkamer nie.

"Have you got your keys?"

"Yes. I don't know. I think so."

Ons was reeds by die deur uit.

"Gee u om as ek weer môre bel, meneer Patel? Ingeval u iets van hom hoor."

Hy het verras omgekyk asof hy 'n oomblik van my vergeet had. "Hoe pas u eintlik in die prentjie?"

"Ek pas nêrens in nie. Ek is bloot 'n fasiliteerder."

"Wat beteken dit?"

"Dit beteken ek is nie belangrik nie. Ek is 'n skrywer – of ek was een; ek skryf nie meer nie. Ek het opgedroog."

In plaas van voordeur toe het hy regs geswenk en ons is by 'n sydeur uit en teen 'n brandtrap af die agterplaas in.

"Jy soek 'n storie?"

"Ek sal lieg as ek sê nee. 'n Mens hou seker nooit weer op soek nie. Maar ás dit oor 'n storie gegaan het, gaan dit nie nou oor 'n storie nie." Azahr Patel was besig om in 'n deurgeroeste, vaalgebakte 1969-Volkswagen beetle te klim. Ek het geweet ek het nog net 'n paar sekondes tyd. "Is hy u kliënt, meneer Patel?"

"Seker so min of meer, ja." Die beetle het dadelik gevat, gekets en gevrek.

"Ek is bang dis dalk my skuld dat hy in die moeilikheid is."

Die beetle het weer gevat.

"Sipho het gespioeneer op 'n plaas by Midrand waar 'n groep ultraregses skoolkinders oplei."

Maar dit was te laat. Die beetle het in 'n rookwolk weggetrek en stotterend by die hek uitgery. Op die agterruit was 'n verbleikte *I love Alex*.

Die enigste verklaring vir die feit dat ek Deon se naam nie in die koerante raak gesien het nie, is dat daar daardie week soveel ander opspraakwekkende nuus in die koerante was. Daar was verskeie bomontploffings in Johannesburg en Pretoria, die devaluasie van die rand, die mislukte sluipmoordaanval op 'n kabinetsminister, die landwye hospitaalstaking en die brand in Soweto.

Jan McDonald van die *Pretoria News* het my een oggend vroeg gebel om te hoor of daar al 'n verhoordatum is.

"Wat se verhoordatum?"

"Deon s'n."

"Nee, wag 'n bietjie, nou's ek nie met jou nie."

"Dis tog jou Deon, is dit nie?"

"Wat gewat het?"

"Wat Du Plessis en Conradie wou help ontsnap het."

"Nee, dis nie my Deon nie."

"Ek dink jy moet seker maak."

Dina was in 'n geel sweetpak, rooi kopdoek, blou pantoffels en pienk rubberhandskoene besig om leeubekkies te plant toe ek by haar aankom.

"Hoe bedoel jy waar is Deon?" 'n Toevallige verbyganger sou gesê het sy is besig om met haar tuingrafie te gesels. "Jy weet goed waar is Deon."

"In die skool. Reg?"

Sy het 'n oomblik lank na my toe opgekyk met daardie uitdrukking in haar oë waarmee sy vroeër my minder geslaagde grappe begroet het, en toe voortgegaan met haar plantery.

"Ek het jou iets gevra, Dina."

"Gaan vra vir jou regering. Dalk sal hulle weet."

Ek het op my hurke langs haar gaan sit. "Wil jy vir my sê Deon sit in die tronk en ek weet niks daarvan nie?"

"Wat sou jý daaraan kon doen? Ek hét 'n prokureur."

"My liewe Here, Dina . . ."

Sy het haar bes probeer om doof te lyk.

"Of jy dit nou wil weet of nie, maar hy is my kind ook."

"Daar was 'n tyd toe hy ook so gedink het." Sy was besig om haar leeubekkies al hoe vlakker te plant.

"Wanneer het dit gebeur?"

"Maandag."

"Wat maak hy op 'n Maandagoggend in Pretoria as hy in die skool moet wees?"

"Ek het hom by die skool afgelaai."

"Begin dit jou ook opval, Dina, dis elke keer kinders wat gebruik word? Die groot, vet ooms met die bakkebaarde sit en planne smee en die kinders moet die vuilwerk doen."

"Niemand het Deon voorgesê nie, my skattebol. Toevallig is Willem een van sy beste vriende. Hy's soos 'n kind in my huis."

"Hoe is dit dan dat ek nog nooit van hom gehoor het nie?"

"Want jy bly nie meer hier nie, dís hoekom."

"Goed, jy wen. Mag ek miskien as troosprys weet wie ondersoek die saak?"

Kaptein Daan Pretorius was verrassend jonk vir sy rang. 'n Gesette man met rooi wange en babablou oë en 'n asem wat na Pro Nutro ruik. Ek het die gevoel gehad hy gaan enige oomblik sy tietiebottel onder die lessenaar uithaal.

"Familie?" wou hy weet.

"Ek is sy pa."

Hy het verlig geglimlag. "Gawe kind."

"Ek is bly u dink so."

"U wil hom sien?"

"Ek wil hom uit hierdie plek uit hê."

"Ons moet hom eers in die hof kry voor ons kan borg reël. En ons kan hom nie in die hof kry voor die ondersoek afgehandel is nie."

"Daar is nie veel om te ondersoek nie. Hy wou twee mense help ontsnap en hy's op heterdaad betrap."

"Hy was nie alleen nie. As hy wou saamwerk, was die ding al afgehandel – maar ons kry nie 'n woord uit hom uit nie."

"Kan ek hom alleen sien?"

Ons is in 'n lang gang af, teen 'n trap op en by nog 'n gang in. Die vertrek waarin ek moes wag, was ongemeubileerd behalwe vir vier plastiekstoele en 'n tafeltjie met 'n asbak op. Die blokkiesvloer was blinkgevryf en daar was geen vensters nie.

Ek moes nie te lank wag nie. Hy het alleen ingestap gekom en iemand het die deur agter hom toegemaak. Ek kon sien hy het pas gehuil.

Op pad Pretoria toe was daar baie wat ek wou weet en nog meer wat ek wou sê. Maar die kind se bloedbelope oë het my tydelik ontwapen. Hy het langs my kom sit en na die vloer sit en kyk. En weer begin huil. As 'n mens dit huil kon noem. As hy hom verdomp maar net wou oorgee aan sy emosies sou ek dit nog op 'n manier kon hanteer – maar daar was geen trane nie, daar was geen geluid nie, net 'n verwronge gesig wat na die vloer sit en staar.

Daar was skielik nie baie om te sê nie. Ek kon net my arm om hom slaan. Wat hy nie wou hê nie. Hy het onder my arm uitgebuk en opgestaan en 'n draai deur die vertrek geloop, by die deur gaan staan. "Pa hoef my nie jammer te kry nie. Ek het dit gedoen omdat iemand móés." Ek kon sien hy moes kies tussen trane en bravade – en hy het nie kans gesien vir trane nie.

"Toe doen jy dit maar."

"Ja."

"Jy't nie baie reggekry nie, het jy?"

"Genoeg."

"Jy sit in die tronk."

"Nie vir lank nie."

"Hoe gaan jy hier uitkom?"

"Ek sê niks."

"Jy bedoel iemand gaan jou kom red. En dan word hy ook gevang. En dan kom daar weer iemand anders. So op die ry af."

"Ons is amateurs, ek weet. Maar ons leer."

"Ek kan jou loskry, Deon, maar dan moet jy saamwerk."

Hy het sy kop geskud. "Ek weet wat beteken saamwerk. Dit beteken ek moet my maats verraai."

"Jy's in hierdie ding ingesleep, Deon. En die mense wat jou misbruik het, sit lekker by die huis."

"Hoe weet Pa?" Hy het my reguit in die oë gekyk. "Pa hou aan praat van goed waarvan Pa niks weet nie. Hierdie ding was mý idee. Willem is my beste tjommie. Al wat hulle gedoen het, hulle het vir my die tyd uitgevind wat Willem by die hof sou aankom en toe't ek saam met iemand anders Pretoria toe gery. Iemand wat glad nie eers geweet het wat ek gaan doen nie. As ek mense se name gee, dan's hulle in die sop oor iets wat ék gedoen het."

"So wat sê jy vir my? Jy wil hier bly sit?"

"Ek sê mos: tot tyd en wyl." Hy was besig om sy selfvertroue terug te kry.

"Jy wil nie hê ek moet jou probeer help nie? Ek sal vir jou die beste prokureur in die land kry."

"Pa moet liewer uit hierdie ding bly. Pa gaan Pa se borggeld verloor."

"Jy bedoel jy gaan wegloop?"

Hy het nie geantwoord nie.

"Jy mors met jou lewe, Deon. Jy het 'n matriekeksamen om te skryf."

"Wat gaan matriek my help as die kaffers oorvat?"

Ek kon sien, terwyl ons met mekaar praat, hoe ons mekaar verloor. Of reeds verloor het. Ek het die gevoel gehad, skielik, dat hy dit al lankal weet en nie meer wil moeite doen om dit te probeer ontken nie.

"Kom sit hier by my."

Hy het na die vloer staan en kyk. "Dit gaan nie help nie."

"Dalk help dit 'n bietjie."

Hy het 'n hele ruk doodstil bly staan. Ek kon sien hoe hy wik en weeg. Maar voor hy kon besluit, het hulle hom kom haal.

Ek het in daardie volgende paar dae weer besef hoe afgesonder my lewe geword het. Met Deon en Lukas tegelyk onbereikbaar, was daar skielik niemand nie. Verwaarloosde vriende van jare tevore, ja, wat ek soms nog in flieks en winkelsentrums raak geloop het, 'n paar kennisse by die koerante vir wie ek gevryskut het, twee of drie vriendinne wat al gewoond was daaraan om my te verwag wanneer hulle my sien. Dit was al.

Deon was selde by my, maar dit was goed om te weet dat hy so naby is soos my telefoon. Ek het Lukas net so selde gesien, maar daar was altyd die moontlikheid dat hy sou bel of dat ek vir hom kon gaan kuier. Beide was afwesig, maar bereikbaar. Ek het nie voorheen besef hoe belangrik dit vir my was nie.

Ek het Dina 'n paar keer gebel, maar elke keer die foon neergesit voor sy kon antwoord. Daar was geen sin daarin om met haar te probeer praat nie – sy sou eerder my eensaamheid onderstreep as om dit te help besweer.

Ek was die Donderdag by Deon. Die Vrydag het ek heeldag probeer om by Azahr Patel uit te kom, maar hy was uitstedig. Die Saterdag het ek teen my beterwete Alexandra toe gery. Ek het geweet ek mag nie soontoe gaan nie, maar ek had 'n soort wilde hoop dat ek hom dalk iewers te sien sou kry. Dit sou vir my genoeg wees om te weet hy is nog in een stuk. Was dit besorgdheid wat my soontoe gedryf het, of eensaamheid, of nuuskierigheid – of was die joernalistieke hoer in my op soek na die einde van 'n storie wat nog net halfpad vertel was?

Vir 'n Saterdagmiddag was die buurt onheilspellend stil. Dit was die eerste wat my opgeval het. Daar was byna niemand op straat nie. Alexandra wat altyd oor naweke krioel van mense het op dié stowende warm middag byna verlate in die son lê en bak. Daar was meer afgebrande huise as wat ek kon onthou en baie rook onder naby die rivier. Ek het heen en weer gery, al dieper die dorp in, al nader na die rook toe, en voortdurend op die uitkyk gebly vir 'n stewige man met bakbene, vir 'n verbleikte kombi met 'n dakrak. Ek het by minstens drie huise verbygery waarvan die murasies nog staan en smeul het. Daar moet die oggend die een of ander uitbarsting van geweld gewees het, want die strate was van klippe bestrooi en by die kookhuis het 'n bus staan en brand.

Ek het met Dobsonstraat teruggery en op 'n ingewing in Peakstraat afgeswenk in die rigting van Lukas se huis. Dalk was dit nie heeltemal soveel van 'n ingewing nie. Dalk het ek heeltyd geweet ek sal nie die versoeking kan weerstaan nie. Sy huis se deure en vensters was toe en sy kombi was nie daar nie. Dit was nie vreemd nie; hy was immers selde tuis.

'n Blok verder, by 'n stopstraat, het 'n groep mans voor my motor verbygestap. Een van hulle het vasgesteek toe hy my sien, geglimlag, en na my venster toe gekom. "Yes, my friend," sê hy toe ek my venster afdraai. "You looking for Sipho?" Ek was 'n bietjie uit die veld geslaan. Ek was immers teen Lukas se instruksies daar en wou nie eintlik raak gesien wees nie. Maar hy het my nie kans gegee om te antwoord nie. "He's gone, he's not here."

"You know where he is?"

Hy't sy skouers opgetrek, elmboë teen sy lyf, handpalms na bo.

"You think he's in trouble?"

"Sipho, you never know trouble with Sipho. You know him, eh? You talk all the time, you talk. You say *kunjani, baba*? He's just laughing all the time, you know."

Dit was nie my ervaring van Lukas nie, maar ek het beamend geknik. "When last did you see him?"

"Sipho? Oh, I dunno, maybe last week, you know, week before. Maybe he's working, I dunno. But not to worry." Die man het gelag. "He'll be back. Sipho always comes back."

Dit was nog lig toe ek by die woonstel aankom. Die voorkamer het geruik na ou sigaretstompies, die badkamer na muwwe handdoeke, die kombuis na oorryp lemoene en rens melk. Ek het die vensters oopgemaak. Daar was geen boodskappe op die antwoordmasjien nie. Ek het die radio aangeskakel. Daar was 'n rugbywedstryd aan die gang. Ek het 'n skoon handdoek gekry en my hande en gesig gaan was en probeer dink hoe ek die aand gaan omkry. Daar was nie koue wyn nie en ek was nie lus vir bier nie. Ek het die asbakke leeggemaak en die radio afgeskakel en my telefoonboekie gesoek en onthou dis onder in die motor.

Die son was aan die ondergaan en aan Soweto se kant van die stad het 'n donker rookbank op die horison gelê.

Ek het my motorsleutels gaan soek en uitgegaan hysbak toe. Daar het twee mans op die trap staan en rook. Ek is met die hysbak af grondvloer toe en met die trap af in die parkeervlak in. Halfpad na my motor toe het ek haastige voetstappe teen die trap hoor afkom en iemand het gefluit. Ek het omgekyk, maar dit was te donker om iets te sien. Ek het die motor oopgesluit en iemand in my rigting sien aankom. Dit het gelyk of hy mik na die motor langs myne. Ek het die deur oopgemaak. Die dakliggie het nie gewerk nie en ek het die paneelkissie oopgemaak en in die flou lig daarvan na die boekie gesoek. Dit het op die konsole gelê. Ek het uitgeklim en die deur gesluit. Toe ek omdraai, staan daar 'n man voor my, sy gesig duime van my af.

"Is dit hy?" vra hy.

Iewers is 'n flits aangeskakel en die lig het na my gesig gesoek.

"Definitief."

"Kan ek help?"

"Sit af die torch."

Die lig is afgeskakel.

Ek het by die man probeer verbykom, maar hy het my gekeer. "Nie so haastig nie, vriend. Ons het 'n bietjie kom gesels."

"Hiér?"

"Waar stel jy voor?"

"In my woonstel."

"Is beter hier."

Ek kon nou twee ander mans agter hom uitmaak. Al drie was in kakieklere en groot gebou.

"Ons soek 'n kaffertjie met die naam van Lukas."

Ek het niks gesê nie.

"Toe, vriend, praat."

"Ek ken nie 'n kaffertjie met so 'n naam nie."

"Oho," sê een van die agterstes. "Hy't breinskade."

"Ek ken nie so iets soos 'n kaffer nie."

"Definitief breinskade."

"Jou swart vriend. Ons soek jou swart vriend vir diefstal. Waar kry ons hom?"

"Is julle speurders?"

Die voorste een het omgekyk na sy twee makkers. "Mens kan seker sê ons is speurders, of hoe?"

"Ek skat 'n mens kan so sê, ja."

"Wel, ek het niks om vir julle te sê nie." Ek het weer probeer verbykom. Die man het my aan die arm beetgekry en ek kon voel hy is sterk.

Die bekkige een in die agterhoede het my aan die ander arm beetgekry. "Sal ek hom bietjie bliksem, Boetie? Daar's niks so goed vir vergeetagtigheid soos om gebliksem te word nie."

"Nog nie. Gee kans. Gaan jy praat, vriend, of moet ons jou vir 'n vinnige ride vat?"

"Wat het hierdie man by julle gesteel?"

"Dokumente."

"Hoe weet julle dis hy?"

Die een aan my regterkant het my arm 'n pluk gegee. "Is dit 'n vasvrawedstryd of wat?"

"Die paint-boy, my vriend. Die kastige paint-boy het ons besteel en toevallig weet ons die paint-boy is jou tjommie."

Tjommie. Deon se woord.

"So julle is van Ben Myburgh se mense."

"Aha! So hy weet presies waarvan ons praat. Jy't hom gestuur, reg? Ons soek daardie dokumente, my vriend. En ons soek dit vanaand. Anders . . ."

"Ek weet niks van dokumente nie."

"Staan bietjie eenkant toe, Boetie, dan dress ek hom net gou-gou. Toe, man, ons mors tyd!"

Ek het nie die hou sien kom nie. Iets het my teen die wang getref en ek het met my kop teen die motor geval en toe ek grondvat, tref een van hulle se skoen my in die gesig. Ek het probeer regop kom, maar iemand het met sy knieë op my bors te lande gekom en my arms beetgekry. Sy gesig was teen myne, sy asem warm teen my wang. "Ek gaan met jou fêrplie wees, my maat, sodat jy nie later kan kom sê jy was nie oor en oor gewaarsku nie. Óf jy gaan vanaand praat, óf jy sit sonder knaters."

"Ek weet niks van dokumente wat gesteel is nie, ek sweer. Ek weet van Lukas, maar ek weet niks van dokumente . . ." Hy't my deur die gesig geklap.

"Waar's Lukas?"

"Ek weet nie." Ek kon bloed in my mond proe. "Ek het hom gaan soek vanmiddag, maar hulle sê hy't padgegee."

"Slim kaffertjie."

"Gaan jy praat, maat, of gaan jy knaterloos die toekoms in?"

"Ek sê jou als wat ek weet. Lukas het padgegee. Ek soek hom self."

"Jy't hom gestuur om op ons te spioeneer, reg?"

Ek kon 'n motor die gebou hoor binnekom. Die man het my aan my keel beetgekry. "Roer net en kyk wat gebeur. Net een geluidjie." Die motor se ligte het teen die dak verbygeswiep en stadig nader gekom. In die weerkaatste lig kon ek 'n oomblik lank iets van die man se gesig uitmaak: 'n effense bles en 'n baard. Ek kon hom hoor asemhaal. Die motor het stilgehou. Die ligte is afgeskakel. Ek het twee deure hoor klap, 'n hele entjie van ons af, en voetstappe wat wegraak.

"Ek het sy kar se sleutels, Boetie. Ons laai hom in, dan gaan ry ons 'n entjie."

Iemand het weer gefluit. Van die trap se kant af.

Die man met die baard het my gelos en orent gekom. "Wag hier by hom. Ek gaan hoor gou."

Ek het later onthou nommer twee, die bekkige een, het wydsbeen op my maag kom sit. Daar was 'n jong vrou met groot oorkrabbers wat heeltyd gepraat het. Deon het oor Melkbos se kweekwerf aangestap gekom met 'n klomp mans in kakieklere weerskante van hom. Hy het aangehou na my toe aangestap kom sonder om nader te kom. Ek het die hele tyd iets op sy gesig probeer lees, maar daar was niks. Toe was ons in my woonstel en die polisie het vingerafdrukke geneem. Die plek was vrek deurmekaar en die vrou met die oorkrabbers het vir my water gegee en my gesig gewas en dit was seerder as enigiets wat die drie mans aan my gedoen het.

Eintlik was ek 'n bietjie teleurgesteld die volgende oggend toe ek sien hoe min ek oorgekom het. Ek had 'n bietjie hoofpyn, maar nie te erg nie. Daar was bloed op my hemp en 'n knop op my agterkop en my linkerwang was effens geswel, maar nie genoeg om oor huis toe te skryf nie. Die slapskyf met my aantekeninge oor Lukas was nog in die staalkabinet. My klere was weer in die kas opgehang, al die laaie weer op hulle plekke en my lessenaar netjieser as ooit. Alles was op die verkeerde plekke gebêre, ja, maar op die oog af was alles normaal. Behalwe Deon se geraamde foto op die kassie langs my bed. Die glas was stukkend en iemand het met iets soos vetkryt 'n vraagteken oor sy gesig geskryf.

My motor was nog in een stuk en die sleutels op die sitplek, maar my telefoonboekie was weg.

Ek het die volgende dag weer my beurt by Azahr Patel gaan afwag nadat Tamyl weer eens nie, toe ek bel, na rede wou luister nie. My argument dat ek hom wou sien in belang van sy kliënt Sipho Mbokani het haar nie beïndruk nie.

Hy was 'n bietjie minder afwesig as die vorige keer, maar nog steeds onrustig aan 't vroetel in sy sakke en laaie op soek, skynbaar, na niks besonders nie.

Ek het hom vertel wat die Saterdagaand met my gebeur het. Maar die storie het langer geword as wat ek beplan het – want om my drie besoekers se optrede te verstaan, moes ek hom van Deon vertel en van Lukas se besoek aan Ben Myburgh.

"Jy was by die polisie?"

"Hulle was by my. Ek weet nie wie't gebel nie."

"Kyk maar eers wat vind hulle uit. Jy kan nie hof toe gaan voor jy weet wie jy aankla nie."

"Dis nie waaroor ek my bekommer nie. Hulle soek vir Sipho. En as hulle hom kry, dan weet ek nie wat bly daar van hom oor nie."

"Ek sal hom sê as ek hom sien. Hy't nog nie weer gebel nie." As hy besorg was, het hy dit nie gewys nie.

"Maar wat nou van my seun?"

"Wat van hom?"

"Kan 'n mens nie vir hom probeer borg kry nie?"

"Jy kan seker probeer."

"Hy gaan nie sy borgvoorwaardes nakom nie. Hy sê dit self."

"Hoekom sal hy? Hulle is mos onder én bo die wet." Hy het sy bril afgehaal en dit begin skoonvee, sy oë op skrefies asof die lig te skerp is. "Ek het nie simpatie met sy saak nie. Het jy?"

"Nee."

"Hoekom wil jy hom dan help?"

"Hy's my kind."

"Jy't ook maar net gehoor van die Struggle, nè. Soos die meeste ander wit mense wat ek ken. Jy weet nie eintlik waaroor dit gaan nie. Jy't daarvan gehoor en soos 'n klomp ander liberals you decided it's for a good cause. Solank dit net nie jou eie lewe raak nie. Ek het meer respek vir jou kind as vir jou – at least he's willing to suffer for a cause."

"Ek dink jy's nou 'n bietjie kras, meneer Patel."

"Ek weet waarvan ek praat. Ek het in Tomstraat in Brits as 'n tjarra grootgeword. Dis waar ek jou taal geleer praat het. Ek was nie in die eerste plek 'n mens soos ander mense nie; first en foremost was ek 'n tjarra wat my plek moes ken. So I know what it's like not to have a white skin in this country. En die dag as jy dit weet, daardie dag weet jy van die Struggle."

"En dit skakel my uit."

"Dit hang af. Party ouens leer Macbeth se woorde uit hulle kop en sê dit op. Maar hulle oortuig niemand. Ander begin Macbeth verstaan en soos Macbeth word, en hulle ontroer die gehoor. Maar dit bly maar make-believe."

Die binnefoon het gelui. Hy het op sy horlosie gekyk, die foon opgetel en Tamyl nie kans gegee om te praat nie. "Yes, I know," het hy ongeduldig gesê en die foon neergeplak. "Ek is hier om die slagoffers van apartheid te help – nie die kampvegters vir apartheid nie. Let your son fight his own battles."

"Maar hy's 'n misleide, sewentienjarige kind."

"Right. So maybe a few months behind bars will bring him to his senses."

"Dit gaan net van hom 'n martelaar maak."

"OK. Maar jy sien self hoe sit my wagkamer van die mense. Pretoria is vol ryk prokureurs wat maar te bly sal wees om jou te help."

"Ek het nie jou hulp gevra nie, meneer Patel. Ek is hier oor Sipho."

"Jy moet besluit waar jy staan. Jy's aan Mbokani se kant of jy's aan jou kind se kant. Jy kan nie wydsbeen op hierdie ding ry nie."

"Ek is seker Mbokani sou van jou verskil het."

"Hy's welkom. Maar ek het werk om te doen. More than I can handle. And I'm not in it for the money."

Ek het geweet Azahr Patel is reg. Maar ek was nie meer lus vir sy gesig nie. Ek het opgestaan. "Goed. Dan gaan ek maar. Laat weet my asseblief as julle iets van Sipho hoor."

"Ek sal." Hy het agter sy lessenaar uitgekom en voor my kom staan en sy bril hoër teen sy neusbrug opgestoot asof hy my in fokus wil kry. Ek het vir die eerste keer opgemerk as sy mond toe is, steek die punte van sy voortande onder sy bolip uit. "The difference is," sê hy en vat my hand in sy maer, koue hand, "you're propagating change – we are fighting a war."

Deon het die einde van daardie week in die hof verskyn. Hy is nie gevra om te pleit nie en die saak is uitgestel tot in Oktober. Hoewel ek heeltyd sy oog probeer vang het, het hy nie een keer na my kant toe gekyk nie. Hy was bleek en sigbaar maerder as 'n week tevore, maar op die oog af heeltemal ontspanne. Dina was in die besitlike geselskap van 'n prokureur. Ek het nie met hulle probeer praat nie en hulle het my insgelyks geïgnoreer. Die sowat dertig ander mense in die hof was byna almal jong, bebaarde mans wat my op die een of ander manier uitgeken en daarna wantrouig dopgehou het. Dina het oënskynlik die meeste van hulle geken. Ná die verdaging is sy en die prokureur saam met Deon af sel toe.

Ek het laat vra of ek hom dalk 'n rukkie kan sien, maar die hofkonstabel het kom sê hy's reeds weg.

Toe ek die aand by die huis kom, was daar 'n koevert onder my deur ingedruk. Daar was niks op geskryf nie. Ek het dit oopgeskeur en die inhoud op my lessenaar uitgeskud. Dit was 'n stuk of twaalf swart-en-wit foto's. 'n Paar was van die een of ander militêre parade: jong mans in kakieklere wat in pelotonformasie op aandag staan met wat lyk soos R4-gewere, ander was van pelotonne wat marsjeer. Op die meeste foto's was daar tente en bloekombome in die agtergrond. Dit het gelyk soos die kampterrein op Ben Myburgh se kleinhoewe. Daar was foto's van mans in uniform wat honde afrig. Daar was 'n foto van iets soos 'n winkelpop in kakieklere wat aan 'n kruis hang. Agter die kruis was 'n groot, wit doek met rooi vlekke op. In die boonste linkerhoek was 'n sirkel met 'n kruis in en oor die res van die doek met groot letters waarvan die verf afgeloop het, geskryf *Die Boerenasie aan die kruis van Kommunisme*. Drie van die foto's was met 'n flits geneem. 'n Man met 'n kaal bolyf staan op sy knieë en leun met sy hande op sy hakskene en iemand is besig om met iets soos 'n dolk na die knielende man se bors te mik. Dit lyk of die twee omring word deur mans met fakkels. Op 'n ander foto word die man se bors met die dolk gesny en 'n derde foto wys 'n bietjie bloed wat uit die wond loop.

Daar was niks anders in die koevert nie. Net die foto's. Ek het eers die volgende oggend so ver gekom om te kyk of daar iets op die antwoordmasjien is. Daar was 'n boodskap van Tamyl Patel dat die polisie Sipho Mbokani se uitgebrande Hiace in Diepkloof gekry het.

9

"Die moeilikheid met God is, Hy sê mens nie wat Hy dink nie."

Lukas was in die agterplaas onder die pergola besig om sy hande in 'n skotteltjie lou water te was. Hy het Bernardo Bravo se stem herken en nie omgekyk nie, net aangehou was.

"Daar is natuurlik voordele aan verbonde. Om te swyg. Dit verlos Hom van die las om te moet verduidelik. Om gedurig met dese en gene te moet argumenteer. Om dag in en dag uit verantwoording te doen. Dis veilig en gerieflik. Aan die ander kant . . ." Die priester het tot langs Lukas gevorder en staan en kyk hoe hy sy hande probeer skoon kry. "As Hy hier was om heeldag mee gepraat te word, sou niemand meer geloof nodig gehad het nie." Daar was 'n lang ruk stilte. "Ek besef een ding, broer; dis die een ding wat ek elke dag 'n bietjie beter verstaan – my moeilikheid is ek het my geloof verloor." Toe Lukas nog steeds nie reageer nie, kom staan die priester langs die skottel. "Wil jy nou wragtig vir my sê jý wil óók nie met my praat nie!"

"Wat moet ek sê? Ek dag jy's terug Luanda toe."

"Ek wens ek het die moed gehad."

Lukas het sy hande afgedroog en die vuil water oor die werf uitgeskiet.

"Is die lorrie reg?"

"Ja."

"My geloof in sy genade. Dis eintlik wat ek bedoel. 'n Mens kan nie in God glo en dan ophou glo nie. Dié wat ophou glo, het nooit regtig geglo nie. Ek het sy genade verloor."

"Waar was jy heeldag?"

"Ek het in die veld gaan loop. Ek het gaan bid. Dit het nie juis gehelp nie. Toe kry ek 'n klomp kinders vanmiddag hier buitekant die dorp wat bokke oppas. Toe staan ek en kyk hoe hulle speel. Toe speel ek saam. Dit het 'n bietjie gehelp."

Die skemer was aan die inkom oor die dorp en die lug was lou en iewers teen die huis se fondament het 'n kriek versigtig begin roep.

"Is die . . . jong dame nog met ons?"

"Ja. Ek dink sy slaap."

"Nee, want ek sien my soetane hang op die draad."

"Sy't dit vir jou gewas, ja. Sy't ander klere gekry."

"Dan moet ek miskien ook maar my lyf probeer skoon kry."

"Ek het vir jou klere, *padre*, as jy wil hê." Maar die priester is die huis in sonder om te antwoord.

Vroeër die middag terwyl hy besig was om die verkoeler te soldeer – Jacinto heeltyd by en gereed om te help, maar meer in die pad as iets anders – het hulle die meisie na hulle toe sien aangestap kom met 'n tamaai papiersak in die hand en 'n stuk opgerolde swart materiaal onder die arm. Eers toe sy tien tree van hulle was, het Lukas haar herken.

"Buba?"

Sy het 'n wit somerrok aangehad en 'n paar sandale. "Dis nie eintlik my geliefkoosde kleur nie, maar dis al wat hulle gehad het."

"Oho." Jacinto was besig om hande te klap. "*Magnífico, senhorita*. Jy lyk absoluut wonderlik!"

"Ek het drie rokke gekry. Hulle gee die goed omtrent weg. Kyk my sandale." Sy het voor Lukas kom staan. "Lyk ek nou beter?"

"Baie." Hy het vir die eerste keer werklik besef hoe weggesteek sy was in die priester se vormlose soetane. "'n Mens kan ten minste nou sien jy's nie 'n man nie."

"Hoor nou daar," sê Jacinto en lag. "Met dáárdie oë!"

"Het julle al iets van die *padre* gehoor?"

"Nee."

"Ek wil sy rok loop was. Dit het jare laas water gesien."

"Sy is nie familie nie, is sy?" vra Jacinto toe sy wegstap.

"Nee."

"As ek bene gehad het, het ek hulle stompies geloop agter daardie lyf aan. Het jy gesien hoe loop sy? Kompleet soos 'n kat!"

"Los die vroumenspraatjies." Lukas het die soldeerbout van die blaasvlam afgehaal en onder die lorrie ingekruip. "Sê my liewer waar kan ek petrol kry."

"Petrol?"

"Die man hier by die vulstasie sê hy't niks."

"Hy lieg. Hy hét. Maar hy bêre dit vir sy vriende."

"Honderd liter is al wat ek nodig het. Dit sal my tot by Sá da Bandeira bring."

"João sal my nie help nie. Maar ek kan een van die boere probeer." Jacinto het langs die lorrie se voorwiel verbygewip tot waar hy die straat kon sien, sy pinkie en wysvinger in sy mond gedruk en hard gefluit. Iewers uit 'n agterplaas het 'n kind geantwoord.

"Hoe maak jy dat die kinders jou so rondstoot?" Lukas kon hoor hoe die kind fluit en ander kinders in drie, vier ander agterplase antwoord.

"Stories."

"Stories?"

"Ek vertel vir hulle stories." Lukas kon al klaar die piepende kruiwa hoor aankom.

"Ek het eers lekkers probeer, maar toe kry ek raas by die ma's. Toe onthou ek van die muise wat agter die fluitspeler aangeloop het, toe probeer ek 'n bekfluitjie. Maar dit wou nie werk nie. Toe begin ek met stories. Elke aand 'n ander storie – maar net dié wat my die dag gestoot het, kan luister."

Die kruiwa het met 'n vaart om die hoek gekom, omring van 'n halfdosyn stoeiende, jillende seuns. "Ek sien jou voor sononder," sê Jacinto en gaan lê op sy sy met sy hande agter sy kop. "Versigtig nou, verdomp, versigtig!" Die kruiwa is in 'n stofwolk langs hom tot stilstand gebring en onder sy sitvlak ingekantel; twee seuns het Jacinto aan sy boarms beetgekry en hom saam met die kruiwa regop getrek en hulle is vort.

Lukas het die Henschel se verkoeler volgemaak en die lorrie 'n ruk laat luier. Hy het nie meer gelek nie.

Buba was in die agterplaas besig om Bernardo Bravo se soetane te was. Daar was nog geen teken van hom nie.

Hy het na Buba staan en kyk – 'n bietjie verdwaal, 'n oomblik lank, in die diep skaduwees van die agterplaas – hoe sy was, gebukkend oor die skottel, effens wydsbeen, die skuimbolle sopperig bruin om haar hande. En sy moet gesien het, skielik, dat hy kyk. Want sy het opgehou was, en haar kop tussen haar arms laat sak, en net so bly staan, roerloos. En toe hy aanhou staar, kom sy orent en draai om na hom toe, haar hande langs haar sye, en vra: "Wat kyk jy?"

"Ek?" Hy't sy kop geskud. "Ekskuus, ek het nie geweet ek . . ."

Sy het die skuim van haar hande begin afstroop. Toe draai sy terug na die skottel toe en vat die rok en droog dit uit, flap dit oop en gooi dit oor die wasgoeddraad.

"Ek skuld jou vir drie rokke en 'n paar sandale en onderklere. En ek skuld jou nog die kleingeld. Maar verder skuld ek jou niks."

"Dis hoe ek dit ook verstaan het."

"As ek geld gehad het, sou ek vir jou geld gegee het vir die saamry, maar ek het niks."

"Ek weet."

"As ek kan saamry tot by Quibala sal ek bly wees."

"En daarvandaan?"

"Daar is 'n bus een keer 'n week van Quibala af Marimba toe."

"Waar gaan jy geld kry vir die bus?"

"Ek sal 'n plan maak."

"As dit veilig is van Quibala af met die bus – ek gee nie om nie."

Sy het na hom toe aangestap gekom en voor hom kom staan en vir die heel eerste keer nie na hom gekyk toe sy praat nie. "Dankie vir die klere."

"Dis 'n voorreg."

"Ek was te lank net in mans se geselskap die afgelope tyd. Mans met te min tussen die ore en te veel tussen die bene. Mans wat hulle kospakkies verruil vir kiekies van hoere wat op hulle hande staan. Almal het gedink ek is maar net daar om . . . gebruik te word. 'n Ekstra matras. Die enigste een wat gekeer het, heeltyd, was Pirez. As dit nie vir hom was nie, dan weet ek nie. Hy het aangehou keer en keer tot ek later gedink het ek skuld hom iets."

"Jy skuld my niks."

Dit was al donker toe Jacinto se kruiwa by die voordeur stilhou. Lukas het hom weer verbaas oor die man se ratsheid. Toe die voordeur oopgaan, het hy ingewip gekom, na die naaste stoel gemik, omgetol en met sy hande op die stoelkussing rug eerste in die stoel ingehop.

"Ek het vir julle petrol. Naand, *senhora*. O, die *padre* is weer terug. Naand, *padre*. Petrol teen 'n prys."

"*Muito bem*! Hoeveel kan jy kry?"

"Genoeg. Luis Magalhães hier onder. Hy boer met groente. Hy't meer as genoeg. Maar hy vra 'n mal prys. Twintig eskudo's 'n liter!"

"Dis niks. Ek sal betaal."

"Maar dan moet ons sommer nou gaan. Die ou bokker is wispelturig."

Luis Magalhães se kleinhoewe was op die rand van die dorp. Die maan was nog nie op nie, maar Jacinto het daarop aangedring dat hulle sonder ligte ry. "'n Mens weet nooit wie lê vir jou en kyk nie. Ek ken die pad soos die palm van my hand, ek sal vir jou beduie. Draai links hier voor by die palmbome."

Lukas kon vaagweg die dakke van geboue uitmaak, maar geen palmbome nie. "Jy moet sê waar ek moet draai. Ek sien niks."

"Ek sal sê. By daardie palmbome. Oppas net, jy ry aan die verkeerde kant van die pad."

Hier en daar kon 'n mens 'n bietjie lig uitmaak agter toe luike, maar die res was totale duisternis. Hulle is links by die palms in 'n grondstraat in en tussen die huise uit en regs op 'n tweespoorpad.

"Jy moet oppas, hier's 'n hek hier iewers."

Lukas se oë was besig om gewoond te raak aan die donker. Hy het die hek betyds gesien en stilgehou en dit gaan oopmaak. Die nag was bedompig en vol roepende paddas en krieke en blaffende honde. 'n Honderd tree verder was hulle op Magalhães se werf. 'n Flouerige flits het om 'n hoek verskyn en oor die werf nader gekom. "Wie is dit?"

"Wag eers," sê Jacinto toe Lukas sy deur oopmaak. "Sy honde is van lotjie getik." Hy het by die venster uitgeleun. "Dis ons, Luis! Ons kom vir die petrol!"

Dit was skynbaar waarvoor die honde gewag het, dié vreemde stem, want skielik was die hel los: in die huis en langsaan in die buitegeboue het 'n woedende geblaf losgebreek.

"Toe maar, hulle is toegemaak. Kom maar nader." Die flits se vaal ligkol was besig om blinderig oor die Henschel rond te tas. Lukas het uitgeklim en gesien hoe die lig op sy gesig vassteek.

"Jacinto."

"Luis?"

"Jy't my nie gesê hy's 'n *preto* nie."

"Hy's 'n vriend van my, Luis. Hy's veilig. Hy's een van ons."

"Hy's 'n *preto*."

"Ek het jou gesê, Luis. Hy't 'n priester by hom wat hy probeer uitsmokkel grens toe. Hy's 'n Katoliek net soos ons."

"Ek vertrou nie 'n *preto* nie."

"Hy sal jou goed betaal."

"Dis oor die bliksemse *pretos* en die *assimilados* dat hierdie land lyk soos hy lyk." Die man het reguit in Lukas se gesig gelig. "Altwee my seuns lê vandag onder die grond oor dié soort vuilgoed!"

"Luis!" Jacinto was skynbaar besig om val-val uit die lorrie te klim. "Verdomp, Luis!" Hy het met 'n hik op die grond beland en voor om die lorrie gehop. "Dis God weet geen wonder jou seuns is by jou weggevat nie. Jou soort verdien nie 'n nageslag nie!"

Luis Magalhães het omgedraai en begin wegstap. "Ek gaan my honde losmaak."

Jacinto moet hom geskaapvang het, want die volgende oomblik het hy soos 'n os neergeslaan. Sy flits het drie tree voor hom op die grond geval en gevrek. Maar daar het nog iets geval. Iets wat soos 'n bos sleutels geklink het. Daar was 'n geskarrel in die donker. Iemand het 'n vuurhoutjie getrek. Dit was Jacinto. Hy het die sleutels gesien en dit opgeraap. "Dankie, Luis."

"Ek moer vir jou!"

"Is jy seker?" Lukas kon hoor hoe Jacinto die dosie vuurhoutjies skud. "Onthou, hier is petrol op die werf!"

"Ek bliksem jou uitmekaar uit, *tartaruga*!"

Die man was op pad na Jacinto toe, maar Lukas het hom aan sy hemp beetgekry en hom teruggehou. "Wag nou, *senhor*, wag nou. Jy kan jou petrol hou, ons sal op 'n ander plek regkom."

Maar die volgende oomblik tref Luis Magalhães se vuishou Lukas vol op die mond. "Hou jou swart pote van my af, *canalha*!"

"*Com preto e mulato nada se contrato.*"

Lukas het later dikwels gedink alles sou dalk anders uitgedraai het as die man hom nie in die gesig gespoeg het nie.

Die vorige oomblik nog was hy van plan om Jacinto in die lorrie te laai en te ry. Hy wou nie meer die vent se petrol hê nie. Maar toe hy die bloed in sy mond proe, kon hy hom skielik nie bedwing nie. Hy het Magalhães aan sy klere gegryp en hom op sy skouer getel. "Bring daardie sleutels, Jacinto. En bring die vuurhoutjies saam!" Die man was aan die skop en spartel en in die huis het die honde 'n al hoe groter rumoer opgeskop. Dit was drie tree terug tot by die lorrie. Hy het die ligte aangeskakel. "Waar is die tenk, Jacinto?"

"Hierso!"

In die flou ligbaan van die koplamp kon hy die blink tenk twintig tree verder op sy staander sien. Jacinto was reeds op pad soontoe. 'n

Stormlamp het in een van die huisvensters verskyn en weer weggeraak.

Toe begin Magalhães skree.

Lukas het geweet wat kom. Hy het Magalhães soos 'n sak patats laat val en in die Henschel gespring, dit aan die gang gekry en tot langs Jacinto gery. Toe bars die agterdeur oop en 'n swetterjoel honde storm op die werf uit. "Hierso, Jacinto! Gee my jou hand!" Die lorrie se linkerdeur was oop en Jacinto het Lukas se hand gegryp en homself opgehys en probeer om terselfdertyd die deur toe te kry, want toe was die eerste honde al by hom. Lukas het sy voet op die petrol gesit en die koppelaar gelos en die skielike momentum het die deur laat toeklap. Hy het tot langs die tenk gery en stilgehou. "Gee my die sleutels." Die tenk se kraan was met 'n stewige slot gesluit en die petrolpyp se punt met 'n draad aan die slot vasgemaak. "Daar's 'n flits onder die sitplek. Kry vir my die flits. Waar's die vuurhoutjies?" Hy was naby genoeg aan die tenk om die slot deur die venster by te kom, maar daar was 'n stuk of ses sleutels aan die bossie en dit was te donker om te sien wat hy doen. Jacinto het die flits gekry en probeer lig, maar Lukas se lyf was in die pad. Drie, vier woedende honde was besig om teen die deur op te spring en na hom te hap. Hy het elke sleutel wat nie pas nie linksom geskuif en die volgende een probeer. Die vyfde sleutel het ingeglip en die slot laat oopklik. Hy het die pyp losgeruk en die kraan oopgedraai en gehoor hoe die petrol oor die honde begin uitloop. "Magalhães!" Die diere se geblaf was so oorverdowend dat hy homself skaars kon hoor roep. "Magalhães, jou honde is vol petrol – gaan maak hulle toe of ek gooi 'n vuurhoutjie tussen hulle in!" Hy het die pyp toegeknak om die vloei van petrol te stop. Sy hemp en arms was sopnat en 'n vuurhoutjie sou nie net die honde nie maar alles, homself inkluis, laat vlamvat. Die petrolreuk het die honde laat padgee, maar 'n stuk of ses van die goed het nog steeds tien tree van hom af staan en blaf. Hy het uitgeklim – gereed, heeltyd, om die hond wat dit te naby waag 'n bekvol petrol te gee. Iemand was iewers op die werf besig om bevele te skree. Lukas het die olielap uit die lorrie se petroltenk gepluk, die pyp so diep moontlik ingedruk en die knak gelos. Hy kon hoor hoe die petrol in die leë tenk begin instroom.

Hy het nog iets gehoor. 'n Vrou se stem. Jacinto was besig om met 'n vrou te praat. Van Luis Magalhães was daar geen teken meer nie. Met die honde nog steeds woedend hier by hom kon hy nie hoor wat Jacinto sê nie, behalwe 'n vloekwoord hier en daar.

Die volgende oomblik het die vrou voor om die Henschel verskyn. En twee goed het Lukas soos 'n vuishou getref: sy het die stormlamp by haar gehad, dit was die eerste ding – en sy was swart.

"*Cuidado*!" skree hy toe dit lyk of sy te naby gaan kom. "Oppas vir die petrol!"

Dit het nie gelyk of sy dadelik snap nie. Dit was of haar teenwoordigheid die honde aanhits en hulle het vorentoe gestorm. Sy het twee haastige tree nader gegee en die lamp na hulle toe geswaai om hulle te verwilder.

"Die lámp! Die hele plek is vol petrol!"

Jacinto se kop het skielik by die Henschel se venster verskyn. "Toe maar, *amigo*, dis *senhora* Magalhães. Sy sê ons kan die petrol verniet kry!"

Die vrou het eenkant gaan staan. 'n Goeie tien tree weg. Die honde was besig om teen haar op te spring om haar in die gesig te lek. Sy het hulle met die een hand weggekeer en met die ander hand het sy die lamp vasgehou. "Ek is jammer," het sy gesê, "ek is regtig jammer oor Luis."

Daardie aand in die donker onderweg terug dorp toe het Jacinto, behalwe padbeduie, net een keer gepraat. "Ek het geweet sy vrou neuk hom partykeer. En ek het geweet sy twee seuns is in 1961 se opstande dood. Maar ek het nie twee en twee bymekaar getel nie. Hierdie land is besig om vir Magalhães onder te kry."

Die hele dag, daardie volgende dag, op pad Quibala toe, het Lukas die vorige nag onthou en probeer om iets daarvan verstaan te kry. Elke keer dat hy wou vergeet, het sy rou en opgeswelde lip hom weer daaraan herinner. Aan sy onverwagse woede, aan sy skielike en oorweldigende behoefte daardie vorige aand om namens alle *pretos* 'n wit man se wrok met wrok te troef. Dit was iets wat hy nooit voorheen in homself herken het nie.

Hy het homself verkwalik soms omdat hy nie kon kwaad word nie. Hy het byna daagliks ander se woede gesien. En verstaan. En dit was nie asof hy self nooit voorheen verneder was nie. Maar daar was altyd die gevoel by hom dat niks wat in die land gebeur, selfs met hom gebeur, regtig ter sake is nie. Dit was tydelike omstandighede. Dit was vir hom 'n bietjie soos Moeka altyd van haar aardse verblyf gesê het. "Ag, dis maar 'n stonde, my kind, dié tranedal, dan's dit verby. Die ou tentjie is vir ons geleen solat ons vir ons kan opdress vir die hemelpoorte."

Hulle het nie weer vir Luis gesien nie, alhoewel hulle, toe die Henschel se twee tenks en 'n ekstra veertigliterkan vol was, saam met Angelina Magalhães 'n glasie *aguardente* in die bedompige voorkamer sit en drink het. Sy het ook nie weer na hom verwys nie – net eenkeer opgestaan toe daar 'n geluid uit die vertrek langsaan kom en die deur gaan oopmaak en met hom gepraat. "Hou nou op tjank, asseblief! Hulle het betaal vir die petrol, as dit jou sal laat beter voel. Dè, vat."

Hy moet dit geweier het, want sy't die geld voor by haar rok ingedruk en die deur toegemaak en weer kom sit, haar gebeitelde gesig blink in die lamplig en heeltemal uitdrukkingloos. "Ek weet nie wat se toekoms is daar vir ons nie," het sy gesê. "Alles val bietjie uitmekaar." Lukas kon nie besluit of sy van haar huwelik praat of van die land nie.

Dit was Jacinto wat uiteindelik sy laaste bietjie *aguardente* wegslaan en sê: "Lisboa is nie meer daar nie, Angelina. Luis sal moet maniere leer of hy gaan sy gat sien."

Nie een van hulle het daardie nag juis waffers geslaap nie. Dit was Buba wat lank ná middernag kom sê het sy hoor stemme buite. Lukas het op die werf gaan kyk en niks gewaar nie. "Ek verbeel my allerhande goed," sê sy toe hy terugkom. "Gee jy om as ek my matras hiernatoe bring?"

"Lê maar hier. Ek sal vir my 'n stoel bring, dan sit ek by jou."

"Wil jy nie slaap nie?"

"Ek kan nie."

Die nag was doodstil. Al wat hy kon hoor, was die gefladder van motte wat by die venster uitkomplek soek na die effense lig van die sekelmaan wat intussen opgekom het. Hy kon hoor hoe Bernardo deur die donker sy pad kombuis toe soek en water drink en terugkom. Een keer was daar, baie vaag, baie ver, iewers 'n geluid soos kort sarsies geweervuur.

Hy het baie aan Moeka gedink daardie nag en heeltyd gewens daar was 'n manier om vir haar 'n boodskap te stuur – al was dit net om te sê hy is op pad, hy kom haar haal, hulle gaan huis toe. Hulle gaan die blou paaie ry wat hy saans sonder einde in die kerslig met sy vinger op haar vrygewige borste gevolg het terwyl sy hom soog. Moed hou, Moeka, nog net 'n dag of drie, dan druk ons die Henschel se vaal neus suid.

Die laaste keer dat hy by haar was, 'n goeie drie maande tevore, was sy stiller as gewoonlik. Hy het drie nagte daar geslaap en haar elke nag in die huis hoor dwaal – dan in die voorkamer, dan in die kombuis besig om die kole te roer, dan weer in haar kamer. "Ek slaap maar deesdae sleg," was al wat sy wou sê. "Terug kooi toe met jou; jy moet rus kry!" Maar daardie laaste middag sononder, voor die agterdeur, elkeen met 'n glasie port in die hand, het sy skielik sy hand gevat en dit teen haar wang gedruk.

"Ja, Moeka?"

"Ek word oud, my kind. Die Liewenhere weet, ek word nou oud. Miskien moet jy nie weer so lank wegbly nie." Die skemer was al diep, maar hy kon haar oë sien – twee bietjies troebel water en niks meer nie.

Hy het uiteindelik in die stoel langs Buba aan die slaap geraak en gedroom hy sien Moeka in 'n oop stuk veld stap en sy dra twee tolletjiestoele; sy lyk baie groot teen die uitgestrekte stuk landskap en hoewel hy so vinnig hardloop as hy kan, kry hy haar nie ingehaal nie.

Toe hy wakker word, was Buba nie in haar bed nie. Die agterdeur was oop. Hy het haar onder die prieel gekry waar sy in 'n grasstoel na die donker sit en kyk.

"Wat maak jy hier?" wou hy weet.

"Dis te warm in die huis."

"Moet ons nie maar ry nie? Klink my die *padre* is ook wakker."

"Wat maak ek as daar nie meer busse loop Marimba toe nie?"

"Daar sal busse wees." Hy was self nie so seker nie, maar die probleem kon wag vir later.

"Aan die een kant is ek bang om terug te gaan. Ek weet wat ek daar gaan kry. Maar as my broer nog leef, sal hy daar wees; hy sal nie uit sy eie daar padgee nie."

"Jy't 'n broer daar?"

"Marcos." Sy het haar hande na haar gesig toe gebring. "God vergewe my vir Marcos . . ."

"Wat is dit met Marcos?"

Sy wou nie daaroor praat nie. Haar gesig was donker, want die sekelmaan was agter die bome, maar aan haar stem kon hy hoor sy is oorstuur en skielik naby trane – en dat sy te trots is om te huil.

Hy het aangebied om vir haar te gaan tee maak, maar die teeblik was leeg. Die vorige aand ná die Magalhães-affêre wou hulle 'n bottel wyn oopmaak om die petrol te vier, maar daar was nie 'n kurktrekker in die huis nie. Jacinto wou buitendien huis toe en Buba was skynbaar nie in 'n bui om enigiets te vier nie, en die bottel het onaangeraak in die kombuis agtergebly, want dit wás toe al laat. Lukas het die wyn en twee bekers buitetoe gevat en die kurk met sy knipmes sit en uitkerwe. Hy het haar van sy droom oor Moeka vertel. Die wyn was 'n bietjie suur en die maan was oplaas onder en daar het 'n luggie in die prieel begin roer en omdat hy haar glad nie meer kon sien nie, kon hy met groter vrymoedigheid praat. Hulle het albei plat op die grond gesit, bene oorkruis, teenoor mekaar, tussen hulle die bottel wyn wat ná die eerste beker in elk geval sy suurheid begin verloor het, en in die veiligheid van die donker agterplaas kon ook sy uiteindelik aan die praat kom.

Daar was geen chronologie in haar storie nie. Daar was nie 'n begin nie en nie 'n einde nie. 'n Mens kry immers nie 'n leeftyd ingepas in een bottel suur wyn nie. Hy moes later die bietjies wat sy vertel het, inmekaargepas kry.

Maar, ja, daar was Marcos gewees, haar oudste broer. En André, 'n jaar ouer as sy, wat in die opstand van 1961 by die *Corpo de Voluntarios* aangesluit het en binne die eerste week in Cabinda gevang en gat-eerste deur 'n saaglem gestuur is. Nie soseer sy dood nie as die manier waarop hy dood is, het haar lewe verander. Sy beste vriend, Fernando, wat die oggend se slagting gesien én oorleef het, het later kom vertel dat André van die oomblik dat die saaglem tussen sy bene ingedruk is totdat hy in twee stukke van die saagblad afgegooi is nie een keer 'n geluid gemaak het nie.

Haar pa, Manuel Mendes D'Almeida, 'n heethoof en welgestelde katoenboer, het die nag ná Fernando sy storie kom vertel het, 'n beroerte gekry en daarna moes haar ma en Marcos die boerdery behartig. Sy was toe op skool in Luanda.

Ná skool het sy meer as drie jaar die een los werkie ná die ander in Luanda gedoen. Sy wou nie terug plaas toe nie, sy wou by die *Corpo de Voluntarios* aansluit, maar hulle wou haar nie aanvaar nie.

Sy was te jonk daarvoor, het hulle gesê, maar boonop was sy 'n vrou en daar was nie plek vir vroumense in daardie harde skool van gebreide en ervare vrywilligers nie.

Haar ma én Marcos het 'n paar keer Luanda toe gekom om haar te probeer teruglok plaas toe, maar sy wou nie kopgee nie.

Dit was nie asof sy in 'n politiekbehepte huis grootgeword het nie. Haar pa was 'n rasegte Portugees uit 'n bekende handelsfamilie in Lissabon en haar ma was 'n Ovimbundu. Sy het die beste gehad van beide wêrelde. Sy het haar status as *mulata* nie negatief ervaar nie, sy het haarself gesien as 'n soort ewewig tussen die beste wat Portugal kon bied en die miskende erfenis van Afrika. André se dood het daardie ewewig versteur.

Ná die staatsgreep in Portugal en Spinola se prysgawe van Angola, was daar onder die meeste grondbesitters in die omgewing van Marimba min vertroue in die verkiesing wat Coutinho belowe het. Hulle het lankal nie meer die FNLA se Holden Roberto vertrou nie en Agostinho Neto van die MPLA se bande met Coutinho en gevolglik met Lissabon was ewe onaanvaarbaar. Dan sou hulle eerder vir Savimbi ondersteun. Hy was immers ten gunste van soewereine onafhanklikheid en nie besig om, soos die ander twee kandidate, die een onbetroubare pleegmoeder vir 'n ander te verruil nie. Omdat Savimbi byna uitsluitlik in die suide aan die werk was, was daar net een manier om sy saak te ondersteun, en dit was om Roberto en Neto te ondergrawe.

Met die hulp van die *Frente de Unidade Angolana* is daar 'n beweging op die been gebring wat hom op die oog af toegespits het op burgerlike beskerming. In werklikheid was hulle egter besig met grootskaalse disinformasie, infiltrering, sabotasie van projekte en die werwing van fondse.

Marcos het hom by die beweging aangesluit. Of dit iets te make gehad het met die D'Almeidas se lot, sou niemand later met sekerheid kon bewys nie.

Teen die somer van 1974 het Manuel Mendes D'Almeida se gesondheid 'n verdere terugslag gekry en Buba het besluit om vir Kersfees huis toe te gaan. Sy het die middag sesuur per bus in Marimba aangekom. Van daar af was dit nog sowat sewentig kilometer plaas toe. Daar was vooraf gereël dat 'n ou huisvriend op die dorp, die winkelier Ricardo da Silva Ruivo, haar sou wegvat – maar hy was olik en het haar sy motor aangebied.

Sy het net voor donker op die plaas aangekom.

Die swaar veiligheidshek het oopgestaan. Dit was vreemd, maar sy het gedink hulle het dit vir haar gerief oopgelos. Marcos se *carrinho* was nie op sy gebruiklike plek onder die groot koeltebome langs die huis nie. Dit was net so vreemd. Maar sy het steeds nie onraad vermoed nie. Sy het haar koffer uit die bagasiebak gelaai en die motor gesluit en aangestap sydeur toe. Tien tree van die deur af het sy skielik besef daar brand nie 'n enkele lig in die huis nie.

Sy het gaan staan. En geluister. Die huis, die hele werf was doodstil. Sy het na Marcos geroep.

Daar was nie antwoord nie.

Toe sien sy die hond lê, langs die trap. Hy het nie gelê soos 'n dier wat slaap nie – toe sy hom sien, het sy geweet hy is dood.

Die sydeur was toe, maar nie gesluit nie. In die gang het sy haar skoene uitgetrek en 'n lang ruk doodstil bly staan. Daar was nog steeds nêrens 'n geluid of 'n teken van lewe nie. Toe begin sy deur die huis stap en die ligte die een ná die ander aanskakel.

Alles was presies soos sy dit geken het. Die boekrakke, die tafels en stoele, die portrette en geraamde prente en ikone, die linnekiste, die borderakke en gordyne, die ornamente. Dit was asof alles, selfs die asbakke en tafellappies, onaangeraak gebly het al die maande dat sy weg was. Al wat anders was, was die eienaardige stilte.

In die kombuis het sy die werfligte aangeskakel. Die agterdeur was oop. Sy het dit toegetrek en gesluit. Daar was vuil skottelgoed by die opwasplek. Die koolstoof was lou. Sy het met die trap opgegaan boontoe en nog ligte aangesit so ver sy gaan.

In die hoofslaapkamer was die groot dubbelbed se muskietnet opgetrek. Haar pa en ma het met hulle rûe na mekaar toe gelê, teenaan mekaar. Dit was duidelik dat hy baie lank nie in die son was nie; sy hande en gesig was byna deurskynend wit. Haar ma, weer, was swarter as wat sy haar onthou het, soos gestolde teer, en maerder.

Sy kon geen wonde aan hulle sien nie en as dit nie was vir die skrikwekkende hoeveelheid bloed nie, sou sy gedink het hulle slaap. Sy kon nie daarna onthou presies wanneer Marcos gekom het nie. Sy het nooit sy bakkie hoor stilhou nie. Sy het by die venster uitgekyk en sy bakkie agter haar motor sien staan en sy linkerdeur was oop en Marcos het teen die trap opgekom. Hy het 'n geweer by hom gehad en hy was vuil en nat van die sweet.

"Waar was jy?" het sy gevra.

"Sê jy nie vir 'n mens dag nie?"

"Ek vra jou waar was jy?"

"Ek was by Dos Santos langsaan. Ek . . ."

"Jy loop kuier by Dos Santos en jy vat die enigste geweer in die huis saam én jy los die hek oop!"

Sy het hom deur die gesig geklap nog voor hy kon antwoord. En omdat hy nie eens probeer keer het nie, het sy hom weer geklap en weer en weer. En met elke klap het daar meer verbystering en skrik in haar losgekom. Sy het hom aan die hare beetgekry en sy kop begin rondruk en hy't sy balans verloor en teen die trap afgeval; sy een skoen het agtergebly en sy't die skoen gegryp en hom daarmee geslaan tot haar arms nie meer kon nie.

Daar was nog van André se plaasklere in die huis. Sy het dit saam met haar geneem.

Terug in Luanda, twee dae later, het sy haar hare kort laat knip en in haar broer se klere by die *Corpo de Voluntarios* aangesluit as Eduardo Barata da Cruz.

Hulle het vieruur die oggend gery. Jacinto sou hulle kom afsien, maar hy was nie daar nie en hulle het skielik besef hulle weet nie waar om hom te gaan wakker klop nie. Lukas het vir hom 'n briefie op die kombuistafel gelos en nog 'n paar minute buite in die lou môre staan en wag; toe vat hulle die pad deur die slapende dorp en onder die sekelmaan in.

Dit was omtrent honderd en vyftig kilometer Quibala toe en hulle sou waarskynlik teen agtuur daar kon wees. Dalk, as dit goed gaan, kon hulle die aand in Nova Lisboa of selfs in Caconda aankom. Dit wou sê as hulle in Quibala vir Buba 'n bus kon kry. Hulle is voor sonop oor die Longarivier, maar teen daardie tyd was dit al so lig dat Lukas kon begin vinniger ry.

Die Henschel het soos 'n horlosie geloop.

Bernardo Bravo en Buba was albei kort-kort aan die indut – hy met sy kop teen die ratelende deur en sy half skuins oor sy skoot. Haar wit rok was erg gekreukel, maar dit was nog altyd baie beter as die *padre* se vormlose gewaad. Hy't gewonder oor haar en geweet Quibala is naby. Quibala kom al nader. Hy wou by Quibala verby, by Sá da Bandeira verby suide toe, en hy het gewens Quibala wou kom. Hy wou ontslae wees van haar donker, swyende teenwoordigheid. Daar was genoeg ander dinge wat hy net nie kon verstaan nie, dringende en ondeurgrondelike dinge. Daar was nie meer plek of tyd vir haar nie.

Dit sou verander, later, maar daardie oggend onderweg na Quibala was die smal, verweerde stuk teerpad suide toe vir hom belangriker as Elena D'Almeida se halfoop, slapende, mooi mond.

Die mis in die laagtes was hinderlik, die slaggate, die trae boerbokke wat nie padgee nie, die volgende langsame bult se geheime: dalk net nóg boerbokke; dalk 'n ry konkas; dalk niks; dalk 'n man met 'n *canhangulo* of 'n M30.

Maar 'n mens kry selde wat jy verwag.

Of Bernardo Bravo verkeerd geëet het en of sy ingewande net nie meer gewoond was aan kos nie, was moeilik om te raai – maar hy het begin kla van krampe op sy maag. Hulle het van die pad afgetrek en die *padre* is die bos in. Met die eerste stilhou het hy langer as 'n halfuur weggebly. Skaars tien minute later moes hulle weer stilhou. En toe 'n derde keer. Toe die nood die vierde keer druk, was hulle in die middel van 'n vlakte pynappellande. Lukas het by die eerste plaaspad afgedraai en gemik na 'n ry rantjies aan die regterkant, omtrent 'n kilometer van die hoofpad af. Die priester het by voorbaat sy deur oopgemaak. "Stop maar, *irmão*." Hy was so in die ry al besig om uit te klim. "Stop maar, wat – ek sal sommer agter die lorrie sit." Maar daar was vroue besig om die lande te skoffel en Lukas het aangehou ry. "Stop, in hemelsnaam, vriend, ek kan nie meer hou nie. Dit maak nie saak as iemand my sien nie!" Die laaste honderd tree het Bernardo Bravo op die trapbord gery, maar Lukas het nie gestop voor hulle tussen die eerste bome was nie.

Dit het waarskynlik hulle lewe gered.

Die hele landskap het gevibreer van sonbesies en hittegolwe. Die skoffelende vroue vierhonderd tree weg was dobberende, bont stippels op 'n see van lugspieëlings.

Lukas en Elena het gaan koelte soek. Hulle het daardie hele oggend bitter min gepraat – hoofsaaklik, miskien, omdat sy die meeste van die tyd geslaap het; en wanneer sy wakker was, het sy net voor haar sit en uitstaar asof sy met oop oë slaap. Die een keer toe hy haar iets vra, meer om haar stilte te toets as iets anders, het sy hom óf nie gehoor nie óf hom geïgnoreer.

Ná meer as 'n halfuur se wag was Lukas se geduld op. Hy is die veld in om die priester te gaan soek. Hy het hom agter 'n bos gekry, op sy hurke in 'n flentertjie koelte, so bleek soos 'n laken en nat van die sweet.

"Ek is bly jy't gekom," sê hy toe hy Lukas sien. "Dit het begin eensaam raak."

"Is jy nog nie klaar nie, *padre*? Ons moet aangaan."

"Ek is jammer. Ek word 'n oorlas."

"Voel jy al beter?"

"Ja." Maar hy het onmiddellik sy kop geskud. "Nie eintlik nie." Die are in sy nek het begin uitbult, en Lukas het omgedraai en begin wegstap. "Nee, wag, moenie loop nie. Ek wou nog sê." Hy was 'n bietjie kortasem. "Het jy al daaraan gedink? Die simboliese waarde van 'n ordentlike maagwerking. Die pynlike uitwerp van alles in jou wat onrein is. Die nakende en vernederende hurk teen die grond."

"Het ons regtig nou tyd dáárvoor, *padre*?"

"Daar is niks waaraan ek kan dink . . ." daar was 'n lang pouse, ". . . wat jou só genadeloos met jouself konfronteer nie. Ek dink nou al heeldag: as ek tog net oor my sondes dieselfde nood kon hê."

Lukas het begin wegstap.

"Dink net. Ons sou almal heiliges geword het."

Uiteindelik terug by die vragmotor, het die priester daarop aangedring om agterop die bak te ry.

"Die son gaan jou braai."

"Ek kry benoud voor. Die vars lug sal my goed doen."

Lukas het hom op die bak gehelp en agter die stuurwiel ingeklim. "Kom jy, Buba?"

Sy het na die grootpad staan en kyk. Maar op 'n manier wat hom self laat omkyk het. Hy kon sy oë nie glo nie. Van waar hulle was, kon hulle 'n goeie drie kilometer van die teerpad sien waar dit om 'n rant kom, agter die landerye verbygaan en teen 'n steilte uit deur 'n nek wegraak. En die hele stuk pad was vol militêre voertuie. Troepedraers, pantserwaens, jeeps en vragmotors met wat gelyk het soos vuurpyllanseerders.

Bernardo Bravo het agterop die bak gestaan en skynbaar heeltemal van sy maag vergeet. Hulle het nie 'n woord vir mekaar gesê nie. Net aangehou kyk tot daar niks meer was om te sien nie.

Daar was baie paaie na Quibala. Nat grondpaaie. Plaaspaaie. Slingerende, sanderige tweespoorpaaie met kaal driwwe en valsgrond en hekke. Moeisame ompaaie.

Kon hulle op die hoofpad bly, sou hulle ten spyte van die priester se maag op die heel laatste teen elfuur daardie selfde dag in Quibala aangekom het. Dit het vieruur die middag begin reën en sononder het hulle die eerste keer vasgeval – soos die kraai vlieg miskien veertig kilometer van die pynappellande af. Hulle het takke en klippe onder die wiele gepak en gesukkel tot die flits se batterye ingegee het en toe in die donker verder geploeter tot hulle uit die modder was. Lukas het nog 'n uur of wat gery tot hy nie meer geweet het waar hy is nie, en toe die Henschel van die pad af getrek en agterop die bak langs die priester onder die bokseil gaan inkruip om te probeer slaap. Daar was deurentyd weerlig en af en toe kort sarsies geweervuur ver in die ooste tussen die berge.

"Slaap jy, *padre*?" vra Lukas later toe hy aanvaar hy self gaan nie geslaap kry nie.

"Nee."

"Hoe voel jou maag?"

"Ek dink nie ek het meer so iets nie."

Hulle het onder die bokseil uitgekruip en met hulle rûe teen die bakrand die donkerte in sit en kyk.

"Ek het gedink ons gaan weg van die moeilikheid af," sê Bravo ná 'n ruk.

"Ek ook."

"As ons by 'n radio kon uitkom . . ."

"Die radio is die laaste plek waar ons die waarheid sal hoor."

"Jacinto het vir my gesê Savimbi is besig om uit die suide uit op te trek Luanda toe."

"Ek het gehoor. En hy't Suid-Afrikaanse soldate wat hom help. Dis wat my bekommer. Ons ry dalk reguit in die storm in."

Hulle het 'n rukkie sit en luister, want daar was die onmiskenbare geluid van 'n vliegtuig wat hoog bokant hulle verbygaan. 'n Dun, verdwaalde geluid soos dié van 'n muskiet wat plek soek om te gaan sit.

"As ek kon kies, sou ek probeer wegbly het van die hoofpad suide toe. Wat van die pad oor Novo Redondo en Lobito?"

"Wat dan van Buba? Hoe kry ons haar in Quibala?"

Bernardo Bravo het lank gehuiwer voor hy dit kon sê. "Haar moer."

"Skaam jou, *padre*."

"*Padre* se moer ook. Maar in die eerste plek haar moer. Ons moet in 'n oorlog inry om haar op 'n bus te gaan sit wat dalk lankal nie meer loop nie! Waarnatoe? Marimba toe. Daar's nie eers meer van haar mense oor in Marimba nie."

"Hoe weet jy?"

"Vra haar." Daar was nog 'n vliegtuig uit die noorde op pad. "Ek weet nie hoekom ons willens en wetens in die moeilikheid moet inry nie."

"Wat praat jy nou? Jy met jou ou simpel rok wat jy nie wil uittrek nie. Wat dink jy gaan gebeur as hulle my voorkeer en hulle kry 'n Roomse priester by my? Hulle gaan nie net vir jóú skiet nie!"

Die priester het die teken van die kruis gemaak. "Ek wil nie 'n oorlas wees nie."

"Dan sal jy moet begin helderder dink. Daardie rok gaan jou nie hemel toe help nie."

"Ek weet. Maar dis lankal nie meer 'n kwessie van hemel of hel nie. Dis 'n laaste boetedoening. Die gees was nog altyd gewillig; die vlees was swak. As ek dié rok uittrek, versoen ek myself onomkeerbaar met die vlees."

"So jy hoop nog altyd, *padre*."

"Geloof, hoop, liefde. Ek het die geloof verloor, ek het die liefde in die steek gelaat. Gun my die hoop."

"Solank ek en Buba jou net nie moet help betaal daarvoor nie."

"Jy en die dame . . ."

"Haar naam is Buba."

"Vreemd darem, nè. Vroumense. Ek dink tussen al die oortuigings wat ek mettertyd proefondervindelik bo alle twyfel verhef gekry het, is daar een wat vaster staan as al die ander."

"En wat is dit?"

"Ek verstaan hulle nie."

"Dis ons lot, *padre*."

"Ek het gedink, toe ek jonger was, ek sal hulle in die bieg leer verstaan, jy weet, hoe hulle dink. Ek kan nie een keer onthou dat 'n man by my kom bieg het dat ek nie dadelik sy probleem gesnap het nie. Die vrouens – nou ja, ek was dikwels maar te dankbaar om hulle probleme net so aan God toe te vertrou." Hy het met 'n gekraak van litte orent gesukkel en in die middel van die bak gaan staan en homself uitgerek. "Ek wonder waar is Rosinha de Silveira vannag in hierdie bedonnerde land."

"'n Mens verstaan hulle nie en 'n mens vergeet hulle nie."

"Jy is 'n bietjie verlief op die dame, nie waar nie, broer?"

"Hoekom?" Hy het self nie geweet nie. Hy het nie geweet of hy sy gevoel 'n naam kan gee nie. Hy het net geweet hy sien nie kans om haar op die een of ander stasie af te laai en te ry nie. "Maak dit saak, *padre*?"

"Dit maak saak, ja. Want sy's vuur. Sy gaan vir jou uitbrand."

"Nie as ek haar môre in Quibala aflaai nie."

En omdat Bernardo Bravo dié feit wou vier, en omdat Lukas aan geen noembare rede kon dink om dit nie te doen nie, het hulle vieruur die oggend onder die sinkende maan, en met die hoeveelste vliegtuig onsigbaar iewers agter die wolke onderweg suide toe, 'n bottel rooi wyn oopgemaak.

10

Die polisie was daardie week drie keer by my. Op soek na nog vingerafdrukke, op soek na inligting, later om leidrade te kom bespreek. Die derde keer het ek hulle van Deon vertel en hulle die foto's gewys. Ek het niks van Lukas gesê nie. Ek was seker my aanranding was politiek gemotiveerd en omdat ek nie presies geweet het waarby Lukas alles betrokke was nie, wou ek hom nie by die saak insleep nie.

Die Vrydag het Azahr Patel gebel en voorgestel ek moet hom onmiddellik kom spreek; hy wou niks verder sê nie. Dié keer het Tamyl my dadelik deurgeneem na hom toe. Die nuus was nie juis bemoedigend nie. Volgens die polisie het twee mense die nag voordat Lukas se Hiace in Diepkloof gekry is die voertuig in Alexandra gesien – en albei kere was daar 'n wit man agter die stuur.

Dit het my skielik iets anders laat vermoed, maar ek was nie seker of ek dit met Patel moet bespreek nie. Ek sou later nog leer dat min dinge sy skynbaar verstrooide aandag ontsnap.

"Jou wang," sê hy toe ek glad nie op sy nuus reageer nie, "ek sien jou wang lyk beter."

"Ja," sê ek.

"Jy't seker al daaraan gedink," sê hy, "hier sit jou kind in die tronk. Die mense wat hom daar laat beland het, is 'n bietjie paniekerig. Hulle dink hy's dalk verraai. What happens the very next moment? Jy word opgefoeter en Mbokani word – what you call it? – ontvoer."

"Dis dalk toevallig."

"Dis te toevallig om toevallig te wees."

"Mbokani hét my gehelp om van my seun se vriende dop te hou."

"Het jy dit vir die polisie gesê?"

"Nog nie. Hulle weet nog nie ek ken vir Mbokani nie."

"Don't tell them. For the time being."

"Maar Diepkloof. Hy bly in Alexandra – hoekom sal dié Myburgh-hulle of wie ook al hom in Diepkloof . . ."

"Very easy question. As hulle dit op die Ben Schoeman doen, is dit tricky. In Diepkloof is dit maklik – dis faction-fighting."

"Dink jy hy's dood?"

"Mbokani?" Hy het sy bril afgehaal en sy sakdoek gesoek en dit begin skoonvee. "Ek weet nie. Dis moontlik."

"Hy het nie so iets verdien nie."

"Oorlog is oorlog. And this is only the beginning. Voor Krismis kom, gaan die Boere mekaar begin te skiet. Mark my words."

Ten spyte van alles kon ek myself nie so ver kry om te glo Lukas van Niekerk is dood nie. As Deon 'n aandeel daarin gehad het, al was dit ook hoe indirek, sou ek by implikasie mede-aanspreeklik wees, en ek het nie vir die gedagte kans gesien nie. As dit bloot die gevolg was van 'n township-struweling, sou dit sotlike kommentaar wees op sy ironiese lewe.

Ek moes daardie naweek 'n tydskrifartikel vir 'n Kaapse weekblad afhandel, maar ek kon nie aan die gang kom nie. Ek het die hele Saterdag gewerk aan vyfhonderd woorde.

Dit was al sterk skemer toe ek Alexandra binnegaan. Selbornestraat het gekrioel van voetgangers en uitbundige, toetende taxi's. Ten spyte van die laat uur was daar 'n sokkerwedstryd op Times Square aan die gang en ek moes geduld gebruik om in Veertiende Laan in te kom. Ek het myself belowe ek sou nie teruggaan Alexandra toe voor ek Lukas se toestemming het nie, maar iets het my daardie hele dag aangedryf soontoe.

Ek het in Roothstraat afgedraai en in Sestiende Laan gaan stilhou en gewag tot dit heeltemal donker was. Dit was vyf minute se stap na Lukas se huis toe.

Die werfie wat gewoonlik so netjies gehou is, was verwaarloos. Daar het oral stukke koerantpapier rondgelê en die pronkertjies was dood aan hulle stokke. Die voordeur was gesluit. Ek het my verbeel ek hoor stemme in die agterplaas. Ek het teen die muur langs geloop en op die hoek van die huis gaan staan. Die stemme was anderkant die sinkheining. Ek het deur 'n spykergat in die heining gaan loer en 'n groep mense in 'n kring sien sit. Iemand het in die middel gestaan en praat en langs hom het 'n vrou op 'n stoel gesit. Dit was 'n kerkdiens of 'n hofsitting of 'n politieke vergadering.

Die huis se agterdeur was ook gesluit. Ek het die vensters begin toets. Hulle was almal op knip, maar die knippe was so primitief dat 'n mens sonder veel moeite sou kon inkom. Trouens, die slaapkamervenster was heeltemal los. Ek kon dit uit die kosyn uithaal en op die grond neersit.

Die huis was pikdonker en bedompig.

Die reuk in die slaapkamer het ek laas geruik toe ek 'n kind was: iets van die reuk van groen fluweel en ou meubels en staanhorlosies en Boereportrette uit die donker opstalle van my jeug. Iets van blouseep. Iets van vetkerse en skoenleer en 'n koue koolstoof.

Ek het 'n vuurhoutjie getrek. Die bed was opgemaak. Bokant die katelstyl teen die muur het Moeka van Niekerk uit haar ovaalraam vir my gefrons. Die tolletjiestoel met die deurgetrapte voetsport het langs die bed gestaan met 'n kersblaker op die hol mat. 'n Tweede en derde en vierde vuurhoutjie het my gehelp om die meelsif te herken, die botterspaan, die greinhouttafeltjie met die oliekleedjie, en die stapeltjie gehawende boeke – C. Louis Leipoldt se *Waar spoke speel*, Totius se *Trekkerswee*, Rothmann se *Oorlogsdagboek van 'n Transvaalse burger te velde* en Van der Merwe se *Pioniers van die Dorsland*.

Daar was 'n kas teen die een muur met 'n gordyn voor. Agter die gordyn was 'n stuk of ses rakke vol opgevoude hemde en broeke, twee pare verfbesmeerde skoene en 'n pak klere aan 'n hanger.

Op die tafel in die voorkamer het 'n koerant van 8 Oktober oop gelê. Daar was 'n beker met taai koffiereste op die boom, Wes-Transvaal se telefoongids, 'n potlood en 'n notaboek. Ek het die notaboek in my sak gesteek.

In die kombuis was die koolstoof koud. Op die een plaat was 'n kastrol met uitgedroogde pap. Agter die deur het 'n verfbesmeerde oorpak gehang. Ek het amper in die skottel water getrap wat langs die deur staan. Daar het skifsels seep op die oppervlak gedrywe. Omtrent 'n sentimeter bokant die water was 'n duidelike rif asof heelwat van die water al verdamp het. Vir my was dit die finale bewys dat daar lank laas iemand in die huis was.

Ek was net voor nege terug by die woonstel.

Lukas se notaboek het aanvanklik nie veel opgelewer nie. Die meeste van die inskrywings was in Portugees. Ek kon hier en daar 'n adres of 'n telefoonnommer herken. Op 'n paar plekke het hy kwotasies uitgewerk vir 'n verfkontrak. Een plek het hy sy kombi se brandstofverbruik bereken. Daar was inkopielyste. Eers met die soveelste deurwerk van die notaboek het 'n lysie telefoonnommers my aandag getrek, almal vyf syfers lank. Dit was plattelandse nommers. En daar was 'n skakelkode by: 01421. Ek het die poskantoor gebel. Dit was Rustenburg se kode. Ek het een van die nommers gebel. 'n Van Niekerk het geantwoord. Ook die tweede en derde en vierde nommers het aan Van Niekerks behoort. Almal was plaaseienaars.

Lukas was besig om na sy wortels te soek.

Ek het die notaboek van voor af gefynkam. 'n Paar bladsye ná die eerste reeks Rustenburg-nommers was daar, oor verskeie bladsye versprei, nog 'n paar vyfsyfernommers. Die eerste een was Rustenburg se inligtingsburo en die tweede een die kerkkantoor van die Gereformeerde Kerk. Lukas was dus, ten einde raad, op soek na doopregisters.

Die laaste nommer was dié van ene Greeff van die plaas Wagenmakersdrift.

Die koster of opsigter of wie dit ook al was wat my by die kerkkantoor te woord gestaan het, het dadelik die swart man onthou wat 'n paar weke tevore die ou doopregisters kom naslaan het. "Ek kan nou nie sê dit was 'n kaffer gewees nie; dit het vir my meer gelyk soos 'n baster koelie of 'n ding. Maar hy't 'n hele môre hier gesit en vroetel tussen al die ou papiere. Ek wou hom eers nie help nie. 'n Mens weet deesdae nie meer met hierdie swart mense wat mag nou en wat mag nie. Maar toe wys hy my sy papiere van Unisa wat sê hy leer daar in geskiedenis en al dié soort goed, en toe sluit ek maar oop. Ek moet sê hy was nogal ordentlik gewees en manierlik en als. En hy praat Afrikaans soos ek en jy." Maar nee, of die man gekry het wat hy aan 't soek was, weet hy nie.

Moeka is, as ek reg uitgewerk het, in die omgewing van 1890 gebore. Ek het by 1888 begin soek. Die spoggerige sierskrif was nie oral ewe maklik leesbaar nie. Die ink was dof en plek-plek het van die bladsye skynbaar in 'n stadium aan mekaar vasgesit.

Die eerste Van Niekerk waarop ek afgekom het, was ene Catharina Johanna, op 11 Januarie 1891 ten doop gebring deur Lucas Adriaan en Margareetha Maria van Niekerk van die plaas Wagenmakersdrift.

Die besoek aan Greeff het niks opgelewer nie. Hy kon glad nie onthou van enige swart man wat oor die voorafgaande paar maande by hom kom aanklop het nie. Daar was niemand wat in dié tyd enigsins by hom navraag gedoen het oor die plaas se vroeë eienaars nie.

Ek kon nie verstaan dat die spoor daar doodloop nie. Al sy navrae het tog na Wagenmakersdrift gelei. Die enigste moontlike verklaring waaraan ek kon dink, was dat hy deur die Diepkloof-insident gekeer is.

Volgens die aktekantoor in Pretoria was die oorspronklike plaas oor die agtduisend Kaapse morg groot. Dis in 1879 op huurpag aan Van Niekerk uitgegee. Die ooreenkoms is in 1904 gekanselleer en die grond is aan ene De Bruyn verkoop. Dit is daarna verkeie kere onderverdeel en slegs Greeff se gedeelte was nog onder die oorspronklike naam geregistreer.

Die Woensdag op pad Pretoria toe vir Deon se hofsaak was daar al tekens dat iets nie pluis is nie. Daar was 'n padblokkade naby Voortrekkerhoogte en weermagvoertuie by die stasie en rondom Kerkplein. Twee keer, terwyl ons gewag het vir die saak om te begin, kon ons die geloei van ambulanse hoor verbygaan.

Hy was baie kalmer as wat ek gedink het hy sou wees. Sy hande was die hele tyd op die houtreling voor hom en hy het stadig en duidelik en sonder emosie gepraat. Sy gesig was nat van die sweet, maar dit wás bedompig in die hof. Hy het die landdros as meneer aangespreek. In 'n stadium het Dina 'n sakdoek na die klerk van die hof toe uitgehou en beduie hy moet dit vir hom aangee, maar Deon het sy kop geskud.

"Ek beskou myself nie as 'n misdadiger nie, meneer. Ek is 'n politieke gevangene."

"Die twee mense wat jy probeer ontset het, staan aangekla van 'n ernstige misdaad."

"Wat hulle gedoen het, het hulle vir hulle land gedoen."

"Hulle was op die punt om mense se lewens te neem."

"Dit gebeur in alle oorloë, meneer."

"Het ons dan met 'n oorlog te make?"

"Ja."

"Wie het die oorlog verklaar?"

"Die Afrikaner. Ons is moeg om wette te eerbiedig wat óns nie eerbiedig nie. Alle ander volke in die wêreld het die reg om hulleself te regeer en hulle eie land te hê behalwe die Afrikaner. Ons het nie onwettig hiernatoe gekom nie, meneer. Ons verdien 'n plek."

"Gaan dit 'n politieke toespraak word?"

"Ek probeer verduidelik hoekom ek glo ek is 'n politieke gevangene. Ons word ingesluk deur dertig miljoen swartes, en wanneer ons probeer keer, is ons misdadigers."

Ek het Deon nooit voorheen as arrogant beskou nie; hardkoppig, soms, met 'n wil van sy eie – maar nooit só vol bravade nie.

"Tot nou toe is dertig miljoen swart mense deur vier miljoen wittes ingesluk. Was dit beter?"

"Ons het hulle hulle eie tuislande gegee . . ."

"Tien persent van die land."

"Goed, gee ons dan daardie tien persent. Ons sal dit vat. Ons gaan in elk geval meer as dit vat."

"Dit lê nie binne die bevoegdheid van hierdie hof om aan u versoek te voldoen nie." Die landdros kon duidelik nie meer sy sarkasme wegsteek nie. "As dit was, kon ons dalk eindelose politieke onderhandelinge uitgeskakel het. Miskien is dit nodig dat ons die funksie van die hof verduidelik. Dit is nie daar om politieke ideale of griewe te evalueer nie. Die hof se taak is uitsluitlik om die feite van 'n gegewe saak te toets aan die wetlike bepalings wat op 'n gegewe tyd geld, en om aan die hand van die beskikbare getuienis te bepaal of 'n persoon hom skuldig gemaak het aan 'n oortreding van daardie bepalings. En dit is wat hierdie hof voornemens is om te doen."

"O nee, edelagbare," het iemand skielik agter in die hof gesê. "Dis nie so eenvoudig nie."

"Stilte!"

'n Middeljarige man in kakieklere het op die been gekom. "As daardie bepalings 'n hele volk se reg op voortbestaan bedreig, is dit my plig en my reg én daardie jong man daar voor se reg om sulke wette te minag en te verwerp!"

"Verwyder daardie man, asseblief."

"Vat aan my. Ek daag julle uit, raak net aan my en ons keer hierdie plek om!" Daar was 'n stuk of twaalf kakiehemde aan weerskante van hom.

Dina het begin huil.

Die twee jong hofkonstabels by die deur het duidelik nie vir die man kans gesien nie. Hy het by sy makkers verbygeskuur en op die konstabels afgestap, 'n oomblik uitdagend voor hulle vasgesteek en toe uitgeloop. Vier van die ander het hom gevolg en die res het bly sit.

Die hele tyd het Deon strak voor hom uitgestaar asof hy nie hoor wat aangaan nie.

"Dis die soort mense, my jong vriend, wat hulle met jou saak vereenselwig. Ek hoop dit laat jou nadink." Die landdros het na die aanklaer geknik om voort te gaan.

"Edelagbare, die beskuldigde beweer hy het op 'n ingewing besluit om Du Plessis en Conradie te ontset. Kan hy miskien aan die hof verduidelik hoe iemand wat op 'n ingewing optree so presies weet watter prosedures en tydtafels die polisie volg wanneer aangehoudenes hof toe vervoer word."

"Ons het baiekeer daaroor gepraat."

"Wie is hierdie 'ons'?"

"Ek en my vriende."

"Hulle het jou dus gehelp, hierdie vriende, om in Pretoria te kom en op die regte tyd op die regte plek te wees."

"Niemand het my gehelp nie. Ek het geryloop."

"Kwart voor agt word jy in die middel van Johannesburg by jou skool afgelaai en binne vyf en veertig minute ryloop jy tot in Pretoria?"

"Ek was maar net gelukkig."

Iewers, ver buite, het daar weer 'n ambulans verbygeloei.

"Ek stel dit aan jou dat jy uit jou ma se motor geklim en oor die straat gestap het tot by 'n ander motor. Jy het agter in die ander motor geklim en julle het gery."

"Dis nie waar nie."

"'n Groen Mazda met 'n stukkende agterruit."

Deon het na sy ma gekyk.

"Wie was die twee mans voor in die motor?"

Daar was nou 'n luidrugtige gepraat buite in die gang.

"Ek weet nie."

"Maar jy weet van die Mazda."

"Ek weet niks."

'n Ordonnans het ingekom en iets in die aanklaer se oor gefluister. Hy het verbaas opgekyk en hom tot die landdros gerig. "Edelagbare, ons vra vir 'n kort verdaging."

Deure het begin klap en ek het iemand hoor bevele skree. Niemand het op die verdaging gewag nie – almal was besig om so vinnig moontlik uit die hofsaal te kom. Ek het op Deon afgepyl terwyl hy met 'n glimlag op sy gesig na die deur staan en kyk waar die landdros 'n oomblik tevore uitgegaan het.

Almal was reeds buite behalwe ek en Deon en die konstabel. En Dina. Sy het doodstil gesit. Dit het gelyk of sy bid.

"Deon."

Die konstabel wou my probeer keer.

"Deon!"

Hy't na my gekyk en sy kop geskud.

"Wat gaan aan?"

Hy't sy kop aanhou skud. "Ek is jammer, Pa. Dis nou te laat."

"Te laat vir wat?"

Die konstabel het hom weggevat.

Die gange was vol polisie en ons is gevra om die gebou te ontruim. Pretoriusstraat was die ene Casspirs. In Paul Krugerstraat het drie taxibussies staan en brand en ek het mense met kakieklere en gewere in 'n gebou sien inhardloop. In my motor het ek die radio aangeskakel. Iemand was besig om verslag te doen oor bomskade aan die een of ander gebou. Ek het afgelei dis die Staatsteater. Die verslag is onderbreek deur 'n nuusflits oor 'n brand wat in die Parlementsgebou in Kaapstad uitgebreek het. Dis gevolg deur nog 'n flits dat die staatspresident se ampswoning in Pretoria deur 'n groep gewapende mans beset is.

Die verkeer het al by die Fonteinesirkel begin opdam. Drie, vier, vyf helikopters, vibrerend in die dynserige lug, was oor die Voortrekkermonument onderweg stad toe. Daar was 'n bank rook oor Groenkloof en die geluid van straalvegters iewers. Motors het buffer aan buffer deur Fonteinedal aangekruie. Die eerste padblokkade was by Clubview. Daarna het die verkeer begin vloei en eers weer naby Midrand opgedam. Daar was geen nuusflitse meer oor die radio nie. Die normale programme is skynbaar gekanselleer, want daar was net musiek. 'n Paar kilometer duskant die Roodepoortsnelweg het die verkeer heeltemal tot stilstand gekom.

Die eenuurnuusbulletin was nie juis gerusstellend nie. Daar was 'n oproep tot kalmte deur die staatspresident nadat wat bestempel is as regsgeïnspireerde geweld en brandstigting op talle plekke in die land voorgekom het. Agt mans wat die presidentswoning in

Pretoria die oggend beset het, is in hegtenis geneem, en drie is in 'n skietgeveg met die polisie noodlottig gewond. Brande wat in Kaapstad, Bloemfontein, Pretoria en verskeie plattelandse dorpe gestig is, is geblus of was onder beheer. 'n Aantal polisiekantore in en om Pretoria en op verskeie plattelandse dorpe is deur groepe gewapende mans oorgeneem. 'n Vliegtuig met drie kabinetsministers aan boord onderweg van Johannesburg na Kaapstad het veilig in Kimberley geland ná 'n bomdreigement.

Daar was 'n stuk of vyftig polisie-amptenare besig om motors van die pad af te trek. Elke derde of vierde motor is toegelaat om te ry, maar die res is deurgesoek. Ek was een van die gelukkiges. Ek het die westelike verbypad geneem en deur Bryanston huis toe gery en na my kind verlang.

Dit was die Donderdag al duidelik dat die vorige dag se geweld maar net die begin was van 'n landwye regse opstand. Die oggend net ná dagbreek het 'n groep mans in bakkies en vragmotors die plakkerskampe in Pretoria-Oos en Sinoville aangeval, minstens sewentig mense geskiet en hutte aan die brand gesteek. In Randburg is veertien taxi's met masjiengewere aangeval.

Daar was voorheen dikwels bewerings dat die polisie meedoen aan die geweld, en dis oor en oor ontken. Niemand wat vir sy inligting afhanklik was van nuusbulletins en koerante het meer geweet wat is die waarheid nie. Maar teen tienuur daardie oggend was dit duidelik dat die opstand 'n mate van steun van sowel die polisie as elemente in die weermag het. In verskeie voorvalle in Noord- en Wes-Transvaal is daar uit polisievoertuie op swart mense geskiet en in Bloemfontein is Casspirs gebruik in 'n aanval op die Hooggeregshof. Die middag het die Blanke Konserwatiewe Front in 'n verklaring gemaan teen ondiskriminerende geweld en terselfdertyd geëis dat die regering bedank.

Donderdagnag is die Sentrale Gevangenis in Pretoria deur 'n ontploffing beskadig en 'n hele aantal politieke gevangenes ontset. Deon was een van hulle.

Ek het Dina probeer bel, maar daar was nie antwoord nie.

Teen Vrydagaand het ons geweet die geweld wat daardie Woensdag begin het, was nie sommer 'n tydelike opstand nie. Die geweld was nie meer soos voorheen beperk tot die swart woonbuurte nie. Dit was nou wit teen swart en wit teen wit.

Dit was oorlog.

Saterdagoggend was daar nog steeds nie antwoord by Dina nie. Ek het afgegaan kafee toe vir 'n paar inkopies. Op pad terug boontoe was die hysbakdeure al byna toe toe iemand sy voet in die deur sit en dit weer oopstoot. 'n Jong swart man in 'n verfbesmeerde oorpak het ingestap, vir my geglimlag en in die hoek gaan staan.

"Watter verdieping?" wou ek weet.

Die man het nie geantwoord nie, gewag tot die deur toe was en 'n koevert uit sy sak gehaal. "This is for you."

Ek het die koevert gevat. Daar was nie 'n naam of 'n adres op nie. Die hysbak het op my verdieping tot stilstand gekom. "For me?" Die deur het oopgegaan. "What is it?"

"A letter."

"From?"

"Read it."

Terug in die woonstel het ek my inkopies op die koffietafel neergesit en die koevert teen die lig gehou. Ek kon niks sien nie. Ek het dit oopgeskeur en 'n opgevoude vel papier uitgetrek.

Die brief was in potlood geskryf.

Beste vriend

Ek sal later mooi vertel hoe dit gebeur het laat ek weg is. Daar was genog redes. Ek stuur die brief met vriende want die pos is gevaarlik om te berig dat ek die emmer mis geskop het maar ons het baie moeilikyt met jou kint se vriende. Hulle het my amper gekry maar Moeka se Groote God was genadig. Ek soek werk waar hulle my nie sal agterkom nie maar dis swaar sonder die vervoer. Bel Nathi Mayekiso by Meadowlands. Brand die brief als u blief.

Sipho

Hy het die emmer misgeskop. Hy was nie dood nie. Lukas van Niekerk was iewers sonder sy Hiace en sy verfpanne en rollers op soek na werk.

Ek het die brief weer gelees. Daar wás dus 'n verband tussen sy verdwyning en Deon se vriende. Dieselfde mense wat mý kom opneuk het, het hom onder hande gehad.

Ek het Mayekiso se nommer nageslaan en geskakel. 'n Vrou het geantwoord. Sy kon nie Engels of Afrikaans verstaan nie en het heeltyd Zoeloe gepraat. My Zoeloe is taamlik gebrekkig, maar ek het my bes gedoen. "*Nathi ukona? Ngiafuna kukuluma ngeNathi.*" Ek kon nie uitmaak wat sy vir my sê nie. Ná 'n lang gesukkel was daar skielik 'n man se stem aan die ander kant. Hy het in Engels begin maar ná 'n rukkie oorgeslaan Afrikaans toe. Sy naam is Nathi Mayekiso, ja, maar van watter Sipho praat ek; hy ken baie Sipho's. Nee, hy ken nie 'n Sipho Mbokani nie. Ek het hom van die brief vertel, van die uitgebrande Hiace. Ek kon hoor hoe hy kort-kort sy hand oor die spreekbuis hou en met iemand anders praat. Hy wou weet waar ek bly, wat my telefoonnommer en my motor se registrasienommer is.

Ek was nog besig om te praat toe hy my in die rede val. "Ek sal jou in Hillbrow kry. Vanaand. Jy kan Hillbrow toe kom vanaand?"

"Ja. Hoe laat?"

"Agtuur. Jy ken Zozo's?"

"Nee."

"Pretoriastraat. Agtuur."

Hy het die foon neergesit nog voor ek kon antwoord.

Zozo's. Pretoriastraat. Agtuur.

Die dag se nuusprogramme was uitsluitlik aan die geweld gewy. Daar was reeds meer as vierhonderd mense dood. In die stedelike gebiede was die situasie min of meer onder beheer danksy 'n sterk weermagteenwoordigheid, maar die toestand in die meeste plattelandse dorpe was blykbaar chaoties.

Dit was moeilik om te glo. Behalwe daardie Woensdag in Pretoria het ek nooit 'n skoot hoor klap nie. Vir baie van ons was dit in daardie stadium nog 'n onwerklike soort oorlog wat net op televisie gewoed het.

Die aand op pad Hillbrow toe was daar 'n paar weermagvoertuie in Jan Smutsrylaan en 'n ambulans in Empireweg, maar verder niks.

Zozo's, 'n koffiekroeg met 'n stuk of twintig tafeltjies, was eienaardig stil vir 'n Saterdagaand. Agter in die hoek was 'n klein verhogie met 'n paar musiekinstrumente en klankversterkers. Dit was waarskynlik een van daardie plekke wat eers laat in die aand begin lewe kry.

Ek het 'n cappuccino bestel.

Agter my was twee mans druk in gesprek. Dit het geklink of die een bitter naby aan trane is. "Ek verstaan haar nie. Als wat ek doen, is verkeerd."

"Jy moet met ou Kas loop praat. Sy vrou was presies dieselfde."

"So hoe't sy reggekom?"

"Operasie. Hulle't glo haar histerektomie uitgehaal."

My koffie het gekom. En die rekening met 'n PTO groot daarop geskryf. Agterop 'n enkele sin. *Drink your coffee and meet me in the gents.*

Die cappuccino was koud en die waskamer met die eerste oogopslag verlate. Die verste toilet was beset. Ek het voor die toe deur gaan staan en keelskoongemaak. "Sorry about the cappuccino," het die man in die toilet gesê.

"Never mind."

"Are you alone?"

"Yes."

"Turn left in the passage and go out through the green door. There's a taxi waiting in the parking lot."

"Where are we going?"

"Jeez, ask the driver."

"You like playing hide and seek?"

"Tummy trouble, OK?"

"I'm not being followed, I can assure you."

"Says who? Get a move on."

Die man in die taxi het homself voorgestel as Nathi Mayekiso – 'n reus van 'n man met 'n natgeswete groethand, 'n baard en 'n bronchitis-hoesie.

"Jy soek vir Sipho?"

"Sal jy my na hom toe vat?"

"Ons sal probeer."

"Vir wat kruip hy so weg?"

"Die Boere soek hom. Wat kan hy maak?"

Hy was nie onvriendelik nie, maar ook nie spraaksaam nie. Daar was iets onder die motor se paneelbord wat hom gehinder het, want hy was aanmekaar met 'n tros los drade aan die vroetel, terwyl hy terselfdertyd probeer om sy truspieël dop te hou. Hy is in die eerste vyf of ses straatblokke minstens twee keer oor 'n rooi robot en ek het die gevoel gekry dis nie per ongeluk nie.

"Hoe lank ken jy al vir Sipho?"

"Drie weke."

"Is jy 'n Zoeloe?"

"Van my kop tot by my voete pure Zoeloe van Nongoma."

"Waar leer 'n Natalse Zoeloe Afrikaans praat?"

"Kiaathoutfontein se beeskraal. En in die onderwys."

"Jy's 'n onderwyser?"

"Ek was 'n onderwyser. Ek het die kinders twintig jaar lank Afrikaans geleer. Tot '76."

Ons is met die M1 suid en met die Soweto-hoofweg deur Diepkloof en Orlando. Daarna was ek my rigting kwyt.

Nathi Mayekiso se blyplek was 'n vierkantige huisie tussen 'n duisend soortgelyke vaal, vierkantige huisies in 'n rommelbesaaide, boomlose, rookbesoedelde buurt.

'n Opgeskote dogter met uitgekamde hare en Lucky Dube se gesig op haar hemp het vir ons die deur oopgemaak. Die huis was klein maar netjies gemeubileer. In die skerp elektriese lig kon ek nou vir die eerste keer my gasheer ordentlik bekyk. Hy was byna twee meter lank en gevaarlik oorgewig; sy verkreukelde pak klere had moeite om oral by te kom. Iets aan sy klere, sy houding, sy welige baard en die sakhorlosie in sy onderbaadjie het my herinner aan die wellewende Hoëveldse skaapboere van my jeug. Ek het verwag hy sou enige oomblik sy pyp en twaksak uithaal. "Sit," het hy gesê. "Drink jy Coke?"

"Asseblief."

Ek weet nie waar Lukas vandaan gekom het nie, maar toe my oog hom vang, staan hy reeds langs my.

"Lukas."

"Hoe gaan dit met die Boer?"

"Ek dag jy's dood."

"Ek wens almal dink so."

Hy was maerder as voorheen, sy een ooglid het effens gehang en sy regterarm was in 'n verband. Hy het my met sy verkeerde hand gegroet.

"Ek het jou tot by Wagenmakersdrift gaan soek."

Of hy my gehoor het, weet ek nie, want Nathi het met die Coke ingekom en gevra ons moet hom verskoon. "My kar het 'n short en ek is dom met al darie drade."

"Hoe gaan dit met jou kind?" vra Lukas toe ons weer alleen is.

"Ek weet nie. Hy't ontsnap."

"Dit begin nou hierso lyk soos daardie tyd in Angola. Almal baklei nou lekker en niemand weet vir wat nie. Azahr sê my hulle het jou ook gekry."

"Vir jou ook, sien ek."

"Hulle het my goed opgebliksem. Nog beter as in Komatipoort. Daardie ouderlinge was niks teen dié slag nie."

"So dis hoekom jy wegkruip. Jy's bang hulle kom terug."

"Hulle hét teruggekom. 'n Klomp keer al. Ek wil my goed daar gaan haal, want ek is bang hulle steek die plek aan die brand. Nathi sê nee – as hulle ons kry, skiet hulle."

"Ek sal dit gaan haal."

"Daar's goed daar weggesteek wat net ek sal kry."

Die storie het later daardie aand en oor die daaropvolgende paar dae broksgewys uitgekom.

Hy het die Vrydagaand ná elf by die huis gekom van Pietersburg af waar hy mense gaan aflaai het. Hy het water warm gemaak om hom te was en het pas die water in die skottel gegooi toe iemand by die agterdeur klop. Dit was twee blankes in polisieuniform. Hulle het gesê hulle is van die narkotikaburo en hulle soek Mandrax. "Ek het gesê hulle moet maar soek, ek weet nie eers hoe lyk die goed nie. Ek het my gesig en my voete klaar gewas, maar ek hoor heeltyd hoe soek hulle. En ek hoor hulle soek al hoe kwaaier. Hulle keer die bed om en hulle gooi my klere en my boeke rond en hulle kom in die kombuis in en hulle smyt alles uit die kaste uit. Toe loop hulle. Toe's ek kwaad, maar wat kan ek doen? Toe pak ek alles reg tot oor twaalf. Maar ek bly nog te kwaad om te slaap en ek lees die koerant en ek onthou: jissa, my sleutels! My bus se sleutels was op die tafel en dis nie meer daar nie. En ek gaan uit en my bus is weg. Toe weet ek. En ek sluit die huis om te gaan rapporteer."

Hy het nie verder as die straat gekom nie. Daar het skielik 'n voertuig om die hoek gekom en hy het sy Hiace se een skewe voorlig herken. Hulle het hom letterlik in die ry opgelaai.

Daar was nou vier mans in die voertuig – die twee in uniform en twee in gewone klere.

"Hulle wil weet waar is al die papiere en goed wat ek by Ben Myburgh gesteel het."

"Jy was weer by Myburgh?"

"Jy't mos die kiekies gekry."

"Ja."

"Ek was nie weer by sy huis nie. Maar ek het een môre agter hom aangery tot by 'n plek in Roodepoort. Toe sê iemand vir my dis sy besigheid. Hy druk boeke en sulke goed daar."

"Voorslagpers."

"Daar was nie 'n naam nie. Daardie middag toe breek ek in by mister Myburgh se bakkie. Ek het 'n klomp kiekies gekry en 'n boks vol briewe en lyste en goed. Ek het die kiekies onder jou deur gaan insit en die ander goed weggesteek.

"Nou toe wil hulle weet waar's die goed en hulle slaan my aanmekaar tot my oë toe is van die opswel. Hulle sê dit help nie ek hou my dom nie, want hulle't my vingermerke op die hek by die plaas gekry en dis dieselfde vingermerke op Myburgh se bakkie. Heeltyd ry ons op en af in Alexandra.

"Toe hulle sien ek gaan nie praat nie, toe hoor ek die een sê: 'Right, boys, dan vat ons hom uit'."

Iewers op 'n plek het hulle stilgehou en gesê hy moet alleen verder ry. Hy het gehoor daar hou 'n motor by hulle stil en toe ry die motor en hy is alleen. Behalwe dat sy oë nou byna bottoe geswel was en hy skaars die pad voor hom kon sien, was sy regterarm lam; hy kon glad nie die stuurwiel vashou wanneer hy ratte wissel nie. Maar dit was ook nie eintlik nodig nie, want hy was nog in tweede rat toe hy die skote hoor klap. Toe bars die Hiace in vlamme uit. Hy is van die pad af en in 'n donga in waar hy waarskynlik sy bewussyn verloor het.

Nathi Mayekiso het hom daar gekry, waarskynlik minute later. Hy het hom uit die Hiace gesleep en hom huis toe gevat.

11

Hulle het Quibala nie gehaal nie. Hoe nader hulle gekom het, hoe slegter was die nuus. Daar was al dae lank gevegte op die hoofroete suid van die dorp. Die MPLA was in beheer van die distrik. Die toegangspaaie suid en oos en noord van die dorp was gesluit en die brûe opgeblaas. Burgerlike voertuie is deursoek. Die busdiens Malanje toe was al 'n week tevore onttrek.

Die verkeer wat hulle gekry het, was in die teenoorgestelde rigting op pad Novo Redondo en Lobito toe om 'n skip te probeer haal; Norton de Matos en Nova Lisboa toe om agter Unita se linies te probeer inkom. Volgelaaide *carrinhos*, vragmotors met meubels en pluimvee en kinders, motors met dakrakke vol koffers en kartondose en rolle klam komberse.

'n Paar keer het hulle stilgehou om pad te vra by iemand wat 'n pap wiel regmaak of 'n gesin wat langs die pad sit en eet. Een keer by 'n bejaarde vrou wat moedeloos langs die oop kap van haar vervalle, kokende, groen Anglia staan en wag op 'n wonderwerk. Almal se raad was dieselfde: draai om, in godsnaam, Quibala is 'n bynes.

"Ek het dertig jaar gelede soos my vinger die land ingekom," het die vrou vertel terwyl Lukas probeer om die Anglia se waterpyp met kleefband te lap. "Net met die rok aan my lyf. Ek het soggens skoolgehou en smiddae in die kliniek gehelp en naweke kollektebussies geskud om hierdie land se verdruktes te help. En as ek dit maak tot in Lobito sal dit weer wees met net die rok aan my lyf. Die verskil is net: my kaartjie hiernatoe was vooruit betaal. Ek weet nie van terug nie. Hoeveel kry 'n mens in 'n tyd soos dié vir 'n kar soos myne?"

Eers toe die Anglia 'n halfuur later rokend tussen die los klipkoppe wegraak, het Lukas agtergekom Buba en Bernardo is nie daar nie. Hy het sy gereedskap weggepak – bewus, skielik, van die eienaardige stilte en sy eie alleenheid. Dit was net ná twee.

Hy het die Henschel se olie en water nagegaan en die bande bekyk. Die petroltenk was nog oor half.

Hy het in die lorrie geklim en die enjin aan die gang gesit. En eers toe dit rustig onder hom klop, besef hy het dit gedoen omdat die stilte hom omkrap.

Daar was 'n uitgrawing aan die regterkant van die pad en hy het die lorrie van die pad afgetrek en die enjin laat luier. Die lug was betrokke en dit was donker vir kwart oor twee in die middag. Die bosse weerskante van die pad was klam en bedompig en vol diep skaduwees en hy het sit en wag vir Bernardo-hulle om te kom. Hy het geweet buite-om die egalige hartklop van die Henschel se enjin hang die stilte soos nat goiing oor die landskap, en hy wou nie die enjin afskakel nie. Hy het sit en wag.

Buba het eerste teruggekom en op die trap langs sy deur geklim.

"Wag jy al lank?"

"Nee. Waar is ons vriend?"

"Hy kom." Haar mond was pers gevlek van die een of ander veldvrug.

"Ek dink ons moet omdraai, Buba."

"En dan?"

"Wat help dit as daar buitendien nie meer busse is nie?"

Sy het weggekyk en niks gesê nie.

"Dit help nie ek laai jou net daar af nie."

Bernardo het oor die pad aangestap gekom.

"Ons kan kyk hoe lyk dit in Nova Lisboa. Daar's áltyd treine. Dalk kry jy daar geleentheid."

Bernardo Bravo het nie vrae gevra of kommentaar gelewer nie. Hy het die kruis geslaan en stilgebly en saamgery.

Hulle is daardie selfde middag nog deur Ebo. Dit was 'n lang skof daarvandaan tot in Nova Lisboa – 'n afstand van byna tweehonderd kilometer grondpad wat min of meer parallel loop met die hoofroete van Quibala af.

Omdat die reën weggebly het, het hulle deur die nag gery. Bernardo was agterop die bak onder die olieseil en Buba het voor langs hom lê en slaap.

Lukas het verwag om voor dagbreek in Norton de Matos te wees, die slegte paaie ten spyt, maar toe die son die volgende môre opkom, was daar nog geen teken van 'n dorp nie en die brandstofmeter was laag.

Hy het eers net die sleepwa gesien. Omdat dit effens sleg geparkeer was en die pad boonop nie te breed nie, was daar net-net genoeg plek vir die Henschel om verby te kom. Eers toe hy langs die sleepwa kom, het hy die trekker gesien. Die grond was swart van weggesyferde olie; die linkeragterwiel was aan flarde geruk en die sitplek en stuurwiel was weg. Waar die agterwiel moes wees, was 'n gat in die grond.

Lukas het stilgehou. Hy het geweet wat dit beteken. Dit was nie goeie nuus nie. Hy het 'n paar tree teruggestoot en Buba wakker gemaak. Dit het haar 'n rukkie geneem om by te kom.

"Landmyn."

"Ja." Hulle het na mekaar sit en kyk. "As daar een is, moet daar meer wees."

Daar moet 'n bui reën uitgesak het nadat die myn afgetrap is, want die trekker se spore was toegespoel en daar was druppels water op die enjinblok. Langs die voorwiel het 'n oopgebarste skoen gelê, maar verder was daar van die drywer geen teken nie. Die trekker het waarskynlik pas uit 'n plaaspad in die hoofpad ingedraai toe hy die myn aftrap.

Bernardo Bravo was teen dié tyd ook reeds wakker. Hy het die skade oor die rand van die bak sit en bekyk en deurlopend kommentaar gelewer sonder dat iemand kon hoor wat hy sê.

Lukas het verder teruggestoot en by die plaaspad ingery. Regs van die pad was 'n lappie jong mielies en links het 'n klompie melkkoeie agter doringdraad gewei.

Die opstal was sowat driehonderd tree verder aan die voet van 'n klipkoppie weggesteek tussen 'n plaat groot bome en omring van hoenderhokke, melkstalle en 'n verskeidenheid ander verwaarloosde buitegeboue.

Behalwe die geluid van kekkelende hoenders was daar geen ander teken van lewe nie.

Voor die systoep was 'n draad vol natgereënde wasgoed. Alles mansklere. Die voordeur was oop. Daar was vuil skottelgoed op die eettafel. 'n Enkelbed in een van die slaapkamers was onopgemaak. Die koolstoof was koud.

Bo van die klipkoppie af kon 'n mens die pad sien en die trekker se een koplig wat in die son weerkaats, en links van die huis die blink rug van 'n gelykvol sementdam. Daar was berge ver in die noorde maar die res was plat bosveld met net hier en daar los granietkoppe.

Die vorige dag se wolke was weg en dit was warm.

Lukas het óm die kop geklim, 'n pad gesoek deur klipskeure en die koelte van digte rankgoed oor verrotte boomstamme en mufgeel vyewortels waar duisendpote en bont torre in die mos wei, en Buba se bessiemond onthou en haar asem wat soos nat grond ruik. Die bome het oopgemaak oor 'n swart klipplaat en hy kon die vlakte suid sien uitstrek. Iewers – hoe ver nog? – agter die vaal einders was Sá da Bandeira. Iewers was Moeka besig om werf te vee en wasgoed op te hang en stokrose te sny en te wonder wat van hom geword het. En nog verder suid – twee dae se ry, drie dae – was die land van melk en heuning.

Buba het hom op die werf staan en inwag. Hy kon op haar gesig sien sy is ongeduldig. "Wag ons nou of wat doen ons?"

"Ons wag."

"Vir wat?" Haar lippe was nog effens gevlek. "Lukas?"

"Vir iets om verby te kom."

"Hier's al twee keer goed verby."

"Boontoe of onder toe?"

"Van die suide af."

"Dit sê niks. Hulle ry aan die ander kant van die pad."

"Dan ry ons aan die verkeerde kant. Ons het nog net vir 'n dag kos."

"Nova Lisboa kan nie meer te ver wees nie."

"Ek hou nie van hierdie plek nie. Hier's . . . iets is nie lekker nie."

Hy het geweet waarvan sy praat. Die huis, die werf, alles het gewag op die terugkeer van 'n naamlose, gesiglose iemand: 'n mens, 'n man, die man wat nie tyd gehad het om sy enkelbed op te maak nie. Sy flits was nog langs sy bed, daar was nog van sy hare op die ingeduikte kopkussing, die bord waaruit hy geëet het, was nog op die tafel langs 'n Croxley met 'n inkopielys en 'n potlood en 'n beker melk en daar was vuil onderklere in die wasgoedmandjie en die hoenders het gewag om gevoer te word. Alles was afkerig van hulle ongevraagde tussenkoms, alles was op sy terugkeer ingestel.

"Ons wag tot daar een of twee voertuie van die noorde af verby is, dan ry ons. Miskien kan ons maar solank iets eet."

Bernardo Bravo was besig om die hoenders kos en water te gee. Die meeste van hulle se bekke het al oopgehang van die dors.

"Ek dink ons moet die hekke oopmaak, *padre*. Wie gaan môre vir hulle sorg?"

"Ons kan dalk 'n paar slag. Dis óf ons, óf die jakkalse."

Onder 'n afdak langs die skuur het 'n stuk of vyftig ogiesdraadkratte gestaan, 'n meter by 'n meter en omtrent 'n halwe meter hoog. Die vloere en rugkante was van saamgeperste hout. Lukas het die lorrie tot langs die afdak getrek, die paar kartondose met boeke en proviand en die bokseil afgelaai en die kratte begin oplaai. Hy het 'n ry kratte aan die linkerkant van die bak se rand gepak en 'n ry aan die regterkant, met die toe rugkante na binne, sodat daar 'n gang van 'n raps meer as 'n meter in die middel was. Bo-op die rye het hy nog drie rye gepak. Die kratte was nou omtrent twee meter hoog.

Die hele tyd het hy probeer luister of daar nie voertuie verbygaan nie. Hy kon Elena op die werf sien ronddwaal en hy was seker sy luister ook.

Bernardo het met twee afkophoenders aangestap gekom. "Wil jy nou ál die hoenders saamvat?"

"Ek bou 'n slaapplek."

"Jy wil hier slaap?"

"Ek gaan nog baiekeer slaap hiervandaan Transvaal toe."

"Dink jy die dame kan 'n hoender gaarmaak?"

"Ons braai hulle op die kole. Kry jy net die goed skoon."

Hy het sy knyptang gaan uithaal en op die werf rondgesoek na stukke draad en die kratte stewig aan mekaar vasgebind om te verhoed dat die goed met die ry begin uitskuif. Hy het die bagasie op die bak gelaai en nog drie kratte gebruik om die agterste opening van die gang toe te pak.

Deurentyd het hy geluister vir voertuie. En deurentyd het hy aan Elena gedink. Hy het besef dat hy al sedert die vorige dag byna onophoudelik met homself 'n gesprek voer oor haar. Dat hy in sy kop met haar loop en praat en haar niks sê wat regtig sin maak nie. Hy was besig om homself te probeer wysmaak dat hy hoegenaamd nie omgee nie, dat haar byna vyandige afsydigheid hom pas. Hy kon nie begryp hoekom dit nodig is om homself oor en oor daaraan te herinner nie.

Bernardo se twee hoenders was eers teen drie-uur die middag gaar, en hoewel hulle die vorige dag laas geëet het, was net Bernardo honger.

Hy het iewers in een van die buitegeboue tussen die hooibale 'n kat ontdek met 'n stuk of ses pasgebore kleintjies en die grootste deel van die hoender vir die kat gevoer. Die kat was brandmaer en omtrent net oë en tepels. "Kan ons nie die arme dier saamvat nie, broer?" wou hy weet. "Sy gaan sukkel om die kleintjies groot te kry."

"Ons het skaars genoeg kos vir onsself. Sy kan muise vang."

"Vir sover julle dit nie gedoen het aan een van hierdie geringstes nie, het julle dit aan My ook nie gedoen nie."

"Sluit dit katte ook in?"

"Dit sluit dan selfs ménse in! En dit het daardie katte gekos om my daaraan te herinner."

Lukas was al gewoond daaraan om met 'n halwe oor te luister wanneer die priester praat. "Los uit die katte, *padre*. Help my liewer."

"Ek sit en kyk, jy weet, hoe die spulletjie drink. En ek dink *meu Deus*! Hulle is oneindig slimmer as ek – blind soos hulle is. Dom en blind en heeltemal hulpeloos, maar hulle kry daardie tepels en knie hulle porsie genade uit die Groot Onbekende uit. Hoekom kry ek dit dan nie reg nie?"

"Jy dink te veel, Bernardo."

"Jy's reg." Hy was al weer op pad terug na die katte toe. "Hulle dink nie, hulle drink net."

Daar was steeds geen voertuie nie.

Hoewel Elena nie veel gepraat het nie, kon Lukas haar oë op hom voel. Hy het geweet sy is ongeduldig, sy wag vir hom, sy wil verder.

Bernardo het hom gehelp om die seil oor die bak te trek en met bloudraad daaraan vas te maak. Hy was nie haastig nie; hy wou tyd wen; hy kon nie begryp hoekom die pad so stil is nie. Die vorige dag nog was daar dosyne konvooie op pad suide toe.

Net voor sononder het hy grootpad toe gestap en die spore ondersoek. Elena het gepraat van twee motors wat verby is, maar hy kon net een stel spore sien, 'n ligte voertuig s'n, en dié het noord gery, Quibala toe.

Hy het 'n stok opgetel en strepe oor die pad getrek sodat hy die volgende dag vars spore kon lees.

Dit was al donker toe hy weer op die werf aankom. Daar het 'n lamp in die voorkamer gebrand en Bernardo was vas aan die slaap op die katel in die vrykamer. Elena was nêrens.

Die aand was vol krieke en vrugtevlermuise en vreemde nagvoëls. Die maan was nog nie op nie en daar was af en toe 'n bietjie weerlig in die noorde. Dit was buitengewoon bedompig. Hy het 'n handdoek en 'n krummel seep in die badkamer gevat, skoon klere in die Henschel gaan haal en sy pad deur die donker gesoek na die sementdam toe wat hy die oggend agter die huis gesien het.

Hy het sy klere afgestroop en dit op die wal gesit en in die lou water geklim en eers homself geskrop en toe sy klere gewas. Hy kon nie genoeg van die water kry nie. Dit het tot by sy oksels gekom en hy het aangehou op sy hurke afsak en die modder op die bodem tussen sy tone voel deurbreek, en afgesak en diep in die lou water gedryf. Eers toe hy haar hoor lag, het hy geweet daar is nog iemand in die water.

"Buba, is dit jy?"

"Jy swem soos 'n seekoei."

"Hoe lank is jy al hier?"

"Nog die hele tyd."

Daar was nog steeds nie 'n maan nie, maar hy kon die horison sien, die donker klipkop met die vyebome wat hy die oggend geklim het, die huis se skoorsteen, en die plat rug van die land wat uitstrek suide toe. En uiteindelik, later, die bleek vlek van haar gesig en skouers. "Jy's seker maar gewoond daaraan om goed alleen te doen." Sy het 'n manier gehad om met 'n gesprek te begin asof dit al lankal aan die gang is.

"Hoekom?"

"Jy praat nooit."

"Ek kan net praat as ek weet met wie ek praat."

"Sies tog, hoe kry jy 'n brood gekoop?"

"Oor goed wat saak maak."

"Jy is van die soort wat net praat oor goed wat saak maak." Dit was nie 'n vraag nie.

"Daar's net een ding wat nou saak maak. Om hier uit te kom."

"Praat dan daaroor. Of dink jy ék wil hier vassit?"

"Ek wag vir verkeer. Ek sê dit heeltyd. Of wil jy hê ons moet ry en hoop vir die beste?"

"Die ander gaan ook sien daardie trekker was oor 'n landmyn. Hoekom sal hulle dan verder ry?"

"In die dag, ja. Nie in die donker nie."

"Moet ons hulle dan nie waarsku nie?"

"Dan wat? Dan sit ons almal."

Sy het onder die water weggeraak en 'n rukkie later naby hom uitgekom. "Kan ek jou seep leen?"

Hy het die seep vir haar aangegee en gestaan en luister hoe sy haar was. En gewonder wat van Isobel geword het. Het sy betyds weggekom of is sy ook vir die motgevrete leeus gevoer soos Antonio Pirez?

Hy kon nie slaap nie. Daar het 'n bietjie maanlig by die venster ingeval en hy het lê en kyk hoe die smal blok lig oor die laaikas afsak tot op die vloer en oor die vloer kruip en teen haar katel begin opklim. Sy het roerloos lê en slaap. 'n Paar keer het hy opgestaan en buite op die werf gaan luister of hy nie iets kan hoor nie. En geweet, heeltyd, dis nie die stilte of die hitte wat hom wakker hou nie.

Met die maan al byna onder het hy weer opgestaan om buite te gaan luister, maar nie verder as haar bed gekom nie. Haar kombers was afgeskop en hy het langs haar gaan sit en vooroor gebuk en haar hare gesoen en toe haar wang en haar nek. Sy het gesug en na hom toe omgedraai en hy het haar lyf begin streel en haar kaal skouer gesoen en haar hande en haar mond en nie geweet of sy wakker is of slaap nie.

Eers toe hy haar rok begin oopknoop, het sy sy hand gevat en dit van haar af weggeskuif. "Moenie."

"Buba . . ."

"Moet liewer nie."

"Ek het nie geweet ek wil jou so hê nie!"

Sy het haar weer omgedraai en nie geantwoord nie.

Hy het langs haar gaan lê en haar vasgehou en uiteindelik so aan die slaap geraak. En so het Bernardo Bravo hulle gekry vyfuur die volgende môre toe hy hulle kom wakker maak met 'n lantern in die hand en 'n laken om sy skouers.

"*Irmão*, ek dink ons moet ry."

"Hoekom?" Die meisie het net effens geroer in sy arms.

"Daar is 'n kar verby suide toe."

"Is jy seker?"

"Van die eerste een was ek nie seker nie. Ek het die tweede een se ligte gesien." Lukas het opgestaan en uitgegaan werf toe, die priester se lantern skommelend agter hom aan. Dit was effens koeler buite en die maan was onder.

"Ek is seker van die tweede een. Die eerste een het ek net gehoor. Van wanneer af slaap julle saam?"

Voordat Lukas kon antwoord, het hulle die lorrie gehoor en gewag vir die ligte. Toe klap die gaasdeur. Hulle het gelyk omgekyk en haar sien aankom. Sy het dit waarskynlik nie geweet nie, maar haar roksknope was nog oop. Hulle het doodstil staan en luister hoe die lorrie van derde af oorsit vierde toe en geleidelik spoed wen, en gewag en uiteindelik die ligte agter die klipkoppe sien uitkom en gekyk hoe dit in die grootpad verbygaan. Dit was 'n swaargelaaide diesel.

Behalwe die klere wat hy gewas het, was daar niks om op te laai nie. Hulle het vyf minute later gery.

"Die katte!" het Bernardo met die wegtrek onder die bokseil uit geskree. "Wat van die arme katte?"

Maar Lukas het net aanhou ry. Die Groot Onbekende sou vir hulle sorg.

Die pad was droog en dit was onmoontlik om spore te sien. Al wat hy kon doen, was om aan sy kant van die pad te bly en te hoop. Hy het nie vinnig gery nie. Selde vinniger as veertig myl 'n uur. Hulle is net voor sonop verby 'n oopgerukte jeep wat op sy dak teen 'n sandwal lê en 'n paar honderd tree verder verby die helfte van 'n groen Anglia.

Bernardo het agter gery – in die "hoenderhok", soos hy dit genoem het. Miskien omdat hy skielik in die pad gevoel het, of miskien omdat hy gedink het dis veiliger daar. En eintlik het dit Lukas gepas, om dieselfde redes. Hy wou weet van daardie vorige nag; hy wou weet of Elena weet. Dit was nie die tyd of die plek vir so iets nie. Nie daardie oggend op daardie laaste ent pad Nova Lisboa toe nie, in die laaste uur voor hulle uitmekaar moes gaan. Hy wou daardie pad agter die rug kry en hy wou nie hê Nova Lisboa moet kom nie. Iets wat nooit begin het nie was nou pynlik onafgehandel.

Van haar kant was daar geen teken dat iets verander het nie. Sy het net voor haar sit en uitkyk. Een of twee keer het sy deur die agterruit probeer loer om te sien of sy iets van die priester gewaar, maar origens het dit nie gelyk of sy van enigiemand anders bewus is nie.

Die landskap het begin verander. Daar was meer heuwels en meer draaie in die pad. En al hoe meer uitdraaipaaie en plaasopstalle, koffieplantasies en donkies en troppe boerbokke en voetgangers met dragte suikerriet en rottangmandjies vol piesangs en avokado's en pynappels. En toe, anderkant 'n laagwaterbrug, uiteindelik, ineens teerpad.

Dit was sy wat, toe hulle al die dorp kon sien, skielik gesê het, amper terloops: "Ek sal jou mis. Ek weet nie hoekom nie."

Dis so maklik, het hy gedink, om dit te sê. Dis presies wat hy vir haar sou wou sê, en hy kon nie. Hy kon die eenvoudigste dinge ingewikkeld maak omdat dit makliker was om daaroor stil te bly.

"Ek is jammer," het hy gesê – en nie verder gekom nie.

"Oor wat?"

"Oor laas nag." Hy het dit nie bedoel nie, maar dit was al manier om uit te vind of sy hom regtig weggewys het en of sy dalk maar net deur die slaap was en besig om Pirez te probeer ontmoedig.

"'n Ander tyd miskien." Sy het haar skouers opgetrek. "'n Ander plek. Ek is moeg tot siens gesê. *Adeus*! Ek weet nie of dit hierdie land is of sommer maar ek self nie. Maar dis altyd *adeus*. Dit het net nie sin gemaak laas nag nie. Nie daar nie. Nie só nie. Nie 'n paar uur voor jy my aflaai nie."

"Nie soos Antonio Pirez nie." Dit was te laat. Dit was uit. Hy kon niks meer daaraan doen nie.

Sy het gesug en weggekyk en nie weer gepraat nie.

Gewoonlik was die lug bokant Nova Lisboa vaal van treinrook en steenkoolstof. Maar die dorp was skoon daardie oggend. 'n Mens kon die dakke en blink opgaartenks en bloekombosse op die rante in die suide al van ver af sien. Heelwat van die winkels was gesluit en daar was min verkeer.

Daar wás treine op die stasie. Goederetreine op syspore, rye en rye trokke vol bloekomhout. 'n Enkele lokomotief wat iewers rangeer.

Hulle het Bernardo van die bak af gehelp en Elena se plastieksak met klere afgelaai.

"Ek sal gaan hoor wanneer daar weer 'n trein vertrek."

Maar sy't haar kop geskud. "Dit maak nie saak nie. As hier nie treine is nie, is hier dalk 'n bus. Of iets."

"En as daar nie meer paaie is nie?"

"Dan is hier dalk werk. Die oorlog sal nie vir ewig aanhou nie."

Lukas het 'n paar geldnote uit sy beursie gehaal en in haar roksak gedruk. Sy het weggedraai na Bernardo toe en sy soetane afgestof en haar arms om hom gesit. "*Adeus, padre.*"

"Ek sal vir jou bid."

"Dankie."

Sy het haar hande opgelig na Lukas se gesig toe en haar bedink en haar sak opgetel. "Het jy 'n adres in daardie land?"

"Nee."

"Ek kan jou my adres gee. Dan kan jy laat weet waarnatoe ek die geld moet stuur."

"Wat se geld?"

"Ek skuld jou geld."

"Jy skuld my niks." Haar oë was bruin soos 'n leeu s'n. Hy kon nog steeds nie die kleur daarvan glo nie. "Tot siens, Buba."

"*Adeus.*"

Sy is by die stasiegebou in en hy het gery sonder om weer om te kyk.

Die eerste twee vulstasies waarby hulle verby is, was gesluit, maar by die derde een het Lukas die Henschel volgemaak, die water en olie nagegaan, en die twee vyftig liter-waterkanne ook vol petrol getap.

Die priester was besig om die voorruit met 'n nat lap skoon te vee. "Dink jy die brandstof is genoeg om ons tot in Sá da Bandeira te bring?"

"Ek weet nie."

"Hoe ver is dit nog?"

"Ek weet nie." Dit was byna vyfhonderd kilometer, maar Lukas was nie lus om daaraan herinner te word nie. Hy was nie lus vir praat nie. Hy was nie lus vir die priester nie. Iets was verkeerd. Hy het geweet hy het dae laas ordentlik geslaap of geëet; hy was moeg en vaal op die maag. Maar dit was nie genoeg rede nie. Hy het nie meer kans gesien vir die res van die lang pad nie – en nog minder vir die verkreukelde priester se geselskap. Hy was moeg vir die Henschel se hol sitplek en die reuk van warm olie en die ewige gedreun in sy ore. Hy was gatvol vir alles.

"Ek het nie gedink jy sal haar sommerso aflaai nie. Ek het heeltyd gedink dalk, op die laaste oomblik . . ."

"Sy wou afgelaai wees."

"Veral toe ek sien hoe sy ons staan en agternakyk toe ons wegry."

"Ag, jou moer, *padre*!"

"Ek verstaan, *amigo*, ek verstaan."

"Jy verstaan verdomp niks. Sy't 'n pes in mans."

"En dit breek jou hart."

Lukas het die lap by hom gevat en self die ruit begin afvee. "Hoe ver wil jy nog saamry?"

"Ek weet nie. So lank as wat jy my sal verdra."

"Jy weet nie eintlik wat van jou moet word nie."

"Ek moet bely, broer, ek weet nie. God weet seker."

"Wel, as Hy weet, dan het dit tyd geword dat Hy jou begin lei. Want tot hier toe was jy oorgelaat aan die genade van 'n Henschel."

Daar was 'n hotel oorkant die straat.

Lukas het vir hulle elkeen 'n bier bestel en syne net halfpad gedrink. "Wag vir my," het hy gesê en geld op die tafel neergesit. "Bestel vir jou nog bier of kry iets om te eet. Ek is nou terug."

"Jy gaan spyt wees, *irmão*."

"Hoekom?"

"Wat gaan jy met haar maak in *Africa do Sul*?"

"Ek wil haar adres vra, dis al."

Bernardo het sy bier tot voor sy gesig gelig en die oggend deur die amber bekyk.

As daar iets was wat hy op daardie oomblik sou kon gesê het om Lukas te keer, sou hy dit seker gesê het. Maar daar was niks. Want dit was seker maar hoe dit moes gebeur.

Sy het op 'n bank op die perron gelê en slaap, haar kop op die plastieksak met klere, en wakker geword die oomblik toe hy langs haar gaan sit. Hy het nie geweet wat om te sê nie en na die blink spoorstawe sit en kyk. Sy het haar voete van die bank afgeswaai en regop gesit, haar hande in haar skoot, en niks gesê nie.

"Ek kan nie sonder jou ry nie, Buba."

"Nou bly dan."

"Wil jy nie maar saamkom nie?"

"Waarnatoe?"

"Als is 'n gemors hier. Ek sal maklik werk kry in Suid-Afrika."

"En wat maak ek daar?"

"Ek sal vir jou sorg."

"Alles wat hier gebeur het, sal daar ook maar gebeur."

"Nee. Dis beter daar. Daar's nie oorloë nie. Daar's genoeg geld. Dis baie beter daar."

"Jy het my baie gehelp. Ek weet nie hoe om vir jou dankie te sê nie."

"Kom saam met my, Buba."

"Ek kan nie. Ek sal regkom."

"Ry saam met my tot in Sá da Bandeira."

"En dan?"

"Dan, as ons . . ."

Hy het na die spoorstawe sit en kyk en geweet nou maak niks meer sin nie. Daar was Elena D'Almeida, en van haar het hy 'n week tevore nog skaars geweet; niks het hom op haar voorberei nie. En daar was die ver land iewers in die suide; die land waarop hy hom sy lewe lank voorberei het en waarvoor hy nou gereed was. Hy wou die een hê en hy het geweet die ander een sal hom nie met rus laat nie. Albei was vir hom ewe onbekend, ewe afgeleë, ewe noodsaaklik.

"Dan wat?"

"As ek net eers in Sá da Bandeira kan kom en seker maak my ma is veilig, dan kan ek jou self Marimba toe vat."

"Al die pad terug? Hoekom sal jy dit wil doen?"

"Sommer."

"Dis regtig nie nodig nie. Die spoorlyn is oop tot in Manhango. Daarvandaan sal ek wel 'n geleentheid kry Marimba toe."

Hy wou vir haar nog geld gee, maar sy wou dit nie by hom vat nie. "Ek het genoeg. Regtig. Jy moet ry. Jy't nog 'n lang pad."

Dié keer het sy saam met hom gestap tot by die Henschel. "Laat weet my jou adres. Skryf maar net Poste Restante, Marimba. Dis goed genoeg."

Hy het haar hand gevat en dit gesoen en in die lorrie geklim. "Tot siens, Buba."

"*Adeus.*"

Hulle is vieruur die middag deur Caconda. In Calugembe het hulle weer volgemaak en die nag in Catula geslaap, drie uur noord van Sá da Bandeira.

Bernardo Bravo het 'n keer of wat gespog dat hy soms met voorbodes gepla word. As dit so was, het die dag in Sá da Bandeira nie juis gehelp om dit te bevestig nie. Die rit van Nova Lisboa af was so stil en sonder voorval soos enige van die vorige kere dat Lukas dié ent pad gery het. In Caconda was daar een of twee afgebrande geboue, stukkende ruite en 'n klompie koeëlmerke teen die poskantoor se mure. In Calugembe het die pompjoggie gesê daar is heelwat Fapla-soldate in die dorp en volop gerugte, maar geen gevegte nie. In Catula was daar stories oor 'n dreigende inval uit die suide en baie MPLA-slagspreuke teen die mure en enkele soldate.

Verder niks.

Bernardo het voor by hom gery en oor die liefde gefilosofeer, waarskynlik omdat hy gedink het Lukas het dit nodig, en oor en oor 'n liedjie probeer sing waarvan hy nie die wysie kon onthou nie. "Die ding met sing," het hy probeer verduidelik, "werk ook maar soos dans. Jy kan of jy kan nie. Dis 'n kwessie van koördinasie. Jou lyf voel die ritme, maar jou voete bly agter. Jou oor ken die noot; jou stembande kom nie daarby uit nie. In jou kop sing jy suiwer en nootvas, maar op pad uit gaan die lied verlore. Dis die storie van my lewe." Hulle was op 'n stuk reguit pad en daar was geen ander uitweg as om na hom te luister nie: dit was beter as om na die Henschel se eentonige gedreun te luister. "Ek het my al afgevra of dit moontlik is vir iemand wat vals sing om die Koninkryk van God te beërwe. Jy probeer en jy kry dit nie reg nie. Jy ken die melodie en smag daarna om dit te sing en jy hoor die een vals noot ná die ander uit jou mond uitkom."

"Dan is dit met jou ook so, *padre*?"

"Jy kan ook nie sing nie?"

"Of dans nie."

"Mag God ons genadig wees."

Omtrent tienuur daardie oggend, op 'n draai in die pad, seker 'n halfuur noord van Sá da Bandeira, was daar skielik die konvooi militêre voertuie langs die pad, en soldate net waar jy kyk. As daar twyfel kon wees, dan het die uniforms dit uit die weg geruim. Dit was nie Unita se raap-en-skraap-burgerdrag nie, dit was uniforms. En *lagartas* en *bichos* en Alexandrei Kalashnikovs. Dit was klaar te laat om om te draai of stil te hou. Bernardo het onder die paneelbord ingeduik. Die eerste klompie soldate was waarskynlik verras deur die Henschel se skielike verskyning en het net staan en kyk. Van die ander verder af in die konvooi was tevrede om Lukas se entoesiastiese gewuif onseker te beantwoord. Driekwart verby die lang ry voertuie moes iemand seker begin wonder het wat se tamaai vrag is onder die Henschel se olieseil. 'n Lang man met 'n baard by een van die heel laaste voertuie wou uitvind. Hy het voor die lorrie ingespring en beduie Lukas moet stop. Die remme was in elk geval nie so dat hy betyds sou kon stilhou nie. Lukas het net aangehou wuif, al hoe wilder, al hoe uitbundiger, en sy toeter gedruk. "*Viva!*" het hy geskreeu. "*Viva camarada! Viva Castro!*" Hy is regs by die man verby, dwars oor 'n Rooikruistrommel en 'n swartgebrande waterketeltjie wat op 'n paar kole staan en stoom, deur 'n sloot terug in die pad in, sy blik vas op die vibrerende kantspieël, gereed om die eerste sarsie waarskuwingskote te hoor klap en gerus in die wete dat nie een van daardie lomp voertuie die Henschel sal kan inhaal nie.

Bernardo se bolyf was half onder die sitplek ingewurm, sy kop hier agter Lukas se bene. Hy was hoorbaar aan die bid. Lukas het nie ingemeng nie; hy het hom laat bid tot sy bid later vanself opgeraak het.

By die eerste afdraaipad het hy weggedraai en tussen 'n plaat bome stilgehou. "Jy kan maar uitkom, *padre*. En afklim."

Die priester het onder die sitplek uitgesukkel en op sy knieë bly staan. "Afklim?" Net een oogopslag was genoeg om te sien hulle is in die middel van nêrens. "Hoekom?"

"Ek ry nie saam met 'n priester Sá da Bandeira in nie."

"Maar dis Unita-wêreld hierdie. Ons is oor die ergste."

"Nou vir wat bid jy dan so onbedaarlik? Daardie mense daar agter is Fapla. En as Fapla helder oordag op die hoofpad sit en piekniek hou, beteken dit net een ding. Hulle is in beheer van Sá da Bandeira."

Lukas het onder die sitplek rondgegrawe en 'n vuil oorpak uitgehaal. "Dè."

"Ek sal agter in die hoenderhok ry."

"Dis die eerste plek waar hulle gaan soek. Hulle dink dalk ek vervoer ammunisie." Hy het die hoofpad in die truspieël sit en dophou. Daar was nog geen teken dat hulle gevolg word nie. "Óf jy trek daardie simpel rok uit, óf jy bly hier agter."

Bernardo het na die oorpak gekyk, na Lukas, na die verlate landskap om hom. En sy kop geskud. "Dan bly ek agter."

"Om wat te bewys?"

"Ek aanvaar ek het vir jou 'n oorlas geword. Jy is haastig, jy soek nie onnodige beslommernisse nie. Ek sal agterbly." Hy het die deur oopgemaak en uitgeklim. "Dankie vir die saamry."

"Trek uit daardie rok, verdomp. Ek sal anderpad kyk."

"Jý dalk, ja. Maar God sal nie. As Hy my lewe spaar, beteken dit Hy het nog werk vir my. Ek gaan nie sy genade verruil vir 'n stukkende oorpak vol ghrieskolle nie. Dankie, *amigo*."

"Nou klim in, ek wil ry."

"Jy het meer as jou deel gedoen. Ek gaan jou nie langer ophou nie." Hy het die deur toegedruk. "*Adeus.*"

"Klim in, jisses. Jy mors tyd!"

"Met rok en al?"

"Ons kan later praat."

"Miskien dan net tot in die dorp?"

Hulle was sesuur in Sá da Bandeira, met nog byna drie uur se daglig oor. Daar was heelpad 'n sterk militêre teenwoordigheid en Bernardo was knaend met sy kop onder die paneelbord. Maar niemand het hulle aan die Henschel gesteur nie. Waarmee hulle ook al besig was, het meer gelyk soos 'n piekniek as 'n militêre operasie. In die dorp se buitewyke het troepe op winkelstoepe rondgestaan en bier gedrink en met meisies gesels. Dit was sonder twyfel Faplasoldate.

Lukas het in die buitewyke langs gehou en eers 'n vulstasie gesoek. Hy was haastig om Moeka te sien, maar sesuur smiddaens was haar kuiertyd en hy wou nie voor dooimansdeur beland nie. Sy was gewoonlik teen halfsewe terug om die dag se wasgoed in te bring en kos op te sit. Dan was daar nog genoeg tyd oor om op die grasstoel voor die agterdeur te gaan sit met 'n vingerhoedjie *aguardente* – só dat sy die son kan sien ondergaan en kan ruik as iets aanbrand.

Voorheen, as hy gepraat het van teruggaan suide toe, het sy altyd gelag en anderpad gekyk. "Ag, ek ken g'n siel meer daar nie. Ek is te mankoliek om te verplant."

"Moeka het altyd gesê dis beter daar. Dis óns mense daar."

"Dit was hoeka destyds. Maar hulle sê dis nie meer dieselle nie. Hulle het ander wette en maniere van doen. Nee wat, kind, ek is te oud vir nuwe maniere."

Maar dit was voor die probleme begin het. Nou was daar nie

meer 'n keuse nie. Hy sou maar net begin oplaai aan alles en haar teëpraat daarmee saam. Alles oplaai, sy hele jeug, van haar swaar dubbelbed af waarop hy die eerste jare teen haar bors geslaap het tot by die katel in sy smal stoepkamer waar hy uiteindelik die moed had om sy hande onder Amalia se trui in te druk; elke portret, elke koppie en piering, die groot erd-af wasskottel, die tolletjiestoel waarop hy in die hoek moes sit vir straf, 'n hele lewe se blydskap en trane, alles.

"Miskien," sê Bernardo Bravo toe hulle die rivier oorsteek en die laaste helling vat met sy kronkelstrate en aaneengestrengelde huise en potte malvas en skoorsteenrook en hibiskus, "miskien, as haar huis in elk geval gaan leeg staan, kan ek dalk die plek vir julle oppas. Dis 'n dak oor my kop. Dis genoeg."

"Hier tussen die Faplas?"

"Waar is hulle nié?"

"Daar waar ek heengaan."

"As ek die plek kan oppas . . . Hier sal genoeg gelowiges agterbly. Dalk is hulle herderloos. Ons kan dalk iets begin."

Daar wás tekens van vroeëre geweld. Een of twee afgebrande sakegeboue, stukkende vensters, koeëlmerke, pokgate in die strate waar mortiere ontplof het. Maar dit was in ander dorpe dieselfde. Trouens, Sá da Bandeira het beter gelyk as Nova Lisboa. Daar was kinders op straat en vroue wat by voorhekkies gesels. Daar was niks wat hom kon waarsku nie.

Dit was net ná sononder toe hy voor die huis stilhou. In die weste was dik banke wolke en dit was donkerder as wat hy dit wou hê. "Ons is hier!" het hy nog gesê en hom uitgerek. "Kom, *padre*, dis tyd vir 'n doppie *aguardente*." Hulle het uitgeklim en eers toe hy om die lorrie stap, het hy gesien die huis se dak hang skeef. Die linkersymuur was weg. Hy kon deur die slaapkamer sien tot by die koolstoof in die kombuis. Die huis langsaan se dak was weg. Hy het oor die stukkende teëls en glassplinters en sementstene getrap en die ingeduikte wasskottel opgetel. Daar was nie meer meubels in Moeka se kamer nie. Ook nie in die voorkamer nie. 'n Stuk van die kombuis se agtermuur het met deur en venster en al op die vloer gelê en 'n rot het agter die stukkende stoof uitgeskarrel en tussen die rommel verdwyn. Aan die een gangmuur het Moeka se ovaal portret nog gehang.

Daar was geen teken van Moeka nie.

Haar grasstoel was voor die agterdeur en haar pronkertjies het geblom, maar sy was nêrens. Lukas kon later byna niks onthou wat die bure kom vertel het nie. Almal het byna gelyk uit die skielike donker uit gekom en om hom saamgedrom en gelyk probeer praat. Maria Delgado was daar en Pinto en Geraldo en Mário en Angelina en 'n paar onbekende gesigte. Sy het die aand van die bomaanval oorkant die straat by Viriato da Cruz gekuier en gelukkig niks oorgekom nie. En Viriato het haar twee dae later op die trein gesit Luanda toe. Nee, het een van die onbekendes gesê, het haar seun haar dan nie kom haal nie? Sy is saam met haar seun weg suide toe. Nie suide toe nie, het iemand anders gesê, haar kleinkind het haar opgevat Luanda toe; hy's 'n lorriedrywer in Luanda. Of was dit Viriato wat haar weggevat het?

Nie een van hulle het regtig geweet wat van Moeka geword het nie.

12

Lukas het Moeka se ovaal portret en haar botterspaan van die muur afgehaal, dit op die vensterbank neergesit en die bed van die muur af weggeskuif. Party van die vloerplanke was los. Hy het hulle opgelig en eenkant gepak en 'n verweerde leerkoffer uit die holte onder die vloer uitgelig en dit op die bed neergesit.

"Wat is dit?"

"My papiere. Gaan jy solank buitentoe dan gee ek die goed aan."

"Is dit al wat jy gaan vat?"

"Dis al wat ek nodig het. En my klere en 'n paar boeke, as daar genoeg plek is. En die skottel en die stoel."

Ek moes geraai het hy sou nie die tolletjiestoel laat agterbly nie.

"Was die skottel ook jou ouma s'n?"

"Dis die ene waarin sy haar al die jare gebad het saans in die kombuis. Kyk hoe lyk hy al."

Ek het Lukas vroeër die aand in Zozo's se parkeerwerf ontmoet en ons is saam Alexandra toe om sy goed op te laai – die bietjie, altans, wat ons in my motor kon kry. Die kanse was gering dat iemand juis op daardie tydstip by die huis sou opdaag, maar veiligheidshalwe het ons my motor in die bure se werf geparkeer en net 'n flits in die huis gebruik. Hy kon letterlik die paar goed wat hy wou hê deur sy slaapkamervenster oor die heining na my toe aangee waar ek langs die motor staan.

Ons is êrens ná een uit Alexandra weg.

"Wat van die res van die goed?" wou ek weet.

"Ek het nie plek daarvoor nie."

"Ek kan dit laat stoor."

"Dis kos geld. Ek sal iemand kry om dit te verkoop. Dis eintlik maar net my papiere wat my bekommer het."

"Wat se papiere is dit?"

"Als wat ek het. Tot my dooppapiere. Tot 'n brief van Moeka. Al daardie goed wat ek jou van gesê het wat ek geskryf het in Angola. Die dagboeke. Tot van my skoolboeke."

"Wat het jou laat dagboeke hou, Lukas?"

"Aan die begin was dit sommer oor Moeka gesê het. Sy't altyd 'n boek gehou wat sy opskryf elke dag. Sy't gesê mens vergeet die goed, mens moet dit op papier sit. Elke dag moes ek vir haar lees uit haar boek, want sy sê dit leer my Afrikaans lees. Dan moet ek self in my eie boek skryf oor wat met my gebeur het, want dit leer my Afrikaans skryf. So't ek geleer. Toe't ek aangehou. Partykeer elke dag, partykeer een keer in 'n maand. Dan los ek dit 'n jaar, dan begin ek maar weer. Eers toe ek in Alex kom, het ek nie meer opgeskryf nie, want ek kon amper elke dag Afrikaans praat."

Dit was Azahr Patel wat 'n dag tevore vir Lukas werk gekry het as swaarvoertuigbestuurder by 'n voedseldepot in Isando. Hy moes vrag vervoer van 'n suikeraanleg in Malelane na verskeie verspreidingspunte op die Witwatersrand. Die sowat dertig karweiers is in enkelkamers op die vloot se diensperseel net langs die depot gehuisves.

In Isando moes ons sukkel om by die werf in te kom. Omdat die vragmotors daar gehou is, is die plek met lemmetjiesdraad toegespan en die hekwag wou aanvanklik niks van ons weet nie. Eers toe Lukas die personeelbestuurder se naam en telefoonnommer uit een van sy broeksakke grawe, het hy ons teensinnig deurgelaat. In die omstandighede was al die veiligheidsmaatreëls vir Lukas nommerpas.

Sy kamer was ruim, gemeubileer en bedompig. Ons het die vensters oopgemaak en sy goed begin indra.

"Die ding is omtrént swaar," sê ek toe ek die koffer op die bed neersit.

"Als gemors."

"Sal jy omgee as ek eendag daarna kyk?"

"Ek skryf te lelik." Hy het die tas oopgemaak. "Maar hierdie ander ding moet jy nog sien." 'n Opgerolde pak folio's met 'n stukkie tou vasgebind.

"Wat is dit?"

"Die goed wat ek by Myburgh gesteel het."

Later die nag, terug in my woonstel, het ek met groeiende ongeloof die dokumente sit en deurwerk. En skielik verstaan hoekom Myburgh-hulle so desperaat was om dit terug te kry. Ek sou dit so gou moontlik vir die polisie moes gee. Die vraag was net vir wie. Sekerlik nie vir die een of ander nagkonstabel in 'n voorstedelike aanklagkantoor nie.

Daar was notules van vergaderings, finansiële state, adreslyste, memorandums, propagandamateriaal en vorderingsverslae van 'n hele rits medewerkers.

Een ding wat my opgeval het, was dat daar nêrens melding gemaak is van enige bekende regse politieke party of organisasie nie. Hier en daar is slegs verwys na "die Front". Myburgh was skynbaar aan die hoof van die Witwatersrandse gebiedsmag van die Front.

In een verslag, met die hand geskryf op die briefhoof van 'n Afrikaanse hoër skool in Johannesburg, is 'n lys name gegee van onderwysers wat gewerf is om "ons boodskap onder die jeug in te dra".

Daar was die notule van 'n vergadering waarin ene brigadier Marais planne uiteensit om weermagvoertuie te gebruik vir die uitsmokkel van gewere en ammunisie na plattelandse gebiedsmagte wat nog nie "genoegsaam bewapen" is nie.

Ek het die ledelys nagegaan. Deon se naam, adres en telefoonnommer was daar.

Tot 'n oomblik tevore was ek vas van plan om die dokumente aan die polisie te gee. Maar met Deon se naam daarby was ek nie meer so seker nie. Dit sou nie help om die ledelys weg te laat of Deon se besonderhede dood te krap nie – dit was soos byna al die ander dokumente 'n rekenaardrukstuk.

Ek het alles in 'n koevert gesit, dit agter een van die staalkabinette in my kantoor weggesteek en voortgegaan met my werk. Of probeer voortgaan. Soos dikwels tevore in daardie tyd kon ek nie my aandag by een ding bepaal nie.

Teen sewe-uur die oggend het ek geweet ek moet Deon tot elke prys in die hande kry.

Ek het Dina gebel. Daar was nog steeds nie antwoord nie.

Ek het na haar huis toe gery.

Die voordeur was oop. Ek het eers gedink sy is besig om huis skoon te maak, want al die voorkamermeubels was in 'n hoek ingeskuif en die mat was opgerol. Toe sien ek die eetkamer staan toegepak met kartondose. Ek het haar voetstappe in die gang hoor aankom.

"O," sê sy toe sy my sien.

"Trek jy?"

"Ja."

"Waarnatoe?"

"Jy kan in die vervolg maar die onderhoud by my prokureur inbetaal."

"Wat se onderhoud? Deon is nie meer by jou nie. Of is hy?"

"Dis wat jy eintlik wil weet, nè?"

"Natuurlik wil ek weet."

"Jy's lekker laf as jy dink ék gaan jou sê. Hoekom dink jy trek ek? Vir die lekker?"

"Dina, gee my kans, asseblief."

"Ek is jammer. Ek het nie tyd nie." Haar moed het haar skielik begewe. "Die vragmotors kom vanmiddag."

"Kan ons nie asseblief net hierdie een keer van al die jare se gekarring vergeet nie? Dit gaan nou oor Deon – nie oor my of jou nie. Ek wil hom help, jy wil hom help. Kom ons probeer in godsnaam net hierdie een enkele keer saamwerk."

Sy het probeer om nie te huil nie. Sy het met haar rug teen die muur geleun en haar kop geskud. "Ek wens ons kon. Die Here weet ek wens ons kon. Maar ons kan nie."

"Dina . . ."

"Ek het regtig nog baie om te doen."

Dit sou maklik gewees het om die huis dop te hou en die vragmotors te volg. Maar ek het dit nie gedoen nie.

November was uitermate warm en Lukas het verkies om sy vragte in die nag terug te bring. Dis omtrent vierhonderd en vyftig kilometer van Malelane af Johannesburg toe en die eerste helfte van die pad tot by Belfast klim jy byna heeltyd. Met so 'n vrag moet jy tevrede wees om teen veertig kilometer 'n uur teen die eindelose steiltes uit te kruie. Hy sou gewoonlik soggens vyfuur uit Johannesburg vertrek, teen elfuur in Malelane aankom, sy vrag inneem en gaan slaap tot omtrent nege-uur die aand. As hy tienuur vertrek, was hy gewoonlik die volgende oggend teen sewe-uur terug in Johannesburg. Op dié manier kon hy drie vragte per week ry.

Omdat hy gewoonlik die dae dat hy in Johannesburg was slaap probeer inhaal het, was dit moeilik om hom te sien te kry. Dis hoe dit gekom het dat ek in die tweede week van November saam met hom af is Malelane toe.

Die vragmotor, 'n ERF V360 met 'n sestig kubieke meter-bak,

was verbasend stil. "Dis die lekker van die ding," sê Lukas toe ek daaroor praat. "In die ou Henschel moes 'n mens altyd skree, en dit was maar 'n vyf ton. Hierdie ding vat dertig ton en hy't ratte wat ek nie eers weet waarvoor is almal nie. En kyk sy ligte. Die arme ou Henschel het later nie meer een lig oorgehad nie. Maar ek sal jou 'n ander ding sê – hierdie lorrie het nie die hart wat die Henschel gehad het nie."

"Wat het van die Henschel geword?"

"Hartseerstorie. Daardie Henschel."

Maar hy het nie verder daaroor gepraat nie, en ek het hom laat begaan. Ek het teen daardie tyd al geweet 'n mens moet hom nie aanpor nie.

Die son het net ná vyf opgekom oor die groen Hoëveldse heuwels en teen agtuur is ons by Boven verby en teen die berge af die Laeveld in. Lukas was nie baie spraaksaam nie en ek het myself betrap dat ek al die praatwerk doen. En dat ek oor Deon praat. Daar was heelwat weermagvoertuie op die pad en ons is 'n halfuur ná sonop deur ons eerste blokkade. Dit het my nie juis gehelp om van hom te vergeet nie.

"Ek verstaan alles wat hy vir my sê. Ek stem nie met hom saam nie, maar ek verstaan dit."

"Jy verstaan hoekom hy nie die kaffers kan vat nie?"

"Hy voel bedreig – almal van hulle. Die kaffers kon wit velle gehad het en Frans gepraat het, dan het hy nog altyd bedreig gevoel. Ná die Driejarige Oorlog kon die Boere nie die Engelse vat nie, om presies dieselfde rede. Brittanje het dit met militêre mag reggekry; dié keer gaan getalle dit regkry. In Angola kon die Portugese padgee Portugal toe – en hulle hét. Selfs jy het oop en toe padgegee hiernatoe. Maar die Afrikaner het nêrens."

"Jy dink ook so?"

"Ek weet nie meer wat ek dink nie. Ek het daardie papiere gelees wat jy vir my gebring het. As jy al ooit 'n resep gesien het vir selfmoord, dan is dit die plannetjies wat hulle sit en maak. Hulle wil alles wat in hierdie land misluk het van voor af probeer doen. Maar dié keer met geweld." Lukas se oë was vas op die pad; hy het niks gesê nie. "Ek weet ek moet die goed eintlik vir die polisie gee, maar ek kan nie."

"Hoekom nie?"

"My kind se naam is daarby. So sy naam is in hulle rekenaars."

"Hy kan nie dieper in die moeilikheid kom as wat hy klaar is nie."

"Ek weet. Maar dis nie so eenvoudig nie. Ek verraai hom."

Ons was in die Krokodilvallei met lappe neut- en nartjie- en lemoenbome weerskante van die pad en wit plaashuise en blink gronddamme en bougainvilleas.

"Ek het hom klaar een keer verraai toe ek hom gelos het om sonder my groot te word."

Hy het oor sy gesig gevee en anderpad gekyk.

"Ek kan verdomp net nie."

"Hou aan praat. Dit help dalk."

"Ek weet die Here hoor my nie meer of daar iets oorgebly het wat belangrik genoeg is om jou kind voor te verraai nie."

"Nie verraai nie. Help. Hy gaan seerkry."

"Verraai. Ek sal hom probeer in die hande kry, ja, en ek sal hom probeer oorreed om self polisie toe te gaan, maar ek gaan niks agter sy rug doen nie."

"En as jy hom nie in die hande kry nie of as hy weier om polisie toe te gaan?"

"Ek weet nie."

"Jy sal niks doen nie."

"Ek sê jou ek weet nie."

"Elkeen wat hierdie jaar en laaste jaar en God weet wanneer geskiet is of met sy gat in die tronk gesit het, was iemand se kind."

"Maar nie oor hulle pa's hulle verraai het nie."

Hy het 'n kilometer later gelag. Ek het hom nie gevra hoekom nie en die res van die pad het ons nie een weer gepraat nie.

Van Nelspruit af kon 'n mens die hitte voel. Dit het nie gehelp om die vensters af te draai nie, want selfs die wind was warm.

Ons was net voor elf in Malelane; 'n uur later was die papierwerk afgehandel en die vragmotor gelaai en teen twaalfuur was ons by die menasie. Dit was 'n afgeleefde houtstruktuur op pale met 'n sinkdak en 'n breë gaasstoep voor en aan die sykante. Ons het iets geëet en Lukas is kamer toe. Maar ek het nie kans gesien vir slaap nie. Dit was te bedompig en daar was te veel goed in my kop. Ek het 'n bier op die stoep sit en drink en na die sonbesies geluister. En geweet.

Ek het te lank probeer om nie te dink nie – om op die een of ander manier óm goed te dink; nie te voel nie; myself daarvan te oortuig dat niks my regtig aangaan nie, dat dit nie regtig ek is wat in my skoene staan nie. Ek was soos iemand wat met sy oë op die truspieël ry en alles eers sien wanneer dit verby is. Ek was skielik omring van maande se uitgestelde opsies. Ek het vir die heel eerste keer geweet presies wat met my kind gebeur het en dit was te laat vir trane, te laat om in te gryp, te laat om te probeer help, te laat vir enigiets.

Ek het 'n oomblik lank iets onthou van iemand. En geweet. Ek is nie meer hy nie.

Lukas was teen nege-uur wakker. Die kombuis het vir hom kos gehou en ek het op die stoep by hom gesit terwyl hy eet. Ek kan nie meer onthou waaroor ons alles aan die begin gepraat het nie, maar die hitte was 'n paar keer ter sprake. Ons was heeltyd besig om sweet af te vee en muggies en muskiete weg te waai en allerlei bont torre en grootgevlerkte insekte van die tafeldoek af te skiet.

"'n Mens kan sien jy is nie gewoond aan Afrika nie," sê hy toe ek begin geïrriteerd raak met die goed wat heeltyd by my kraag en moue wil inkruip. "Johannesburg is nie Afrika nie. Kaapstad kon net sowel in 'n ander land gewees het. Malelane is Afrika. Durban en Malelane en Luanda is Afrika. Elke keer dat ek hier kom dan voel dit my ek is by die huis."

"Jy't dit nooit oorweeg om terug te gaan Luanda toe nie?"

"Om wat te maak?"

"Jy kon vir Buba gaan soek het. Jy weet nie wat van haar geword het nie?"

"Buba. Nee. Ek het aan haar geskryf. Poste Restante. 'n Paar keer. Sy't nie geantwoord nie. Miskien het sy nie in Marimba aangekom nie."

"En Bernardo Bravo?"

"Ek het jou mos vertel van Bernardo."

"Nee."

"Ek weet Isobel is terug Portugal toe. En Lucia Moreira is flenters geskiet in 'n ontploffing. Hulle moes haar bene afsit. Maar ek weet nie van Buba nie."

"Jy moet my nog van die *padre* vertel."

Ons het vroeër gery daardie aand. Daar was heelwat onweer in die noorde na Skukuza se kant toe en dit moet daar gereën het, want teen tienuur het dit begin koel word.

En onderweg, daardie nag, die ERF V360 swaar van die suiker en nie meer so stil soos met die afkom nie, het hy my vertel van Bernardo Bravo. En van die Henschel.

Hy het selde by die begin begin wanneer hy so 'n episode uit sy verlede terugroep. Hy sou enige plek begin en dan weerskante toe vertel.

Dit was 'n gestrande vragmotor vol beeste in Krokodilpoort wat hom aan Gys McDonald herinner het. Gys was 'n beesboer van Marico se wêreld wat toevallig in Oshikango was destyds toe die konvooi vlugtelinge daar aankom. Of eintlik was dit nie heeltemal so toevallig nie, want Gys was op 'n hengelvakansie iewers noord van Swakop toe hy hoor hoe baie vlugtelinge Land Rovers en vragmotors vir 'n appel en 'n ei verkoop net om kos en klere te bekostig. Die Henschel was in daardie stadium op die oog af nie 'n sent werd nie, maar Lukas het geweet van 'n sekere Souza, wat in sy konvooi was, se blou Bedford. McDonald het vir Souza werk aangebied as karweier en sy lorrie vir tweeduisend rand gekry. En dit was Souza wat uiteindelik Lukas se paar persoonlike besittings met die Bedford afgepiekel het Transvaal toe.

"Die dag toe ek dit daar gaan haal, so omtrent 'n jaar later, toe's dit nogal vir my aardig. Dis nou 'n kys met 'n paar boeke en goed, en 'n paar stukke klere, en 'n boks met Moeka se portret en haar borsspeld en die botterspaan en so. En daardie stoel. Nou weet jy hoe ver is Marico van Rustenburg af. Dis net om die draai. Toe is dit nou dieselfde stoel wat Moeka se pa destyds op Wagenmakersdrift by Rustenburg op die wa gelaai het wat sy pikswart agterkleinkind op Marico kom oplaai en saam met hom wegvat Alexandra toe. Die stoel is nog dieselfde, maar kyk al die ander goed."

Maar voor dit – voor Gys McDonald en Marico, voor die konvooi in Oshikango aangekom het, was daar nog die tog van Sá da Bandeira af suide toe.

Dit was oor die vyfhonderd kilometer, maar die pad was in 'n goeie toestand en die Henschel gewillig en Lukas het verwag om die aand nog die grens oor te steek. Tot by João de Almeida was daar byna geen verkeer nie, maar duskant Dongue het hulle die eerste groep voertuie gekry – 'n Land Rover met 'n sleepwa, 'n vervalle jeep, twee oorlaaide *carrinhos*, en Souza se blou Bedford. Dit was duidelik dat almal op pad was grens toe met alles wat hulle kon oplaai. By Tohibemba het Ernesto Lara met sy vrou en vier kinders bygekom. Hulle Renault was oorlaai en nie meer van die beste nie. Die bande was glad, die noodwiel pap, die ringe duidelik gaar. Souza het aangebied dat die kinders by hom kan ry, maar Ernesto wou niks daarvan weet nie. Hy het van sy bagasie op die Bedford oorgelaai, maar sy vrou en kinders wou hy by hom hê.

Dit was uiteindelik Ernesto Lara se Renault wat vir al die oponthoud gesorg het. Die jong egpaar in die Land Rover is later op hulle eie vooruit, maar die res het besluit om bymekaar te hou.

Toe die son sak, was hulle nog ver duskant Catequero.

Almal, selfs die joviale Souza en 'n al hoe meer verleë Ernesto, was 'n bietjie kriewelrig oor die priester in die geselskap. Daar was volop stories tussen hulle oor hoe enigiemand in kerklike gewaad voor die voet geskiet word. Paulo Anjo, die man met die gehawende jeep, het met moedswillige detail vertel hoe 'n bus vol nonne in Teixeira da Silva summier aan die brand gesteek is. Dié wat probeer ontsnap het, is met masjiengewere afgemaai.

"Hulle haat julle, *padre*," het hy gesê. "Ek weet nie hoekom nie."

Bernardo Bravo was nie beïndruk nie. "Ek weet hoekom. Ek sou ook as ek hulle was. Vir hulle is die Kerk die vyand van hulle voorvaders, die Kerk is beterweterige wit oorheersing, die Kerk is Portugal. Ons het gesien wat hier aan die gang is, en ons het ons blind gehou. Ek ook. Ek dalk die meeste van almal. Ek mag nie kla as hulle my aansien vir wat ek is nie."

"Nou hoekom vlug jy dan?" Dit was die dag nadat hulle Buba afgelaai het en Lukas wou liewer na die *padre* luister as om aan haar te dink. "Jy dink jy is beter as Jona. Die walvis gaan jou nie insluk nie."

"Ek sal nie oor die grens gaan nie, vriend, ek sê dit tog aanmekaar. Daar's baie werk in die suide. Santa Clara, Pereira de Eça, Pue Pue, al daardie gemeentes sit sonder priesters. Ek kan daar werk. Maar ek kan vergeet as ek met jou vuil oorpak daar aankom."

Hulle het ná donker in Catequero aangekom en besluit om daar te oornag. Op 'n sokkerveld langs die hoofstraat het hulle die voertuie in 'n kring getrek, 'n vuur gepak en die bietjie eetgoed wat daar was onder mekaar verdeel. Lukas het sy laaste twee bottels wyn uitgehaal, maar niemand behalwe Bernardo en Ernesto Lara wou daarvan drink nie.

Dit was miskien eerder te wyte aan 'n leë maag as aan te veel wyn, maar Bernardo het daardie aand 'n bietjie hoenderkop geraak. "Nineve sal my weer sien," het hy vir almal vertel wat wou luister. "Ek hol nie weg nie, ek koop net 'n bietjie tyd." Niemand behalwe Lukas het geweet waarvan hy praat nie, en niemand het juis omgegee nie. Hulle wou oor die grens kom en hy, meer nog as die arme Ernesto, was vir hulle die vlieg in die salf.

Die vroue en kinders het in die voertuie gaan slaap en die mans moes tevrede wees om onder die twee lorries lêplek te soek. Lukas kon nie slaap nie. Hy het opgestaan en eenkant tussen die bome gaan water afslaan.

"Is dit als my verbeelding of is vannag anders?" Die stem was hier vlak agter hom. Bernardo se stem.

"Wat maak jy hier, *padre*?"

"Ek soek hout vir die vuur. Ek kan nie slaap nie."

"Niks is anders nie. Die grond is net te hard."

"Sal jy vir my bid, *amigo*? Môre en oormôre en die res van jou lewe? Ek het dit nodig."

"Ek bid nie maklik nie."

"Ek sal vir jóú bid. Ek kry dit reg om vir ander te bid. Nie vir myself nie. Ek weet nie hoekom nie, maar die woorde sit in my mond vas."

"Miskien het jy te veel wyn gedrink."

"Nee. Jy weet tog ek het nie. Maar ek sóú seker as daar genoeg was. Kom ons praat net 'n bietjie, asseblief. Sal jy by die vuur kom sit?"

Daar was nog net 'n paar kole oor en Bernardo se draggie dun takkies was gou uitgebrand. "Al wat nou nog oorbly, is om my oor te gee aan Sy genade. Ek het dit altyd geweet, broer, en dit voortdurend gepredik en dit nooit self gedoen nie." Lukas het niks te sê gehad nie en dit was nie nodig nie, want Bernardo het gou geslaap.

Hulle was voor sonop weer op pad. Bernardo Bravo was nie op sy stukke nie en hy het besluit om agter in die hoenderhok te ry.

Omdat Ernesto Lara sy Renault 'n voorsprong wou gee, is hy omtrent 'n halfuur voor die ander weg. Hy en sy vrou en sy vier maer kinders. Kom sy motor iets oor, sou hulle hom wel kry; vorder hy goed, dan wen hulle ten minste 'n bietjie tyd.

Die res van die konvooi was omtrent 'n uur onderweg toe hulle die groep motors langs die pad sien staan. Voor die voertuie was daar 'n bus dwars in die pad en links van die bus was 'n motor halfpad in 'n donga in met sy agterwiele in die lug.

Met die eerste oogopslag het almal gedink dis doodgewoon 'n motorongeluk. Souza het sy Bedford agter die stilstaande motors ingetrek – maar Lukas, nog houtgerus, was nie in 'n bui vir oponthoud nie en daar wás genoeg plek regs van die bus om verby te kom. Hy het langs die geparkeerde motors ingery en tot by die bus gevorder en skielik Ernesto se Renault heel voor herken. Ernesto se vrou het langs haar oop deur gestaan en daar was 'n man by haar en hy was besig om haar van die motor af te probeer wegtrek. En eers toe Lukas dít sien, toe sien hy die stuk of ses Fapla-uniforms in die lang gras langs die bus. Lukas het stilgehou. Die bus het gestaan en luier en daar was iemand agter die stuurwiel. In die oomblik dat hy na die bus gekyk het, het iets met Ernesto se vrou gebeur. Miskien het die man haar geklap of miskien het sy net haar balans verloor, want sy het op die grond gelê en die man was besig om haar te skop. Ernesto Lara wou waarskynlik by sy vrou se kant uitklim. Hy wou seker probeer keer. En die deur was aan die toeswaai. Hy het dit met sy voet oopgeskop en die deur het die man vol in die gesig getref en hom laat agteruitsteier. Toe breek die hel los. Daar was twee, drie soldate op Ernesto nog voor hy sy vrou orent kon kry. Lukas het gedink hy gaan skote hoor klap en skielik besef hy sien niemand met 'n wapen nie. Hulle was besig om Ernesto na die bus toe te sleep. Hy het sy motor se buffer beetgekry en geklou, maar hulle het hom losgeruk en teen die bus vasgestamp en iewers was daar 'n bevel en toe die bus begin beweeg, was Ernesto voor die agterwiel. Die bus is oor sy borskas. En toe in trurat oor sy kop. Ernesto se vrou het dit waarskynlik nie gesien nie, want sy was halflyf onder die Renault in. Maar die vier kinders het doodstil sit en kyk.

Daar was nie skote nie. Daar was nêrens 'n geweer te sien nie. Behalwe die bus en die Henschel se luierende enjins en die enkele bevel was daar geen ander geluid nie.

Miskien was dit die rede. Die feit dat niemand geskiet het nie. Want toe die bus nog 'n keer oor Ernesto ry, het Lukas die Henschel in eerste rat ingestamp en sy voet neergesit. Daar was genoeg plek om verby te kom. Oorgenoeg. Daar was net ses of agt soldate. Daar was nie gewere nie.

Hy was tien tree verby die bus, of twintig of dertig – of dalk was hy al 'n honderd tree weg; dit was later nie meer van belang nie; maar hy was al goed verby die bus en in tweede rat en gereed om die ratstok af te bliksem derde toe voor die eerste skoot geklap het. Eers net die een. Toe 'n hele sarsie. Toe was daar 'n draai in die pad en hy was in vierde rat en hy kon nie meer hoor of hulle skiet nie.

Hy het 'n halfuur gery en niemand het hom gevolg nie.

En stilgehou. Die wind of iets moet die olieseil losgeruk het, want dit was byna heeltemal van die bak af.

Hy het uitgeklim en op die agterwiel geklim om in die bak in te kyk. Bernardo Bravo het na hom sit en kyk. Sy stem was baie swak en daar het 'n bietjie bloed by sy mond uitgeloop en hy het sit en sing. Baie sag, maar heeltemal nootvas. Hy het 'n *hymnus* gesing. Daar was 'n kalmte in sy oë wat Lukas nie kon miskyk nie. Hy het sy hande opgelig en na die ogiesdraad gesoek om homself te probeer regop hou. Maar hy het nie klaar gesing gekry nie. Daar was uiteindelik net te veel bloed.

Lukas het hom daardie selfde dag nog 'n kilometer van die grens af, toegedraai in 'n stukkie olieseil, tussen 'n kol bome langs die pad in 'n vlak graf begrawe. Hy hét gebid. En die heel eerste keer in sy lewe het hy die gevoel gehad dat sy gebed nie woorde in die wind is nie. En hy het vir Moeka gebid en vir Isobel en vir Elena D'Almeida en vir Angola.

Souza en die res het eers die volgende oggend op die grens aangekom. Die Faplas het hulle laat omdraai en hulle moes ná ure se verdwaal op onbekende grondpaaie met 'n ompad in Oshikango kom.

Teen daardie tyd was Lukas al diep in die moeilikheid by die drie besnorde luitenante van die Suid-Afrikaanse Weermag. Die meeste ander vlugtelinge is sonder meer toegelaat om die grens oor te gaan. Sommige voertuie is deursoek, ander nie. Miskien was dit sy velkleur, miskien was dit die feit dat hy so goed Afrikaans kon praat, maar iets het hulle agterdogtig gemaak. En omdat hy in elk geval nie in 'n bui was vir hulle vrae en insinuasies en die hardhandige manier waarop hulle sy Henschel deursoek nie, het hy hom vererg. Dit was presies wat hulle wou hê. Hy is aangesê om te wag. Toe hulle hom lank ná sononder nog steeds ignoreer en hy daaroor kla, is hy aangesê om die volgende oggend sesuur by hulle aan te meld. As veiligheidsmaatreël is die lorrie se battery uitgehaal.

Dit was daardie aand dat hy die Marico-beesboer Gys McDonald ontmoet het.

Souza was die volgende môre net ná dagbreek daar met Ernesto se vrou en kinders by hom. Maar sy brandstof was byna gedaan en hy was platsak. Die transaksie tussen hom en McDonald was binne 'n paar minute beklink, maar hy het besluit om vir Lukas te wag. Toe die drie luitenante elfuur die oggend nog steeds volhou hulle wag op instruksies van Oshakati, het Lukas finaal sy humeur verloor. "Ek wil my battery hê, asseblief."

"Om wat mee te maak?"

"Ek gaan ry."

"Waarnatoe nogal?"

"Almal gaan deur. Hoekom keer julle my?"

"Ons het nie toestemming om kaffers te laat inkom nie. Ons het klaar genoeg van hulle in die States."

"Ek is 'n Afrikaner."

"Aangename kennis! Van wanneer af?"

"My naam is Lukas Christoffel van Niekerk. Ek is 'n nasaat van die Dorslandtrekkers."

"Is dit wragtig, nè? Nou gaan skrop daardie swart polish van jou bakkies af, dan praat ons weer."

Hy het onder die koelte van die afdak se skaduwee uitgestap in die blitsende wit son in, tussen die tente deur, na sy lorrie toe wat soos 'n bakoond in die hitte staan en bewe.

Hy het nie gehuil oor Bernardo Bravo nie, hoewel hy wou. Nie eers oor Moeka het hy gehuil nie, hoewel hy bitter graag oor haar sou wou huil. Hy het in die skaduwee van die lorrie gaan sit met sy rug teen die agterwiel en geweet daar is trane op sy gesig, maar dit was meer van woede as iets anders.

Se moer, het hy aan homself gesê – se verdomde moer. Hulle gaan hom nie keer nie. Hy het opgestaan en om die lorrie geloop en dit bekyk. Die bande was nog redelik goed. Albei voorligte was stukkend en die een modderskerm half weggeskeur. Die buffer was weg en daar was twee koeëlgate in die voorruit.

Hy het Souza gaan soek. "Ons ry, Souza. Ek is moeg gewag."

"Maar hoe kry ons jou battery terug?"

"Ek ry saam met jou."

Hulle het sy koffer en gereedskap en die tolletjiestoel op die Bedford gelaai. Toe klim hy agter die Henschel se stuur in.

"Wat maak jy nou?" wou Souza weet.

"Ry jy solank. Wag vir my 'n kilometer of wat hiervandaan. Ek wil nie hê jy moet ook in die gemors beland nie."

Hy het sit en kyk hoe die blou Bedford tussen die bome wegraak en die stuurwiel vasgevat en die instrumentepaneel vir oulaas bekyk. Die mylmeter was op 87 617, maar dit het al twee keer voor begin. Hy het eerste rat gesoek, toe tweede, derde, vierde soos hy hoeveel miljoen keer vantevore gedoen het. Hy was nie van plan om sy lorrie vir die luitenante as teiken te los vir die een of ander vervelige Sondagmiddag se skyfskietsessie nie.

Die Henschel was teen 'n effense afdraande. Veertig tree voor hom was 'n donga omtrent drie meter diep en 'n goeie tien meter breed. Lukas het die Henschel uit rat gehaal en die handrem losgemaak en die lorrie het begin loop. 'n Paar meter van die donga af het hy uitgespring en gestaan en kyk hoe die lorrie oor die wal gaan en met bokspringende hoenderhokke en 'n gebreek van glas verdwyn. Daar was nie meer baie petrol in die tenk nie, maar die bietjie wat daar was, het begin uitloop. Hy het 'n vuurhoutjie getrek en dit oor die wal gegooi en gehardloop.

Dit was nie 'n vreeslike slag nie, maar die drie luitenante moet dit gehoor het.

Die res was eintlik baie eenvoudig. Hulle kon vinniger hardloop as hy.

Drie dae later was hy – in voetboeie en met 'n kamerpot, ses brode en 'n kan drinkwater – in 'n toe trok onderweg Mosambiek toe.

Dit was 'n haglike tyd, daardie paar weke in Desember. Dié van ons wat met die geweld te doen gekry het, het nie nodig gehad om te raai nie. Ons het gesien hoe dit lyk. En daar was nie tyd om te wonder of dit in die res van die land ook so lyk nie. Televisie- en radionuus is gesensureer en daar het nie meer koerante verskyn nie. *The Sowetan* het die langste uitgehou, maar teen 15 Desember was hy ook daarmee heen.

My telefoon het nog gewerk. Ek het vriende probeer bel, almal aan wie ek kon dink, maar by die meeste nommers was daar nie meer antwoord nie. Ek het al Dina se vriende gebel, maar die twee by wie ek kon uitkom, het óf nie geweet waar sy is nie óf wou nie sê nie. Van Deon het hulle ewe min geweet.

Kos het begin skaars word. Kruidenierswinkels se rakke was opvallend leër en vars vleis en groente was onverkrygbaar. Daar is nêrens enige verklarings daaroor uitgereik nie, maar op straat was daar gerugte dat petrol gerantsoeneer gaan word.

Die eerste staatsgreep was op 16 Desember en die teenstaatsgreep twee dae later. Teen die twintigste was niemand meer seker wie aan bewind is nie.

Maar dit was later. Dit was meer as twee weke later.

Die aand van 28 November het Lukas my gebel. Hy was duidelik bekaf. "Lyk my ek sit al weer sonder werk."

"Hoe so?"

"Die depot gaan toemaak. Ons vat Vrydag al die lorries af Malelane toe; hulle sê die goed sal veiliger wees daar. Die Here weet wat maak hulle dan met ons."

"Klink nie goed nie. Kan ek jou sien voor jy ry?"

"Hoe kom ek daar? Jy sal maar hier 'n draai moet kom maak. Ek het juis gewonder of ek 'n paar van my goed by jou kan los. Ek het by Azahr Patel probeer uitkom, maar lyk my sy foon is af."

Ek het belowe om die Donderdagaand 'n draai by hom te maak.

Daardie nag het iemand omtrent drie-uur die môre aan my deur kom klop.

Dit was Deon.

Natgereën, moeg en vuil en verkreukeld.

"Liewe Here, Deon . . ."

Ek het hom aan die skouers gegryp en hom teen my vasgedruk soos ek altyd gedoen het naweke wanneer ek hom gaan haal, eeue tevore toe hy tien was en sy asem soos melk geruik het en sy oornagkoffertjie vol was met albasters en karretjies en knipmesse en renmotorplakboeke en bottelijies met skoenlappers.

Hy het my laat begaan. Daar was selfs 'n oomblik – ek onthou dit goed, al was dit vlugtig – waarin hy iets daarvan beantwoord het. Toe maak hy hom los en loop by my verby.

Ek het die deur gesluit en hom gevolg. En baie dinge onthou en probeer vergeet. En probeer onthou wanneer hy opgehou het om 'n kind te wees. Hy het in sy kamer se deur gaan staan en in die donker vertrek ingekyk, die lig aangeskakel, dit afgeskakel en aangehou kyk.

Ek het nie geweet wat ek moet sê nie, toe sê ek maar: "Ek is bly jy is terug." In die lig wat van agter af op sy wang val, kon ek 'n maand se melkbaard sien. "Waar was jy heeltyd?"

"Hier rond."

"Jy's sopnat, man. Wil jy nie gou bad nie, dan maak ek solank koffie of iets. Of is jy honger?"

"Nee."

Hy het op sy bed gaan sit.

"Deon. Praat met my."

"Wat moet ek sê?"

"Waar is jou ma?"

Hy het net sy asem diep ingetrek en dit weer stadig uitgeblaas.

"Dit gaan nie goed met jou nie, gaan dit?"

"Met wie gaan dit goed?"

"Jy kon darem net laat weet het jy's veilig. Ek het nie geweet wat ek moet dink nie."

"Gee Pa om as ek hier slaap?"

"Natuurlik nie. Ek gaan sit net gou die ketel aan."

Ek het koffie gemaak en 'n paar toebroodjies gesmeer. Maar hy het reeds geslaap toe ek in die kamer kom. Soos 'n kind. Soos die kind wat hy nog was, sy melkbaard en sy oorlog ten spyt.

Hy het deur die volgende dag geslaap en eers die aand wakker geword. Ons het 'n eetplek gaan soek, want hy was honger. Die restaurant oorkant die straat was al weke gesluit; die een om die hoek waar ons 'n duisend keer pizzas gaan eet het, was afgebrand. Burger Hut was toe. Mack's Snacks was toe. Ons het die motor geneem en Northcliff toe gery. Ten spyte van die verlate strate was Kalila oop. Daar was 'n stuk of tien mense en die wyn was lou en die kos koud.

Waaroor het ons gepraat daardie aand, daardie lang en troostelose nag vol weerlig en waaiende koerante? Wat het ons vir mekaar gesê? Baie dinge wat seker maar kon gebly het. Ek onthou nie meer regtig nie. Ek het te dikwels sedertdien my geheue probeer buig om dit anders te onthou; ek het te veel daarvan probeer redigeer, te veel probeer weglaat, probeer byvoeg. Aan die begin wou hy nie praat nie. Hy wou nie sê waar sy ma is nie. Ek het later begin dink hy weet nie regtig waar sy is nie. Hy wou nie sê waar hy weggekruip het, wat hy gedoen het, hoekom hy na my toe teruggekom het nie. Ek het besef hy is maar net by my omdat hy nêrens anders het om heen te gaan nie.

Ons het teen Aasvoëlkop uitgery en na die donker hang sit en kyk waar ons baie Sondae gaan klim het. Meer as die helfte van die stad was donker en ons kon die plakkers se kookvure onder by die Risidale-dam en op die hoër skool se rugbyveld en Randpark se gholfbaan sien flikker.

"Is dit wat Pa wou hê?" het hy gevra.

"Niemand wou dit so hê nie. Dis juis waarvoor so baie van ons gepleit het – dat ons almal tot ons sinne moet kom voor dit so word."

"Soos Kenia en die Kongo en Angola en Mosambiek en . . ."

"Dit was elke keer te min te laat."

"Te min?" Ek kon die skielike woede in sy stem hoor. "Hulle wou alles hê. Nie genoeg nie, Pa, álles. Reg van die begin af. Terwyl mense soos Pa rondgeloop het met allerhande mooipraatjies het die res van ons geweet hulle wil alles hê en hulle sal nie stop voor hulle dit nie het nie. En kyk hoe lyk dit nou!"

"Dalk moes ons eers tot hier kom om uit te vind wat . . ."

"Ag, Here, Pa, ek glo dit nie." Hy het uit die motor geklim en die deur toegeklap en 'n ent weggestap. Ek is ná 'n ruk agter hom aan. Hy het op 'n lae klipmuurtjie langs die straat gesit en ek het langs hom gaan sit en niks gehad om oor te praat nie.

Dit was hy wat uiteindelik gevra het: "Kan ons nie maar padgee nie?"

"Waarnatoe?"

"Enige plek toe. Melkbos toe. Daar kan ons ten minste vir ons self sorg."

"Ons kan seker."

As ek daardie aand nie heeltemal oortuig was nie, het die volgende paar dae my oortuig. Want Johannesburg was besig om leeg te loop. Die oggend van die eerste Desember, die Woensdag, het die kafee in ons blok nie oopgemaak nie. Dieselfde dag het die krane in die woonstel begin wind sluk. Teen die aand was daar nie meer water nie. Die oggend van die tweede was die krag af.

"Ek dink nie ons het meer 'n keuse nie," het ek aan Deon gesê. "Ons moet hier uitkom."

"Waarnatoe?"

"Dit maak nie saak nie. Melkbos toe as jy wil."

"Ek het al gedink – ons kan patryse in wippe vang. En tortelduiwe en sulke goed."

"En wat van jou oorlog?"

Hy het my 'n oomblik lank vas in die oë gekyk. "Pa dink tog seker nie ek hardloop weg nie."

"Ek dink niks. Ek vra."

"Ons wag net tot die stof gaan lê."

Ek het begin inpak.

Dis moeilik as jy so 'n uitvaart aanpak om te besluit wat neem jy saam en wat bly agter. Wat gaan jy die nodigste kry? Jy weet, al kom jy dalk eendag terug, die res sal nie meer daar wees nie. Die draagbare radio? Nee, die motorradio is genoeg. Hoeveel klere? Net somerklere? Die rekenaar, ja. Of dalk net die houer met slapskywe? Die bietjie blikkieskos wat oor is. Watter boeke? Miskien darem die Mozart-kassette. Deon se modelvliegtuie, 'n verbygegane tyd ter wille. Die klein Pierneef. Komberse? Ons het aangehou bysit en wegvat.

Vieruur bel ek Lukas se woonkwartier, en wonder bo wonder is hy daar. Omdat ons tot op Middelburg dieselfde roete volg, spreek ons af om mekaar elfuur die volgende oggend by die Shell-diensstasie anderkant Witbank te ontmoet.

Brandstof het al 'n week vantevore begin skaars raak, en tog was dit opvallend dat sekere vulstasies – waarskynlik dié met die regte kontakte – geen tekort het nie. Daardie Vrydagoggend het ons van die een vulstasie na die ander gery en almal was gesluit. Ons het genoeg brandstof gehad om op Melkbos te kom, maar ek het geweet as Johannesburg nie meer brandstof het nie, het die platteland lankal nie meer nie. Dalk sou Lukas my kon help, want sy lorrie kon Malelane op 'n driekwarttenk haal.

Dit was 'n helder someroggend. 'n Dag vir piekniek. 'n Dag vir krieket op die Wanderers. Die R22 was byna sonder verkeer. Die motors wat daar wel was, was almal volgepak met koffers en kinders en rolle komberse – party selfs met matrasse en bultende kartondose op die dakrak. In enige ander Desember sou hulle kon deurgaan vir vakansiegangers.

'n Ent duskant Witbank was daar skielik 'n getoet agter my. Ek het Lukas se reuse-lorrie in die kantspieël herken en vir hom gewaai.

"Wie is dit?" wou Deon weet.

"Lukas van Niekerk."

"Die kaffer? Ek dag hy's dood."

"Die kaffer is dood, ja," het ek gesê.

Ons het omtrent dertig kilometer saamgery. Toe was daar die lang stuk gelykte en die bloekombos weerskante van die pad. En die klomp motors. 'n Stuk of twaalf, vyftien. Langs die pad geparkeer. Ek het eers gedink dis 'n ongeluk of iets. Ek het stadiger gery en was van plan om verby te steek toe twee, drie mense in kamoefleerdrag die pad instap en wys ek moet aftrek.

Deon het half weggekoes agter die paneelbord in. "Ry, Pa!"

"Ek kan nie."

"Here, asseblief tog, ry!"

"Hulle sal nie weet wie jy is nie, man. Dis blote roetine."

Dit wás waarskynlik.

Maar toe die motor tot stilstand kom, was Deon se deur klaar oop.

Ek het eers regtig besef wat gebeur toe ek hom tussen die motors in sien hardloop. Iemand het geskree hy moet staan, maar toe was hy klaar tussen die eerste bome. Ek het uitgeklim en Lukas se lorrie agter my tot stilstand hoor kom en mense sien hardloop en iemand oor 'n megafoon hoor skree: "Waarnatoe gaan jy? Staan, asseblief. Staan of ek skiet!"

Ek kan nie onthou dat ek die skoot gehoor het nie.

Ek glo nie ek het nie.

Ek onthou net dat ek hulle anderkant die bos in 'n plaat nabome gekry het, later. Die takke was stukkend geskiet en wit van die melk wat heeltyd op ons afgedrup het. Ek het hom by hulle gevat en hom teruggedra pad toe en ek onthou hy was vreeslik lig in my arms.

My kind was verskriklik lig.

Ek het hom in my motor probeer laai, maar daar was nie plek agter nie en Lukas het oor en oor die taai, bitter melk van ons gesigte en arms probeer afvee. Hulle het Deon by my kom wegvat. Hulle het my motor deurgesoek en die sleutels gevat.

Ons het in Lukas se lorrie gewag tot die polisie kom. Hulle het 'n verklaring afgeneem en ek het hulle alles vertel. Hulle het my Middelburg toe gevat. Ek het gesien Lukas kom agterna. Twee-uur die middag is ek vlugtig voor 'n meneer Gladstone Tsungu gebring wat skynbaar as landdros moes waarneem.

Hy was in 'n safaripak en het nie sy sonbril afgehaal nie. Hy kon nie Afrikaans praat nie. Die aanklag was dat ek 'n gevangene wou help ontsnap. Die saak is tot Januarie uitgestel, my motor is voorlopig gekonfiskeer en ek is op eie verantwoordelikheid vrygelaat. My versoek dat die lyk aan my teruggegee word, is deur die aanklaer teengestaan omdat daar nog geen doodsertifikaat was nie. "So what?" wou meneer Tsungu weet. "Let him bury his own dead."

Ons is met Lukas se lorrie verder.

Ek het die gevoel gehad, heeltyd, ons is besig om uit 'n hallusinasie uit te ry.

Ek kon deur die agterruit afkyk op die groot bak. Ek kon Deon dophou. Hy het op sy rug gelê met sy kaal voete na my toe. Lukas se verbleikte leerkoffer met die papiere en Johanna van Niekerk se wasskottel was een kant van hom en die tolletjiestoel met die dungetrapte voetsport was aan sy ander kant.

Ek het gewens die bak wil minder vibreer.

KERNWOORDELYS

agua water
aguardente vuurwater; goedkoop brandewyn
anda depressa! maak gou!
apresentar-se wys jouself; kom vorentoe
assimilado swart Angolese wat in die Portugese kultuur opgegaan het
bicho insek; gogga (bynaam vir wapen)
calar a boca! hou jou mond!
canalha! vuilgoed!; lae lak!
canhangulo Quimbundo-woord (Noord-Angola) vir 'n tuisgemaakte geweer
carcereiro sipier
carrinho bakkie
cassimbo Quimbundo-woord vir die misbanke wat baie daar voorkom
catana 'n soort swaard; wapen
certo vir seker
claramente duidelik
compreende ek begryp
Com preto e mulato nada se contrato Met 'n swarte en 'n bruine rig jy niks uit nie (letterlik: kan jy geen kontrak sluit nie)

cuidado! versigtig!
droga! twak!
fazenda plantasie
irmão broer
jardim tuin; hier: dieretuin
lagarta ruspe (bynaam vir wapen)
mão de obra (mag van die) handearbeider
mata! maak dood!
muito bem! baie goed!
mulato persoon van gemengde bloed; "kleurling"
nada niks
obrigado dankie
por favor asseblief
porquê? waarom?
preto swart man
saúde! gesondheid!
sim ja
socorro help
tartaruga! harmansdrup! (letterlik: skilpad)
tolo idioot; domkop
UPA União das Populações de Angola
valor moed (hou)
zeladora opsigter